Hemingway

Über den Fluß und in die Wälder

Ernest
Hemingway

Über den Fluß und in die Wälder

Roman

Deutsch von
Annemarie Horschitz-Horst

Aufbau-Verlag

Titel der amerikanischen Originalausgabe
ACROSS THE RIVER AND INTO THE TREES
Autorisierte Übersetzung

2. Auflage 1987
Aufbau-Verlag Berlin und Weimar
Ausgabe für die Deutsche Demokratische Republik
mit Genehmigung der Rowohlt Verlag GmbH, Reinbek bei Hamburg

Die Originalausgabe erschien bei Charles Scribner's Sons, New York
Der Vertrieb ist nur in den sozialistischen Ländern gestattet
Einbandgestaltung Erich Rohde
Typographie Peter Friederici
Karl-Marx-Werk, Graphischer Großbetrieb, Pößneck V 15/30
Printed in the German Democratic Republic
Lizenznummer 301 120/197/87
Bestellnummer 613 562 1
01050

ISBN 3-351-00559-8

Für Mary

Im Hinblick auf die gegenwärtige Tendenz, Romancharaktere mit wirklichen Menschen zu identifizieren, erscheint es angebracht, festzustellen, daß in diesem Buch keine richtigen Menschen vorkommen; beide, die Charaktere und die Namen, sind erfunden. Die Namen oder Bezeichnungen irgendwelcher militärischer Einheiten sind erfunden. Weder sind lebende Menschen noch existierende militärische Einheiten in diesem Buch dargestellt.

I

Zwei Stunden vor Tageslicht brachen sie auf, und anfangs brauchten sie das Eis auf der Fahrrinne nicht aufzubrechen, da schon andere Boote ihnen vorausgefahren waren. In der Dunkelheit, so daß man ihn nicht sehen, sondern nur hören konnte, stand im Heck von jedem Boot der Staker mit seinem langen Ruder. Der Jäger saß auf einem Jagdhocker, der auf einem Kasten befestigt war, der sein Essen und seine Munition enthielt, und die zwei oder mehr Gewehre des Jägers lehnten gegen den Haufen hölzerner Lockenten. In jedem Boot war irgendwo ein Sack mit einer oder zwei lebenden Wildenten oder einer Ente und einem Erpel, und in jedem Boot war ein Hund, der sich beim Geräusch von den Flügeln der Enten, die droben in der Dunkelheit über ihn hinstrichen, zitternd und unruhig hin und her bewegte.

Vier der Boote fuhren weiter die Hauptfahrrinne hinab der großen Lagune im Norden zu. Ein fünftes Boot war bereits in eine Nebenfahrrinne abgebogen. Jetzt bog das sechste Boot südwärts in eine flache Lagune ein, wo die Eisschicht noch nicht aufgebrochen war.

Hier war überall Eis, frisch gefroren in der plötzlichen, windstillen Kälte der Nacht. Es war elastisch und gab unter dem Ruderstoß des Bootsführers nach. Dann brach es so scharf wie eine Glasscheibe, aber das Boot kam nur langsam voran.

„Gib mir ein Ruder“, sagte der Jäger in dem sechsten Boot. Er stand auf und stellte sich vorsichtig in Positur. Im Dunkeln konnte er die Enten vorbeiziehen hören und das ruhelose Hin und Her des Hundes spüren. Von

Norden her hörte er von den anderen Booten das Geräusch von krachendem Eis.

„Seien Sie vorsichtig", sagte der Staker im Heck. „Kippen Sie das Boot nicht um."

„Ich bin selbst ein Bootsmann", sagte der Jäger.

Er nahm das lange Ruder, das ihm der Bootsmann reichte, und drehte es um, so daß er es am Blatt halten konnte. Er hielt das Blatt fest, beugte sich vor und stieß den Griff durch das Eis. Er spürte den festen Boden der flachen Lagune und legte sein Gewicht auf das Ende des breiten Ruderblattes, und indem er es mit beiden Händen hielt und erst zog und dann schob, bis sein Rudereinstich ein gutes Stück achteraus war, trieb er das Boot vorwärts, um das Eis aufzubrechen. Das Eis brach wie eine Spiegelglasscheibe, als das Boot in es hinein- und auf es hinauffuhr, und der Bootsmann im Heck schob sie vorwärts in die aufgebrochene Fahrrinne hinein.

Nach einer Weile fragte der Jäger, der angestrengt und stetig arbeitete und in seinen schweren Kleidern schwitzte, den Bootsmann: „Wo ist die Jagdtonne?"

„Da drüben links. In der Mitte der nächsten Bucht."

„Soll ich jetzt darauf zudrehen?"

„Wie Sie wünschen."

„Was soll das heißen, ‚wie ich wünsche'? Sie kennen das Wasser. Ist dort genug Wasser, um hinzukommen?"

„Es ist noch Ebbe. Wer weiß?"

„Es wird heller Tag sein, bevor wir da sind, wenn wir uns nicht beeilen."

Der Bootsmann antwortete nicht.

Na schön, du Sauertopf, dachte der Jäger bei sich. Wir werden schon hinkommen. Wir haben jetzt zwei Drittel des Weges hinter uns, und wenn's dir nicht paßt, daß du arbeiten mußt und Eis brechen mußt, um Vögel zu kriegen, soll's mir leid tun.

„Leg dich mal ein bißchen ins Zeug, Sauertopf", sagte er auf englisch.

„Was?" fragte der Bootsführer auf italienisch.

„Ich hab gesagt, wir wollen loslegen. Es wird gleich hell sein."

Es war Tag, bevor sie das große Faß mit den eichenen Dauben, das in den Grund der Lagune gesenkt war, erreichten. Es war von einem abschüssigen Erdrand umgeben, der mit Binsen und Gras bepflanzt war, und der Jäger schwang sich behutsam auf ihn hinauf und spürte, wie die gefrorenen Gräser, auf die er trat, unter ihm brachen. Der Bootsführer hob die Kombination von Jagdhocker und Munitionsbehälter aus dem Boot und reichte sie dem Jäger, der sich hinüberbeugte und sie auf dem Boden der großen Tonne unterbrachte.

Der Jäger, der seine Hüftstiefel anhatte und einen alten Feldrock trug, mit einem Abzeichen auf der linken Schulter, das keinem etwas sagte, und mit ein wenig helleren Stellen auf den Schulterklappen, von denen man die Sterne abgetrennt hatte, kletterte in die Tonne hinunter, und der Bootsmann reichte ihm seine beiden Gewehre.

Er stellte sie gegen die Tonnenwand und hing seine zweite Patronentasche zwischen sie. Er hängte sie an zwei Haken auf, die in der Wand der versenkten Tonne angebracht waren. Dann lehnte er die Gewehre gegen die beiden Seiten der Patronentasche.

„Ist Wasser da?" fragte er den Bootsmann.

„Kein Wasser", sagte der Bootsmann.

„Kann man das Lagunenwasser trinken?"

„Nein. Es ist ungesund."

Der Jäger war durstig von der anstrengenden Arbeit des Eisbrechens und dem Hineinschieben des Bootes, und er spürte, wie ihm die Wut hochkam, aber er unterdrückte sie und sagte: „Kann ich Ihnen da im Boot mit dem Eisaufbrechen helfen, um die Lockenten auszusetzen?"

„Nein", sagte der Bootsmann und stieß das Boot heftig hinauf auf die dünne Eisschicht, die krachte und aufriß, als das Boot auf sie drauffuhr. Der Bootsmann begann mit dem Ruderblatt auf das Eis einzuschlagen, und dann fing er an, Lockenten seitwärts und hinter sich auszuwerfen.

Der ist ja reizender Laune, dachte der Jäger. Und ein grober Flegel ist er auch. Ich hab beim Rauskommen wie ein Pferd geschuftet. Er hat gerade nur sein Teil getan und weiter nichts. Was ist denn dem über die Leber gelaufen, zum Teufel noch mal! Das ist doch sein Beruf, oder nicht?

Er stellte den Jagdhocker so, daß er nach rechts und links den größtmöglichen Schußkreis hatte, öffnete eine Patronenschachtel und füllte seine Taschen und leerte eine zweite Schachtel mit Patronen in die Patronentasche, in die er leicht hineinlangen konnte. Gerade vor ihm, wo die Lagune glasig im ersten Licht lag, waren das schwarze Boot und der große, vierschrötige Bootsmann, der mit seinem Ruder auf das Eis einschlug und die Lockenten über Bord schleuderte, als ob er sich von etwas Widerlichem befreite.

Jetzt wurde es heller, und der Jäger konnte über der Lagune die flache Linie der nahen Landzunge sehen. Er wußte, daß jenseits von jener Landzunge zwei weitere Anstände waren, und weit jenseits war wieder Marsch und dann das offene Meer. Er lud seine beiden Gewehre und merkte sich die Lage des Bootes, das die Lockenten auswarf.

Hinter seinem Rücken hörte er das näher kommende Rauschen von Flügeln, und er duckte sich, ergriff, als er von unter dem Rand der Tonne aufblickte, mit der rechten Hand sein rechts stehendes Gewehr, dann richtete er sich auf, um auf die beiden Enten zu schießen, die mit zum Bremsen festgestellten Flügeln heruntersackten und die dunkel in dem grauen, trüben Himmel schräg auf die Lockvögel niedergingen.

Mit eingezogenem Kopf schwang er das Gewehr in einer langen Schleife nach unten und hielt weit hinaus vor die zweite Ente, dann hob er, ohne auf das Ergebnis seines Schusses zu blicken, das Gewehr zügig hoch, hoch empor und links vor die andere Ente, die nach links aufstieg, und als er abzog, sah er sie im Flug zusammenklappen und in das aufgebrochene Eis zwischen die Lockvögel fallen. Er blickte nach rechts und sah die erste Ente als schwarzen Klumpen auf dem gleichen Stück Eis. Er wußte, er hatte sorgfältig auf die erste Ente geschossen, weit rechts von der Stelle, wo das Boot war, und auf die zweite hoch, weit hinaus und nach links, nachdem er die Ente hoch in die Höhe und nach links hatte steigen lassen, um sicher zu sein, daß das Boot auf alle Fälle außerhalb der Schußrichtung war. Es war ein fabelhafter Doppeltreffer; er hatte genau so geschossen, wie man schießen soll, unter völliger Einkalkulierung und Berücksichtigung der Lage des Bootes, und er war glänzender Stimmung, als er von neuem lud.

„Heda", rief der Mann in dem Boot. „Schießen Sie nicht in der Richtung auf das Boot."

Da soll mir doch das große Kotzen kommen, sagte der Jäger zu sich, nein, so etwas.

„Setzen Sie die Lockvögel aus", rief er dem Mann im Boot zu. „Aber 'n bißchen fix. Ich werde nicht schießen, bevor Sie alle draußen haben, außer senkrecht in die Höhe."

Der Mann in dem Boot sagte nichts, was man hören konnte.

Ich kann's mir nicht erklären, dachte der Jäger bei sich. Er weiß doch Bescheid. Er weiß, daß ich die Arbeit auf der Herfahrt mit ihm geteilt habe, wenn nicht mehr. Ich hab mein Lebtag keinen sorgfältigeren Schuß auf eine Ente abgegeben als den eben. Was ist denn mit ihm los? Ich hab ihm sogar angeboten, die Lockenten mit ihm zusammen auszusetzen. Zum Teufel mit ihm!

Draußen, jetzt weiter rechts, hieb der Bootsführer immer noch wütend auf das Eis ein und warf die hölzernen Enten mit einem Haß aus, der sich in jeder seiner Bewegungen kundtat.

Laß dir's nicht durch ihn verderben, sagte der Jäger zu sich. Bei diesem Eis hier wird es nicht viel zu schießen geben, falls es die Sonne nicht später noch schmilzt. Wahrscheinlich kriegst du nur ein paar Vögel, also laß dir's nicht von ihm verderben. Du weißt nicht, wie oft du noch Enten schießen wirst; laß es dir also durch nichts verderben.

Er beobachtete, wie sich der Himmel hinter der langen, morastigen Landzunge lichtete, wandte sich in der eingelassenen Tonne um, blickte hinaus über die gefrorene Lagune und die Marsch hinweg und sah in weiter Ferne die schneebedeckten Berge. Von dort unten, wo er war, sah man keine Vorgebirge, und die Berge schienen jäh aus der Ebene aufzusteigen. Als er zu den Bergen hinübersah, konnte er auf seinem Gesicht einen Windhauch spüren; er wußte nun, daß der Wind von dort kommen und mit der Sonne auffrischen würde und daß sicher einige Vögel, sobald der Wind sie aufstöberte, vom Meer einfliegen würden.

Der Bootsmann war jetzt mit dem Aussetzen der Lockenten fertig. Es waren zwei Ketten, eine lief in einer Geraden nach links in der Richtung, wo die Sonne aufgehen würde, und die andere zur Rechten des Jägers. Jetzt ließ er die Wildente mit der Schnur und Anker über Bord, und die quakende Ente stippte den Kopf ins Wasser, und während sie den Kopf hob und wieder eintauchte, spritzte sie sich Wasser über den Rücken.

„Glauben Sie nicht, es wäre gut, an den Rändern noch mehr Eis aufzubrechen?“ rief der Jäger dem Bootsmann zu. „Es ist nicht viel Wasser da, um sie anzulocken.“

Der Bootsmann sagte nichts, sondern fing an, mit seinem Ruder auf den zackigen Halbkreis aus Eis einzuschlagen. Dieses Eisbrechen war unnötig, und der Bootsmann wußte es. Aber der Jäger wußte es nicht, und er dachte: Ich versteh ihn nicht. Aber ich darf's mir nicht von ihm verderben lassen. Ich muß es voll und ganz genießen; er darf es mir nicht verderben. Jedesmal, wenn du jetzt auf Jagd bist, kann's die letzte Jagd sein, und irgend so ein Dreckskerl soll es dir nicht versauen dürfen. Behalt die Ruhe, Junge, sagte er zu sich.

2

Aber er war kein Junge. Er war fünfzig und Colonel der Infanterie in der amerikanischen Armee und hatte vor der ärztlichen Untersuchung, der er sich an dem Tag unterziehen mußte, bevor er zu dieser Jagd nach Venedig kam, genügend Mannitol-Hexanitrat genommen, um – na, er wußte nicht genau, wofür, „um zu bestehen“, sagte er zu sich.

Der Militärarzt war recht skeptisch gewesen, aber er schrieb die Ergebnisse auf, nachdem er sie zweimal erhalten hatte.

„Wissen Sie, Dick“, sagte er, „ich finde keine Indikation; tatsächlich ist der erhöhte intra-oculare und intracraniale Druck eine deutliche Kontraindikation.“

„Ich weiß nicht, wovon Sie reden“, sagte der Jäger, der jetzt kein Jäger war, sondern nur die Fähigkeiten hierzu in sich hatte und ein vom General „zurückbeförderter“

Colonel der Infanterie in der amerikanischen Armee war.

„Ich kenne Sie sehr lange, Colonel, oder vielleicht kommt es mir auch nur sehr lange vor", sagte der Militärarzt zu ihm.

„Ja, es ist lange her", sagte der Colonel.

„Wir reden ja wie die Textdichter", sagte der Arzt. „Aber laufen Sie nur niemals gegen etwas an und passen Sie auf, daß Sie nicht Feuer fangen, wenn Sie so mit Nitroglyzerin vollgepumpt sind. Man sollte Sie zwingen, eine Kette hinter sich her zu schleifen, wie ein hochexplosiver Sprengstoffwagen."

„War denn mein Kardiogramm nicht okay?" fragte der Colonel.

„Ihr Kardiogramm war fabelhaft, Colonel. Es hätte das eines Fünfundzwanzigjährigen sein können. Es könnte das von einem neunzehnjährigen Jungen sein."

„Also wovon reden Sie dann?" fragte der Colonel.

Derart viel Mannitol-Hexanitrat verursachte ihm manchmal eine gewisse Übelkeit, und er wollte die Unterhaltung gern beenden. Er wollte sich auch gern hinlegen und ein Seconal nehmen. Ich sollte ein Handbuch der kleinen Kniffe für die Truppe der Hochdruckgeschädigten schreiben, dachte er. Wünschte, ich könnte ihm das sagen. Warum liefere ich mich nicht auf Gnade oder Ungnade der Justiz aus? Das tut man nie, sagte er zu sich. Denen gegenüber erklärt man sich immer für „nicht schuldig".

„Wie oft haben Sie was in den Kopf gekriegt?" fragte ihn der Militärarzt.

„Sie wissen's doch", sagte der Colonel zu ihm. „Es steht in meinem 201."

„Wie oft haben Sie was *auf* den Kopf gekriegt?"

„Herrgott noch mal!" Dann sagte er: „Fragen Sie mich fürs Militär oder als mein Arzt?"

„Als Ihr Arzt. Sie haben wohl nicht gedacht, daß ich versuchen würde, Sie wieder in Gang zu bringen?"

„Nein. Ja. Entschuldigen Sie. Was wollten Sie doch wissen?"

„Gehirnerschütterungen."

„Richtige?"

„Jedesmal, wenn Sie bewußtlos waren oder sich nachher auf nichts besinnen konnten."

„Vielleicht zehn", sagte der Colonel. „Polo mitgezählt. Vielleicht drei mehr oder drei weniger."

„Sie armer, oller Hundsfott, Sie", sagte der Arzt. „Colonel, Sir", fügte er hinzu.

„Kann ich jetzt gehen?" fragte der Colonel.

„Jawohl, Sir", sagte der Militärarzt. „Sie sind gut in Form."

„Danke", sagte der Colonel. „Haben Sie Lust, in den Sümpfen, unten am Tagliamento, auf Entenjagd zu gehen? Fabelhafte Jagd. Gehört ein paar netten italienischen Jungens, die ich in Cortina kennengelernt habe."

„Ist das der Ort, wo man Bleßhühner schießt?"

„Nein. Dort schießt man richtige Enten. Feine Jungens. Feine Jagd. Richtige Enten, Wildenten, Spießenten, Pfeifer. Auch Gänse. Genauso gut wie zu Haus, als wir Jungens waren."

„Jungens, das war bei mir neunundzwanzig und dreißig."

„Das ist das erste Mal, daß ich Sie was Niederträchtiges sagen höre."

„So hab ich's nicht gemeint. Ich meinte nur, daß ich mich nicht entsinnen kann, wann die Entenjagd gut war, und außerdem bin ich ein Stadtkind."

„Das ist auch der einzige, gottverdammte Haken an Ihnen. Ich hab noch kein Stadtkind gesehen, das auch nur einen Pfifferling taugt."

„Das ist doch nicht Ihr Ernst, Colonel, oder doch?"

„Natürlich nicht. Das wissen Sie verdammt gut."

„Sie sind gut in Form, Colonel", sagte der Arzt. „Es tut mir leid, daß ich nicht auf die Jagd gehen kann. Ich kann nicht einmal schießen."

„Zum Teufel!" sagte der Colonel. „Das spielt keine Rolle. Kann auch sonst niemand in dieser Armee. Ich hätte Sie gern da gehabt."

„Ich werd Ihnen etwas geben, was die Wirkung von dem, was Sie jetzt nehmen, verstärkt."

„Gibt es so etwas?"

„Eigentlich nicht. Man probiert noch daran herum."

„Lassen Sie sie nur rumprobieren", sagte der Colonel.

„Das ist eine löbliche Haltung, Sir."

„Scheren Sie sich zum Teufel", sagte der Colonel. „Sie wollen wirklich nicht mitkommen?"

„Ich krieg meine Enten bei ‚Longchamps' in der Madison Avenue", sagte der Arzt. „Im Sommer ist es dort kühl und luftig und im Winter ist es warm, und ich brauch nicht vor Tagesanbruch aufzustehen und lange Unterhosen zu tragen."

„Na schön, Sie Stadtkind. Sie werden's niemals kapieren."

„Ich wollte es niemals kapieren", sagte der Arzt. „Sie sind gut in Form, Colonel."

„Danke", sagte der Colonel und ging hinaus.

3

Das war vorgestern gewesen. Gestern war er auf der alten Straße, die durch flaches Land von Montfalcone nach Latisana führt, von Triest hinunter nach Venedig gefahren. Er hatte einen guten Fahrer, und er saß vorn neben ihm im Wagen, entspannte völlig und sah hinaus auf all das Land, das er gekannt hatte, als er jung war.

Jetzt sieht es ganz verändert aus, dachte er. Wahrscheinlich liegt es daran, daß die Entfernungen alle anders sind. Alles ist viel kleiner, wenn man älter wird. Und dann sind die Straßen jetzt besser, und es ist kein Staub da. Die wenigen Male, die ich überhaupt durchgefahren bin, war auf einem Lastwagen. Meistens sind wir marschiert. Wahrscheinlich hab ich mich damals, wenn wir wegtraten, nach schattigen Stellen umgesehen und nach Brunnen in den Gehöften. Und auch nach Gräben, dachte er. Und ob ich mich nach Gräben umgesehen habe!

Sie bogen um eine Kurve und überquerten den Tagliamento auf einer Behelfsbrücke. Längs der Böschungen war es grün, und Männer angelten am anderen Ufer, wo es tief war. Die gesprengte Brücke wurde unter dem Geratter von Niethämmern repariert, und siebenhundert Meter entfernt zeigten die zertrümmerten Gebäude und Nebengebäude von einem einst von Longhena erbauten und jetzt zerstörten Landsitz, wo die mittelschweren Bomber ihre Ladung abgeworfen hatten.

„Sehen Sie sich das an", sagte der Fahrer, „in dieser Gegend kommt man an eine Brücke oder eine Eisenbahnstation, und dann geht man eine halbe Meile weiter, in irgendeiner beliebigen Richtung, und dann sieht's so aus."

„Wahrscheinlich ist die Lehre davon", sagte der Colonel: „Bau dir siebenhundert Meter von einer Brücke entfernt kein Landhaus und keine Kirche, und heuer dir keinen Giotto an, damit er dir ein paar Fresken malt, falls du eine Kirche hast."

„Ich dachte mir, daß es eine Lehre geben würde, Sir", sagte der Fahrer.

Sie waren jetzt an dem zerstörten Landsitz vorüber und auf der geraden Landstraße mit den noch winterdunklen Weiden, die neben den Gräben standen, und den Feldern voller Maulbeerbäume. Vor ihnen fuhr ein Mann auf einem Rad, der seine Zeitung mit beiden Händen hielt und las.

„Wenn es sich um schwere Bomber handelt, sollte es wohl eine ganze Meile sein“, sagte der Fahrer. „Würde das wohl ungefähr stimmen, Sir?“

„Wenn es lenkbare Geschosse sind“, sagte der Colonel, „sagen wir wohl besser zweihundertundfünfzig Meilen. Hupen Sie mal lieber für den Radler.“

Der Fahrer tat es, und der Mann fuhr an den Straßenrand, ohne aufzusehen oder die Lenkstange zu berühren. Als sie an ihm vorbeikamen, versuchte der Colonel zu sehen, was für eine Zeitung er las. Aber sie war umgeschlagen.

„Wahrscheinlich täte man heutzutage besser, sich weder ein schönes Haus noch eine Kirche zu bauen, noch den – wer sagten Sie, wie hieß er noch? – zum Freskenmalen zu bestellen.“

„Giotto“, sagte der Colonel. „Aber es könnte auch Piero della Francesca oder Mantegna sein. Könnte auch Michelangelo sein.“

„Wissen Sie viel über Maler, Sir?“ fragte der Fahrer.

Sie waren immer noch auf der geraden Strecke der Chaussee und fuhren so schnell, daß ein Gehöft fast mit dem nächsten verschwamm und überblendete, und man konnte nur das sehen, was weit entfernt war und einem entgegenkam. Die seitliche Sicht war einfach eine Zusammenraffung von flachem Tiefland im Winter. Ich glaube nicht, daß ich mir was aus Geschwindigkeit mache, dachte der Colonel. Breughel wär ja in einer verdammten Lage gewesen, wenn er das Land so hätte sehen müssen.

„Maler?“ antwortete er dem Fahrer. „Ich weiß allerhand über Maler, Burnham.“

„Ich bin Jackson, Sir. Burnham ist oben im Erholungszentrum von Cortina. Das ist ein großartiger Ort, Sir."

„Ich fange an zu verblöden", sagte der Colonel. „Entschuldigen Sie, Jackson. Es ist ein großartiger Ort. Guter Fraß. Gut geleitet. Keiner, der einen belästigt."

„Jawohl, Sir", stimmte Jackson bei. „Ja, und der Grund, warum ich wegen Malern frage, sind diese Madonnen. Ich fand, ich müßte mir ein paar Bilder ansehen, also ging ich da in den Riesenkasten in Florenz."

„Die Uffizien, den Pitti?"

„Wie er auch immer heißt. Den größten. Und ich sah mir da die Bilder an, bis mir die Madonnen zum Hals heraushingen. Ich sag Ihnen, Colonel, ein Mann, der in der Malerei nicht ausgelernt hat, kann gerade nur 'ne bestimmte Menge Madonnen sehen, und dann schmeißt's ihn um. Kennen Sie meine Theorie? Sie wissen doch, wie verrückt die Leute hier mit Bambinis sind, und je weniger sie zu essen haben, um so mehr Bambinis haben sie und um so mehr sind unterwegs. Na, ich glaube, diese Maler waren wie alle Italiener große Bambini-Liebhaber. Ich kenne die da nicht, die Sie gerade erwähnt haben, darum schließe ich sie nicht in meine Theorie ein, und Sie sagen mir ja auf alle Fälle, ob ich mich irre, nicht wahr? Aber mir scheint's, als ob diese Madonnen, von denen ich wirklich reichlich viel gesehen habe, Sir, es scheint mir, als ob diese ganz gewöhnlichen Madonnenmaler sozusagen eine Art von Bestätigung dieser ganzen Bambino-Geschichte sind, wenn Sie verstehen, was ich meine."

„Plus der Tatsache, daß sie auf religiöse Themen beschränkt waren."

„Jawohl, Sir. Dann glauben Sie also, daß was an meiner Theorie dran ist?"

„Gewiß. Ich glaube nur, daß es ein bißchen komplizierter ist."

„Natürlich, Sir. Es ist ja erst eine vorläufige Theorie."

„Haben Sie noch andere Theorien über Kunst, Jackson?"

„Nein, Sir. Weiter als bis zu dieser Bambino-Theorie bin ich noch nicht gekommen. Was ich mir jedoch wünschte, wäre, daß sie ein paar gute Bilder von dem Hochland oben um das Erholungszentrum in Cortina malen würden."

„Tizian kam aus der Gegend", sagte der Colonel. „So sagt man wenigstens. Ich war unten im Tal und hab das Haus gesehen, in dem er geboren sein soll."

„War es was Besonderes, Sir?"

„Nicht unbedingt."

„Na, wenn er irgendwelche Bilder von der Gegend da oben herum malen würde mit den sonnenuntergangsfarbenen Felsen und Tannen und dem Schnee und all den spitzen Türmen . . ."

„Campaniles", sagte der Colonel. „Wie der da vor uns in Ceggia. Es bedeutet Glockenturm."

„Na, wenn er einige wirklich gute Bilder von der Gegend da malte, würde ich ihm liebend gern ein paar abhandeln."

„Er hat viele wunderbare Frauen gemalt", sagte der Colonel.

„Sagen wir mal, ich hätte ein Lokal oder ein Gasthaus oder irgendeine Art Wirtschaft, da könnte ich so was schon gebrauchen", sagte der Fahrer. „Aber wenn ich ein Bild von einer Frau nach Hause brächte, würde mich meine Alte von Rawlins nach Buffalo jagen. Und ich könnt von Glück sagen, wenn ich bis nach Buffalo käme."

„Sie könnten es ja dem städtischen Museum schenken."

„Alles, was sie bei uns im Museum haben, sind Pfeilspitzen, Helme, Skalpiermesser, verschiedene Skalps, versteinerte Fische, Friedenspfeifen, Fotografien vom ‚Leberfresser Johnson' und die Haut von irgendeinem Bösewicht, den man aufgehängt und dem irgendein Doktor dann das Fell abgezogen hat. So ein Frauenbild würde da nicht hinpassen."

„Sehen Sie den nächsten Campanile dort unten, jenseits der Ebene?" sagte der Colonel. „Ich werd Ihnen eine Stelle zeigen, wo wir kämpften, als ich jung war."

„Haben Sie hier auch gekämpft, Sir?"

„Hm", sagte der Colonel.

„Wer hat denn damals Triest gehabt?"

„Die Krauts. Die Österreicher meine ich."

„Haben wir's je bekommen?"

„Nicht vor Schluß. Erst als es vorbei war."

„Wer hat Florenz und Rom gehabt?"

„Wir."

„Na, ich sollte denken, daß es Ihnen damals gar nicht so verdammt schlecht gegangen ist."

„Sir", sagte der Colonel ruhig.

„Verzeihung, Sir", sagte der Fahrer schnell. „Ich war in der Sechsunddreißigsten Division, Sir."

„Ich hab Ihr Abzeichen gesehen."

„Ich dachte gerade an den Rapido, Sir. Ich wollte nicht unverschämt sein oder es an Respekt fehlen lassen."

„Haben Sie auch nicht", sagte der Colonel. „Sie haben einfach gerade an den Rapido gedacht. Hören Sie mal, Jackson, jeder, der lange Soldat gewesen ist, hat seine Rapidos gehabt und mehr als einen."

„Mehr als einen hätte ich nicht ausgehalten, Sir."

Der Wagen fuhr durch die belebte Stadt San Dona di Piave. Die Stadt war wieder aufgebaut und ganz neu, aber nicht häßlicher als eine Stadt im Mittelwesten, und sie war ebensosehr im Aufschwung begriffen und guter Dinge, wie Fossalta, ein wenig flußaufwärts, trübsinnig und im Niedergang begriffen war, dachte der Colonel.

Konnte Fossalta nie über den ersten Krieg hinwegkommen? Ich hab es nie gesehen, bevor es zerstört wurde, dachte er. Sie haben es vor der großen Offensive vom 15. Juni 1918 böse beschossen. Dann beschossen wir es wirklich heftig, bevor wir es wieder einnahmen. Er erinnerte sich, wie der Angriff von Monastier seinen Ausgang genommen hatte, durch Fornace vorgetragen wurde, und an diesem Wintertag erinnerte er sich, wie es in jenem Sommer gewesen war.

Vor ein paar Wochen war er durch Fossalta gekommen und war die tiefgelegene Straße entlanggegangen, um draußen an der Flußböschung die Stelle zu finden, wo er verwundet worden war. Sie war leicht zu finden durch die Flußbiegung, und wo der Standort des schweren Maschinengewehrs gewesen war, war der Trichter jetzt mit Gras überwachsen. Schafe oder Ziegen hatten es kurz abgefressen, bis es wie eine geplante Mulde auf einem Golfplatz aussah. Der Fluß war hier träge und von einem schlammigen Blau, mit Schilf an den Ufern, und der Colonel hockte sich – es war niemand in Sicht – tief hin und sah von der Böschung über den Fluß weg, wo man bei Tageslicht niemals seinen Kopf zeigen durfte, und er erleichterte sich genau an der gleichen Stelle, die er durch Dreipunktpeilung festgestellt hatte, wo er vor dreißig Jahren schwer verwundet worden war.

„Ein schwacher Versuch“, sagte er laut zu dem Fluß und der Uferböschung, die von Herbststille schwer und naß vom Oktoberregen war, „aber mein ureigener.“ Er stand auf und blickte sich um. Es war niemand zu sehen. Das Auto hatte er in Fossalta unten an der tiefgelegenen Straße vor dem letzten und jämmerlichsten der neugebauten Häuser gelassen.

„Jetzt werd ich das Denkmal vollenden“, sagte er zu niemandem als zu den Toten, und er nahm ein altes Solinger Klappmesser, so eines, wie deutsche Wilddiebe bei sich haben, aus seiner Tasche. Beim Aufmachen stellte es sich fest, und mit einer kreisenden Bewegung grub er fein säuberlich ein Loch in die feuchte Erde. Er reinigte das Messer an seinem rechten Militärstiefel und steckte dann einen braunen Zehntausend-Lire-Schein in das Loch und stampfte ihn fest hinein und legte die Grassode, die er ausgestochen hatte, darüber.

„Das sind zwanzig Jahre zu fünfhundert Lire das Jahr für die Medaglia d'Argento al Valore Militare. Das V. C. bringt, glaube ich, zehn Guineas ein. Das D. S. C. ist nicht einträglich. Den Silver Star gibt's umsonst. Das Wechselgeld werde ich behalten", sagte er.

Jetzt ist es richtig, dachte er. Es hat Scheiße, Geld und Blut darin; sieh nur, wie das Gras wächst, und das Eisen ist in der Erde mit Ginos Bein, Randolfos beiden Beinen und meiner rechten Kniescheibe. Es ist ein wunderbares Denkmal. Es ist alles da, Fruchtbarkeit, Geld, Blut und Eisen. Klingt, als ob man von einer Nation spricht. Wo Fruchtbarkeit, Geld, Blut und Eisen sind, da ist dein Vaterland. Nur Kohle brauchen wir noch. Etwas Kohle sollten wir haben.

Dann blickte er über den Fluß, auf das wieder aufgebaute weiße Haus, das damals in Schutt gelegen hatte, und er spuckte in den Fluß. Es war ein ganzes Ende, und er schaffte es gerade.

„In jener Nacht damals und noch lange Zeit danach konnte ich nicht spucken", sagte er. „Aber für einen Mann, der nicht Kaugummi frißt, spucke ich recht gut."

Er ging langsam zurück zu der Stelle, wo der Wagen parkte. Der Fahrer schlief.

„Wach auf, mein Sohn", hatte er gesagt. „Dreh um und fahr die Straße lang, die nach Treviso geht. Hier in dieser Gegend brauchen wir keine Karte. Ich werd dir sagen, wo wir abbiegen."

4

Jetzt auf dem Weg hinein nach Venedig – während der Colonel das starke Verlangen, dort zu sein, streng unter Kontrolle und aus seinen Gedanken heraushielt – ließ der schwere Buick die letzten Häuser von San Dona hinter sich und kam die Brücke, die über die Piave führte, hinauf.

Sie überquerten die Brücke und waren auf der italienischen Seite des Flusses, und er sah die alte, tiefgelegene Straße wieder. Sie war jetzt hier genauso glatt und eben, wie sie es überall längs des Flusses war. Aber er konnte die alten Stellungen sehen. Und hier zu beiden Seiten der geraden, ebenen, von dem Kanal begrenzten Straße, auf der sie entlangrasten, standen die Weiden an den beiden Kanälen, in denen die Toten gelegen hatten. Gegen Schluß der Offensive hatte es ein großes Schlachten gegeben, und irgendwer hatte den Befehl gegeben, die Toten in die Kanäle zu werfen, um bei dem heißen Wetter die Straße und die Stellungen an den Flußböschungen frei zu halten. Unglücklicherweise waren die Wehre flußabwärts noch in den Händen der Österreicher, und sie waren geschlossen.

Somit war kaum Bewegung im Wasser, und die Toten waren lange Zeit dort geblieben, wurden immer aufgedunsener und trieben mit dem Gesicht nach unten, dem Gesicht nach oben, ohne Rücksicht auf ihre Nationalität, bis sie ungeheure Dimensionen angenommen hatten. Schließlich, nachdem die Sache organisiert war, holten Arbeitstrupps sie nachts heraus und begruben sie dicht an der Landstraße. Der Colonel sah sich nach dichterem Grün in der Nähe der Straße um, konnte aber keines entdecken. Es waren jedoch viele Enten und Gänse auf den Kanälen, und Leute angelten in ihnen längs der ganzen Landstraße.

Wie dem auch war, man hatte sie ja alle ausgegraben, dachte der Colonel, und in dem großen ossario bei Nervesa beerdigt.

„Wir haben hier gekämpft, als ich jung war", erzählte der Colonel dem Fahrer.

„Es ist verdammt flaches Land zum Kämpfen", sagte der Fahrer. „Wurde der Fluß gehalten?"

„Ja", sagte der Colonel. „Wir haben ihn gehalten und mußten ihn aufgeben und haben ihn wieder genommen."

„So weit man sehen kann, gibt es hier keine Höhenlinie."

„Das war die Schwierigkeit", sagte der Colonel. „Man mußte Höhenlinien benutzen, die man nicht sah, so niedrig waren sie, und Gräben und Häuser und Kanalböschungen und Hecken. Es war wie die Normandie, nur flacher. Ich glaube, es muß ungefähr wie bei den Kämpfen in Holland gewesen sein."

„Der Fluß kann sich auch nicht im entferntesten mit dem Rapido vergleichen."

„Na, es war ein ganz schönes altes Flüßchen", sagte der Colonel. „Höher hinauf hatte es damals reichlich Wasser, bevor all die Wasserkraftwerke kamen. Und zwischen dem Geröll und den Kieselsteinen waren, wenn es seicht war, sehr tiefe und trügerische Rinnen. Dort war eine Stelle, die Grave de Papadopoli hieß, die reichlich knifflig war."

Er wußte, wie langweilig die eigenen Kriegserlebnisse für jeden anderen Menschen sind, und er hörte auf davon zu reden. Alle nehmen es persönlich, dachte er. Niemand ist theoretisch daran interessiert außer Soldaten, und es gibt nicht viele Soldaten. Man erzieht sie dazu, und die Guten werden getötet, und vor allem sind alle immer so scharf hinter etwas her, daß sie weder je hinsehen noch hinhören. Sie denken immer an das, was *sie* gesehen haben, und während man redet, überlegen sie, was *sie* sagen werden, und wie das ihrer Beförderung zugute kommen könnte oder was dabei für sie heraussehen würde. Es hatte keinen Sinn, diesen Jungen hier anzuöden, der trotz seines Infanteriekampfabzeichens, dem Purple Heart und den anderen Bändchen, die er trug, in keinem Sinn ein Soldat war, sondern nur ein Mann, der gegen seinen Willen in eine Uniform gesteckt worden war und der aus persönlichen Gründen vorgezogen hatte, in der Armee zu bleiben.

„Was haben Sie im Zivilleben gemacht, Jackson?" fragte er.

„Mein Bruder und ich, wir hatten zusammen eine Autoreparatur in Rawlins, Wyoming, Sir."

„Wollen Sie dahin zurück?"

„Mein Bruder ist im Fernen Osten ums Leben gekommen, und der Kerl, der die Werkstatt führte, taugte nichts", sagte der Fahrer. „Wir haben alles verloren, was wir hineingesteckt hatten."

„Das ist schlimm", sagte der Colonel.

„Sie haben recht, verflucht noch mal, es *ist* schlimm", sagte der Fahrer und fügte „Sir" hinzu.

Der Colonel blickte die Straße entlang.

Er wußte, wenn sie auf dieser Straße blieben, würden sie bald an die Biegung kommen, auf die er wartete, aber er war ungeduldig.

„Halten Sie die Augen auf und biegen Sie auf der Straße, die vor dem Schlagbaum da abgeht, nach links ein", sagte er zu dem Fahrer.

„Glauben Sie, daß diese tiefliegenden Straßen hier für unseren großen Wagen taugen, Sir?"

„Das wird sich herausstellen", sagte der Colonel. „Teufel noch mal, Mann; es hat drei Wochen lang nicht geregnet."

„Ich trau diesen Seitenstraßen hier im Flachland nicht."

„Wenn wir festfahren, lasse ich Sie mit einem Ochsengespann rausholen."

„Ich hab nur an den Wagen gedacht, Sir."

„Na, denken Sie an das, was ich Ihnen gesagt habe, und biegen Sie in den ersten linken Seitenweg, den Sie sehen, ein, falls er befahrbar ist."

„Das da zwischen den Hecken sieht mir wie einer aus", sagte der Fahrer.

„Hinter Ihnen ist alles klar. Halten Sie direkt davor, und ich werde rübergehen und es mir ansehen."

Er stieg aus dem Wagen und ging über die breite, feste Straßendecke und besah sich den schmalen Sandweg mit dem schnellfließenden Kanal daneben und der dichten Hecke dahinter. Jenseits der Hecke sah er ein niedriges rotes Bauerngehöft mit einer großen Scheune. Der Weg war trocken. Nicht einmal Karrenspuren hatten sich eingegraben. Er stieg wieder ins Auto.

„Ist der reine Boulevard", sagte er. „Hören Sie schon auf, sich Gedanken zu machen."

„Jawohl, Sir. Es ist Ihr Wagen, Sir."

„Ich weiß", sagte der Colonel. „Ich zahl immer noch dafür. Sagen Sie mal, Jackson, leiden Sie immer so sehr, jedesmal, wenn Sie von einer Hauptstraße auf eine Straße zweiter Ordnung kommen?"

„Nein, Sir. Aber es ist ein großer Unterschied zwischen einem Jeep und einem Wagen, der so tief liegt wie dieser. Wissen Sie, wieviel Bodenfreiheit Ihr Differential und Ihr Fahrgestell hier haben?"

„Ich habe eine Schaufel im Koffer, und wir haben Ketten mit. Warten Sie mal erst ab, wo wir hinfahren, wenn wir Venedig verlassen."

„Fahren wir den ganzen Weg mit diesem Wagen?"

„Ich weiß nicht; ich muß mal sehen."

„Denken Sie an Ihre Stoßdämpfer, Sir.“

„Wir werden die Stoßdämpfer abhauen, wie es die Indianer in Oklahoma tun. Ist viel zu stark gedämpft. Ist alles zuviel und zu stark außer dem Motor. Aber Jackson, der Wagen hat wirklich einen tollen Motor.“

„Weiß Gott, den hat er. Es ist ein Mordsspaß, diesen großen Wagen auf guten Straßen zu fahren. Deshalb möchte ich nicht, daß ihm irgendwas passiert.“

„Das ist sehr nett von Ihnen, Jackson, aber hören Sie jetzt schon auf zu leiden.“

„Ich leide gar nicht, Sir.“

„Schön“, sagte der Colonel.

Er litt auch nicht, denn er sah gerade jetzt, jenseits der Reihe dicht zusammenstehender brauner Bäume vor sich, ein Segel vorbeiziehen. Es war ein großes rotes Segel, das von der Gaffel straff nach unten gespannt war, und es zog langsam hinter den Bäumen vorbei.

Warum es wohl immer dein Herz rührt, wenn du ein Segel durchs Land ziehen siehst, dachte der Colonel. Warum rührt es mein Herz, wenn ich die großen, langsamen, fahlen Ochsen sehe? Es muß ihre Gangart sein und nicht nur ihr Aussehen und die Größe und die Farbe.

Aber ein großes, schönes Maultier, oder eine Kette von Packeseln in gutem Zustand, rührt mich auch. Und auch ein Kojote, jedesmal, wenn ich einen sehe, und ein Wolf, der sich wie kein anderes Tier sonst bewegt, grau und selbstbewußt, und wie er seinen großen Kopf trägt mit den feindlichen Augen.

„Sieht man jemals Wölfe außerhalb von Rawlins, Jackson?“

„Nein, Sir. Wölfe hat's zu meiner Zeit nicht mehr gegeben; man hat sie mit Gift ausgerottet. Aber eine Menge Kojoten.“

„Können Sie Kojoten leiden?“

„Nachts mag ich sie gern hören.“

„Ich auch. Das mag ich lieber als sonst etwas, ausgenommen den Anblick von 'nem Boot, das durchs Land hinsegelt."

„Da ist gerade eines, Sir."

„Auf dem Silekanal", sagte der Colonel zu ihm. „Das ist eine Segelbarke, die nach Venedig fährt. Der Wind hier kommt jetzt von den Bergen her, und sie hat ganz ordentlich Fahrt. Sicher wird es heute nacht richtig kalt werden, falls dieser Wind anhält, und er sollte eine Menge Enten hereintreiben. Biegen Sie hier links ab, und wir fahren am Kanal entlang. Das ist eine gute Straße."

„Dort, wo ich her bin, war die Entenjagd nicht besonders, aber an der Platte in Nebraska war's um so besser."

„Wollen Sie dort, wo wir hinfahren, mit auf Jagd gehen?"

„Ich glaube nicht, Sir. Ich bin kein großer Jäger, ich bleib lieber in meinem Schlafsack. Es ist ein Sonntagmorgen, Sie verstehen das doch?"

„Ich verstehe", sagte der Colonel. „Wenn Sie wollen, können Sie bis Mittag in Ihrem Sack bleiben."

„Ich hab meinen wasserdichten mitgenommen; ich müßte eigentlich ganz gut schlafen."

„Ich weiß nicht, ob Sie den brauchen werden", sagte der Colonel. „Haben Sie K-Rationen oder die ‚Zehn in Eins' mitgebracht? Wissen Sie, kann sein, daß die da italienische Kost essen."

„Ich hab ein paar Büchsen für den Notfall mitgenommen und ein bißchen was zum Verschenken."

„Gut so", sagte der Colonel.

Er sah jetzt in die Weite, geradeaus, um festzustellen, wo die Kanalstraße wieder auf die Chaussee einmündete. Von dort, das wußte er, würde er es an einem klaren Tag, wie dies einer war, sehen. Jenseits der Sümpfe, die so braun sind wie die an der Mündung des Mississippi bei Pilot Town im Winter und deren Binsen sich unter dem Nordwind bogen, sah er den kantigen Turm der Kirche von Torcello und den hohen Campanile von Burano dahinter. Das Wasser war schieferblau, und er konnte die Segel von zwölf Lastbarken sehen, die vor dem Wind nach Venedig liefen.

Ich muß warten, bis wir die Dese oberhalb von Noghera überqueren, um es richtig zu sehen, dachte er. Es ist sonderbar, sich daran zu erinnern, daß wir in jenem Winter dort hinten am Kanal kämpften, um es zu verteidigen, und wir es niemals gesehen haben. Dann einmal, als ich weit hinten auf der Höhe von Noghera war – es war kalt und klar wie heute –, sah ich es über dem Wasser. Aber ich bin niemals hineingekommen. Dennoch ist es meine Stadt, weil ich für sie gekämpft habe, als ich jung war, und jetzt, wo ich ein halbes Jahrhundert alt bin, weiß man, daß ich dafür gekämpft habe und Mitinhaber bin, und behandelt mich gut.

Glaubst du, es ist deswegen, daß sie dich gut behandeln? fragte er sich.

Vielleicht, dachte er. Vielleicht behandelt man mich auch gut, weil ich ein feiger Colonel auf seiten der Sieger bin. Doch das glaube ich nicht. Jedenfalls will ich das nicht hoffen. Es ist nicht Frankreich, dachte er.

Dort erkämpft man sich den Zugang in eine Stadt, die man liebt, und bemüht sich nach Kräften, ja nichts zu zerstören, und dann, wenn man gesunden Menschenverstand hat, hütet man sich, je wieder hinzukommen, weil man irgendwelche Stammtischstrategen treffen wird, die es einem verübeln, daß man sich den Zugang hinein erkämpft hat. Vive la France et les pommes de terre frites. Liberté, Vénalité et Stupidité. Die große clarté ihres militärischen Denkens. Seit du Picq haben sie keinen Strategen gehabt. Das war auch ein armer, lausiger Colonel. Mangin, Maginot und Gamelin. Sie haben die Wahl, meine Herren! Drei verschiedene Schulen. Die erste: Ich gebe ihm eins auf die Schnauze. Die zweite: Ich versteck mich hinter dem Ding da, was meine linke Flanke nicht deckt. Die dritte: Ich steck meinen Kopf in den Sand wie ein Vogel Strauß im Vertrauen auf Frankreichs Größe als Militärmacht, und dann setz ich mich ab.

Absetzen ist sehr säuberlich und vornehm ausgedrückt. Wahrscheinlich ist man aber ungerecht, wenn man zu sehr vereinfacht. Denk an all die großartigen Leute in der Widerstandsbewegung. Denk daran, wie Foch sowohl gekämpft wie organisiert hat, und denk daran, wie großartig das Volk war. Denk an deine guten Freunde und denk an deine Toten. Denk an all die vielen Dinge und noch einmal an deine besten Freunde und die großartigsten Leute, die du kennst. Sei keiner von den Verbitterten und Sturen. Und was hat das mit Berufssoldatentum zu tun? Hör schon auf damit, sagte er zu sich. Du bist zu deinem Vergnügen unterwegs.

„Jackson“, sagte er. „Sind Sie zufrieden?“

„Jawohl, Sir.“

„Schön. Sehr bald kommen wir an eine Aussicht, die Sie sich ansehen müssen. Sie brauchen nur einen Blick darauf zu werfen. Die ganze Unternehmung wird sozusagen schmerzlos verlaufen.“

Was er wohl jetzt wieder auf mir rumzureiten hat! dachte der Fahrer. Nur weil er mal ein B. G. gewesen ist, weiß er alles. Wenn er als B. G. was getaugt hätte, warum ist er dann nicht einer geblieben? Der hat so viel abgekriegt, daß er dumm und dämlich ist.

„Da ist die Aussicht, Jackson“, sagte der Colonel. „Halten Sie am Straßenrand; dann wollen wir's uns mal besehen.“

Der Colonel und der Fahrer gingen hinüber auf die Straßenseite, die Venedig zu lag, und blickten über die Lagune hin, die von dem starken, kalten Wind, der von den Bergen kam, gepeitscht wurde und der allen Gebäudekonturen geometrische Schärfe und Klarheit verlieh.

„Das da uns gegenüber ist Torcello", der Colonel wies mit dem Finger hin. „Dort haben die Leute gelebt, die von den Westgoten vom Festland verjagt worden sind. Sie haben jene Kirche mit dem viereckigen Turm gebaut, die Sie da sehen. Früher lebten da mal dreißigtausend Menschen, und sie errichteten diese Kirche, um Gott zu ehren und um ihm zu dienen. Dann, nachdem sie fertiggebaut war, verschlammte die Mündung der Sile; vielleicht ist sie aber auch durch ein großes Hochwasser verändert worden. Das ganze Land, durch das wir gerade gekommen sind, wurde überschwemmt und wurde eine Brutstätte für Moskitos, und Torcello wurde von Malaria heimgesucht. Es begann ein Massensterben. Darauf kamen die Ältesten zusammen und beschlossen, nach einer gesünderen Gegend aufzubrechen, die man mit Schiffen verteidigen konnte und wo die Westgoten und die Lombarden und die anderen Banditen ihnen nichts anhaben konnten, weil diese Banditen keine Seemacht hatten. Die Jungens aus Torcello waren alles gute Seeleute. Also verluden sie die Steine ihrer Häuser in Barken wie dieser, die wir gerade hier gesehen haben, und erbauten Venedig." Er hielt inne. „Langweile ich Sie, Jackson?"

„Nein, Sir. Ich hatte keine Ahnung, wer die Pioniere von Venedig waren."

„Es waren die Jungens aus Torcello. Sie waren äußerst zäh und zeigten sehr guten Geschmack beim Bauen. Sie kamen aus einem kleinen Ort weiter oben an der Küste, der Caorle heißt. Aber sie zogen all die Leute aus den Städten und dem dahinterliegenden Land nach sich, als die Westgoten sie überrannten. Es war ein Junge aus Torcello, der Waffen nach Alexandria verschiffte, der die Leiche des heiligen Markus auftrieb und sie hinausschmuggelte – unter einer Ladung von frischem Schweinefleisch, damit die ungläubigen Zollsoldaten ihn nicht kontrollieren würden. Dieser Junge brachte die Überreste des heiligen Markus nach Venedig, und er ist ihr Schutzpatron, und sie haben ihm dort eine Kathedrale erbaut. Aber zu jener Zeit führte sie ihr Handel bereits so weit nach Osten, daß die Architektur für meinen Geschmack reichlich byzantinisch ist. Sie haben niemals besser gebaut als zu Beginn da in Torcello. Das ist Torcello, dort."

Da war es wahrhaftig!

„Der Markusplatz, das ist doch der, wo die Tauben sind, und wo sie die große Kathedrale haben, die wie so eine Art Filmpalast aussieht, nicht wahr?"

„Stimmt, Jackson, Sie sind im Bilde. Wenn Sie's so sehen. Wenn Sie jetzt über Torcello hinwegblicken, sehen Sie den wunderschönen Campanile von Burano, der, verdammt noch mal, fast so viel Schlagseite hat wie der schiefe Turm von Pisa. Dies Burano ist eine sehr übervölkerte kleine Insel, wo die Frauen wunderbare Spitzen machen, und die Männer machen Bambinis, und am Tag arbeiten sie in den Glaswerkstätten auf der nächsten Insel, die Sie dahinter sehen mit dem anderen Campanile: das ist Murano. Tagsüber machen sie dort wunderschöne Glaswaren für die Reichen aus aller Welt, und dann fahren sie auf dem kleinen vaporetto nach Hause und machen Bambinis. Aber nicht jeder verbringt jede Nacht mit seiner Frau. Sie gehen nachts auch mit großen Flinten auf Entenjagd am Rand der Marsch auf der Lagune dort, über die Sie jetzt wegsehen. In einer mondhellen Nacht hört man die ganze Nacht durch die Schießerei." Er hielt inne.

„Wenn Sie jetzt über Murano hinwegblicken, sehen Sie Venedig. Das ist meine Stadt. Ich könnte Ihnen noch eine Menge anderer Dinge zeigen, aber ich glaube, wir sollten wohl lieber jetzt weiterfahren. Aber werfen Sie noch einen Blick darauf. Hier ist die Stelle, von der man sehen kann, wie alles gekommen ist. Aber niemand sieht sich's je von hier aus an."

„Es ist eine wunderschöne Aussicht. Danke, Sir."

„Okay", sagte der Colonel. „Dann wollen wir mal weiterfahren."

5

Aber er kam von dem Anblick nicht los, und es erschien ihm alles so wunderbar und rührte ihn so wie damals, als er achtzehn Jahre alt war und es zum erstenmal gesehen hatte und nichts davon verstand und nur wußte, daß es schön war. In jenem Jahr war der Winter sehr kalt gewesen, und alle Berge jenseits der Ebene waren weiß. Die Österreicher mußten versuchen, in dem Winkel, in dem die Sile und das alte Bett der Piave die einzige Verteidigungslinie waren, durchzubrechen.

Wenn man das alte Bett der Piave hatte, konnte man, wenn die erste Stellung nicht hielt, auf die Sile zurückfallen. Jenseits der Sile war nichts als arschnacktes Flachland und ein gutes Straßennetz in die venezianische Ebene und die Ebenen der Lombardei, und die Österreicher griffen Ende des Winters wieder und wieder und wieder an, um zu versuchen, auf diese gute Chaussee zu kommen, auf der sie jetzt entlangrollten und die direkt nach Venedig führte. In jenem Winter hatte der Colonel, der damals ein Lieutenant war und in einer fremden Armee Dienst tat, was ihn später immer in seiner eigenen Armee leicht verdächtig erscheinen ließ und seiner Karriere gar nicht förderlich gewesen war, den ganzen Winter über Halsschmerzen gehabt. Diese Halsschmerzen kamen von dem ständigen Im-Wasser-Sein. Man konnte nicht trocken werden, und es war noch am besten, schnell naß zu werden und naß zu bleiben.

Die Angriffe der Österreicher waren schlecht koordiniert; sie waren aber pausenlos und erbittert, und zuerst kam das schwere Geschützfeuer, das einen außer Gefecht setzen sollte, und dann, wenn es erhöht wurde, prüfte man die Stellungen und zählte seine Leute. Aber man hatte keine Zeit, sich um die Verwundeten zu kümmern, da man wußte, daß der Angriff sofort erfolgen würde, und dann erschoß man die Männer, die durch den Morast gewatet kamen und ihre Gewehre über Wasser hielten und so langsam herankamen wie eben Männer, die bis zum Bauch im Wasser waten.

Wenn sie das Artilleriefeuer nicht erhöht hätten, wenn es losging, hatte der Colonel, damals ein Lieutenant, oft gedacht, weiß ich nicht, was wir hätten tun können. Aber sie erhöhten es immer und legten es vor die Spitze des Angriffs.

Wenn wir die alte Piave verloren hatten und an der Sile standen, verlegten sie es bis zur zweiten und dritten Stellung, obschon solche Stellungen ganz unhaltbar waren. Sie hätten ihre Geschütze alle ganz dicht heranbringen und die ganze Zeit, während des Angriffs, in uns hineinbummern müssen, bis sie eine Bresche geschlagen hätten. Aber gottlob führte immer ein alter Trottel in hoher Stellung den Befehl, dachte der Colonel, und so blieb es immer Stückwerk.

Den ganzen Winter über – mit scheußlichen Halsschmerzen – hatte er Männer getötet, die mit schweren Kalbfelltornistern und Pickelhauben herankamen und ihre Stielhandgranaten am Lederzeug unter den Schultern angehakt trugen. Sie waren der Feind.

Aber er spürte keinen Haß gegen sie, konnte auch sonst kein Gefühl für sie aufbringen. Mit einer alten, in Terpentin getauchten Socke um den Hals gab er seine

Befehle, und sie schlugen die Angriffe mit Gewehrfeuer ab und mit den Maschinengewehren, die nach der Beschießung noch vorhanden oder brauchbar waren. Er brachte seinen Leuten das Schießen bei, richtiges Schießen, etwas, was man selten bei kontinentalen Truppen findet, und lehrte sie, den herankommenden Feind zu beobachten, und weil es immer einen toten Augenblick gibt, in dem man ungestraft schießen kann, wurden sie wahre Meister darin.

Aber nach der Beschießung mußte man immer zählen und schnell zählen, um zu wissen, wie viele Schützen man haben würde. In jenem Winter war er dreimal verwundet worden, aber es waren alles Verwundungen, wie man sie sich wünschte, kleine Fleischwunden ohne Knochenverletzungen, und er war von seiner eigenen Unsterblichkeit ganz überzeugt, da er wußte, daß ihn eigentlich das schwere Artilleriefeuer, das jedem Angriff vorausging, hätte töten müssen. Schließlich wurde er dann doch richtig und endgültig verwundet. Keine seiner anderen Verwundungen hatte ihm je etwas Ähnliches angehabt wie diese erste große. Wahrscheinlich war es einfach der Verlust der Unsterblichkeit, dachte er. Na, irgendwie verliert man ja damit eine ganze Menge.

Diese Gegend hier bedeutete ihm sehr viel, mehr, als er je irgendwem sagen würde und konnte, und jetzt saß er im Auto und war froh, daß sie in einer weiteren halben Stunde in Venedig sein würden. Er nahm zwei Mannitol-Hexanitrat-Tabletten, und da er seit 1918 wieder spucken konnte, vermochte er sie ohne Wasser runterzuschlucken und fragte:

„Wie steht's, Jackson?"

„Tadellos, Sir."

„Wenn wir auf die Gabelung nach Mestre stoßen, nehmen Sie die äußere Straße links, dann können wir die

Boote auf dem Kanal sehen und vermeiden den Hauptverkehr."

„Jawohl, Sir", sagte der Fahrer. „Sagen Sie mir doch bitte an der Gabelung noch mal Bescheid."

„Schön", sagte der Colonel.

Sie näherten sich Mestre schnell, und schon war es, als ob man nach New York hineinfuhr, das erste Mal, daß man überhaupt dort war, in den guten alten Zeiten, als es „glänzend, weiß und wundervoll" war. Das habe ich gestohlen, dachte er. Aber das war vor all dem Rauch. Wir kommen jetzt in meine Stadt, dachte er. Gott, was für eine schöne Stadt!

Sie bogen nach links ab und kamen an dem Kanal entlang, wo die Fischerboote festmachten, und der Colonel sah zu ihnen hinüber, und sein Herz freute sich über die braunen Netze und die Fischreusen aus Weidengeflecht und die klaren, schönen Linien der Boote. Nicht, daß sie etwa malerisch sind. Zum Teufel mit dem Malerischen. Sie sind einfach verdammt schön.

Sie kamen an der langen Reihe von Booten auf dem trägen Kanal, der Wasser aus der Brenta mit sich führte, vorbei, und er dachte an die weite Strecke der Brenta, an der die großen Landhäuser lagen, mit ihren Rasenflächen und Gärten, ihren Platanen und Zypressen. Da draußen möchte ich gern begraben sein, dachte er. Ich kenne die Gegend genau. Ich glaube aber nicht, daß man das arrangieren könnte. Ich weiß nicht. Ich kenne ein paar Leute, die vielleicht erlauben würden, daß man mich auf ihrem Besitz beerdigt. Ich werde Alberto fragen. Vielleicht hält er das aber für morbide.

Eine ganze Weile lang dachte er an all die schönen Plätze, wo er gern begraben sein würde, und er überlegte, von welchem Stück Erde er gern ein Teil geworden wäre. Das Stadium des Stinkens und Verwesens dauert ja tatsächlich nicht sehr lange, dachte er, und auf alle Fälle bist du ja nur eine Art Dung, und selbst die Knochen werden schließlich zu etwas gut sein. Ich würde gern weit draußen am Rand der Besitzung begraben sein, aber in Sicht des alten, anmutigen Hauses und der hohen, schlanken Bäume. Ich glaube nicht, daß es ihnen was ausmachen würde. Ich könnte ein Teil des Bodens sein, auf dem die Kinder des Abends spielen, und am Morgen ritt man vielleicht immer noch Springpferde zu, und ihre Hufe würden auf dem Rasen dröhnen, und Forellen würden im Teich aufsteigen, wenn eine Brut Fliegen da war.

Jetzt waren sie auf dem Damm von Mestre nach Venedig, auf der Höhe der häßlichen Breda-Werke, die auch in Hammond, Indiana, hätten sein können.

„Was wird da hergestellt, Sir?" fragte Jackson.

„In Mailand macht die Firma Lokomotiven", sagte der Colonel. „Hier machen sie ein bißchen von allem, was es in der Eisenbranche gibt."

Jetzt hatte man eine erbärmliche Ansicht von Venedig; er konnte diesen Damm nie leiden; das einzige war, daß man so schnell fahren und die Bojen und Fahrrinnen sehen konnte.

„Diese Stadt ist völlig unabhängig", sagte er zu Jackson. „Sie war einmal die Königin der Meere, und die Bewohner sind mit allen Wassern gewaschen, und sie sind ungefähr die härtesten, abgebrühtesten Burschen, denen Sie je begegnen werden. Es ist ein noch heißeres Pflaster als Cheyenne, wenn man's wirklich kennt, und jedermann ist äußerst höflich."

„Ich würde nicht sagen, daß Cheyenne ein heißes Pflaster ist, Sir."

„Na, verflucht noch mal, es ist ein heißeres Pflaster als Casper."

„Halten Sie das für 'n heißes Pflaster, Sir?"

„Es ist eine Ölstadt. Es ist eine nette Stadt."

„Aber es ist doch kein heißes Pflaster, Sir, war's auch niemals."

„Okay, Jackson. Vielleicht bewegen wir uns in verschiedenen Kreisen. Oder vielleicht verstehen wir nicht dasselbe unter diesem Wort. Aber dies Pflaster von Venedig hier, wo jedermann höflich ist und gute Manieren hat, ist so verflucht heiß wie Cooke City, Montana, wenn's beim Fischfest der alten Garde hoch hergeht."

„Was ich unter heißem Pflaster verstehe, ist Memphis."

„Nicht so wie Chicago, Jackson. Memphis ist doch nur für Neger ein heißes Pflaster. Chicago ist ein heißes Pflaster im Norden und Süden; Osten und Westen existieren nicht. Aber kein Mensch hat irgendwelche Manieren. Aber wenn Sie jemals in diesem Land ein wirklich heißes Pflaster kennenlernen wollen, wo auch wunderbar gegessen wird, dann gehen Sie nach Bologna."

„Ich war niemals dort."

„Na, da ist die Fiat-Garage, wo wir den Wagen lassen", sagte der Colonel. „Sie können den Schlüssel im Büro abgeben. Hier wird nicht gestohlen. Ich werde in die Bar gehen, während Sie das Auto oben parken. Es sind Träger da, die unsere Taschen runterbringen werden."

„Ist es okay, Sir, wenn ich das Gewehr und das Jagdzeug im Kofferraum lasse?"

„Gewiß. Hier wird nicht gestohlen. Das habe ich Ihnen schon einmal gesagt."

„Ich wollte nur wegen Ihrer kostbaren Sachen die entsprechenden Vorsichtsmaßnahmen treffen, Sir."

„Sie sind so verflucht edel, daß es manchmal zum Himmel stinkt", sagte der Colonel. „Waschen Sie sich die Ohren, und hören Sie zu, was ich Ihnen beim erstenmal sage."

„Ich hatte es schon gehört, Sir", sagte Jackson.

Der Colonel betrachtete ihn nachdenklich und mit der alten Stumpfheit im Blick.

Was der doch für ein gemeiner Schweinehund ist, dachte Jackson, und er kann auch wieder so verdammt nett sein.

„Nehmen Sie meine und Ihre Tasche raus und stellen Sie den Wagen dort oben ein und kontrollieren Sie Öl, Wasser und Reifen", sagte der Colonel und ging über das von Gummi und Öl verschmierte Zement des Bareingangs.

6

In der Bar saß am ersten Tisch vorn am Eingang ein Nachkriegsreicher aus Mailand, feist und hart wie nur Mailänder sein können, mit seiner teuer aussehenden, äußerst begehrenswerten Freundin. Sie tranken negronis, eine Mischung von zwei süßen Wermuts und Selterwasser, und der Colonel fragte sich, wieviel Steuern der Mann hinterzogen haben mochte, um sich dies geschmeidige Mädchen in dem langen Nerzmantel zu kaufen und das Kabriolett, das der Chauffeur eben vor seinen Augen die lange, gewundene Rampe hinaufgefahren hatte, um es einzustellen. Das Paar starrte ihn mit der Manierlosigkeit an, die solche Leute haben, und er tippte leicht an die Mütze und sagte zu ihnen auf italienisch: „Es tut mir leid, daß ich in Uniform bin. Aber es ist eine Uniform, kein Faschingskostüm."

Dann wandte er ihnen den Rücken zu, ohne die Wirkung seiner Bemerkung abzuwarten, und ging an die Bar. Von der Bar aus konnte er genausogut auf sein Gepäck aufpassen wie die beiden pescecani auf ihres.

Wahrscheinlich ist er ein Commendatore, dachte er. Sie ist ein schönes, schwer zu befriedigendes Stück. Tatsächlich ist sie verdammt schön. Wie's wohl gewesen wäre, wenn ich je das Geld gehabt hätte, mir so 'ne Sorte zu kaufen und sie in Nerz zu stecken? Na, ich bin mit dem zufrieden, was ich habe, dachte er, und die können von mir aus gehen und sich aufhängen.

Der Barmixer schüttelte ihm die Hand. Dieser Barmixer war ein Anarchist, aber es störte ihn nicht im geringsten, daß der Colonel ein Colonel war. Er war entzückt davon und zärtlich-stolz darauf, als ob nun auch die Anarchisten ihren Colonel hätten, und in gewisser Weise schien er in den paar Monaten, die sie einander kannten, das Gefühl bekommen zu haben, als ob er den Colonel erfunden oder zumindest aufgestellt hatte, wie man froh darüber sein mag, wenn man an der Aufstellung eines Campanile oder gar der alten Kirche auf Torcello beteiligt gewesen ist.

Der Barmixer hatte die Unterhaltung oder vielmehr die trockene Feststellung vorhin an dem Tisch mit angehört und war beglückt darüber.

Er hatte bereits durch den Speiseaufzug nach einem Gordon Gin und Campari runtergeschickt und sagte: „Er kommt in dem handbedienten Dings da herauf. Wie geht's in Triest?"

„Ungefähr so, wie Sie sich's vorstellen würden."

„Ich kann mir gar nichts vorstellen."

„Dann strengen Sie sich nur nicht an", sagte der Colonel, „und Sie werden niemals Hämorrhoiden bekommen."

„Das würde mir egal sein, wenn ich Colonel wäre."

„Ist mir auch egal."

„Sie würden überlaufen wie ein Glas Abführsalz", sagte der Barmixer.

„Sagen Sie das nicht Seiner Exzellenz Pacciardi", sagte der Colonel.

Er und der Barmixer machten ihren kleinen Witz hierüber, weil Seine Exzellenz Pacciardi Verteidigungsminister der Italienischen Republik war. Er war ebenso alt wie der Colonel und hatte im ersten Weltkrieg sehr tapfer gekämpft und hatte auch in Spanien als Bataillonskommandeur gekämpft, wo der Colonel, der als Beobachter dort war, ihn kennengelernt hatte. Der Ernst, mit dem Seine Exzellenz Pacciardi den Posten des Verteidigungsministers eines der Verteidigung unfähigen Landes übernommen hatte, war ein Band zwischen dem Colonel und dem Barmixer. Beide waren sie Männer der Wirklichkeit, und die Vorstellung von Seiner Exzellenz Pacciardi, wie er die Italienische Republik verteidigte, regte ihre Phantasie an.

„Es ist irgendwie komisch da oben", sagte der Colonel, „aber mir ist es egal."

„Wir müssen Seine Exzellenz Pacciardi mechanisieren", sagte der Barmixer, „und ihn mit Atombomben beliefern."

„Ich habe drei hinten im Auto", sagte der Colonel. „Das neue Modell mit allem Zubehör. Aber wir können ihn nicht unbewaffnet lassen. Wir müssen ihn mit Wurstvergiftung und Milzbrand beliefern."

„Wir dürfen Seine Exzellenz Pacciardi nicht im Stich lassen", sagte der Barmixer. „Lieber einen Tag als Löwe leben als hundert Jahre als Schaf."

„Lieber aufrecht sterben als auf den Knien rutschen und leben", sagte der Colonel. „Obschon du dich in vielen Orten lieber verflucht schnell auf deinen Bauch begibst, wenn du am Leben bleiben willst."

„Colonel, sagen Sie nichts Umstürzlerisches."

„Wir werden sie mit unseren bloßen Händen erwürgen", sagte der Colonel. „Eine Million Männer werden über Nacht die Waffen ergreifen."

„Wessen Waffen?"

„Für all das wird gesorgt werden", sagte der Colonel. „Es ist nur eine Phase im Hauptfilm."

In dem Augenblick kam der Fahrer zur Tür herein. Dem Colonel wurde bewußt, daß er, während sie witzelten, die Tür nicht im Auge behalten hatte, und er ärgerte sich wie immer über jede Nachlässigkeit und jedes Außerachtlassen von Sicherheitsmaßnahmen.

„Was, zum Teufel, haben Sie denn gemacht, Jackson? Trinken Sie was?"

„Nein, danke, Sir."

Alberner Laffe, dachte der Colonel. Aber ich werde ihn lieber nicht weiter aufziehen, wies er sich selbst zurecht.

„Wir gehen sofort", sagte der Colonel. „Ich hab versucht, hier bei meinem Freund Italienisch zu lernen." Er drehte sich nach den Mailänder Schiebern um, aber sie waren weg.

Ich werde furchtbar langsam, dachte er. Jeder kann mich jetzt einfach überrumpeln. Vielleicht sogar Seine Exzellenz Pacciardi.

„Wieviel schulde ich Ihnen?" fragte er den Barmixer kurz.

Der Barmixer sagte es ihm und blickte ihn mit seinen weisen italienischen Augen an, die jetzt nicht vergnügt lächelten, obschon die Lachfältchen, wo sie von den Augenwinkeln ausstrahlten, scharf eingezeichnet waren. Hoffentlich ist nichts Ernsthaftes mit ihm los, dachte der Barmixer. Ich hoffe zu Gott oder irgendwem sonst, daß es weiter nichts Schlimmes ist.

„Auf Wiedersehen, Colonel", sagte er.

„Ciao", sagte der Colonel. „Jackson, wir gehen die lange Auffahrt runter und vom Eingang direkt nordwärts, dorthin, wo die kleinen Motorboote ankern; wissen Sie, die auf Hochglanz. Da ist der Träger mit unseren zwei Taschen. Man muß sie ihn tragen lassen; er hat eine Konzession dafür."

„Jawohl, Sir", sagte Jackson.

Die beiden gingen zur Tür hinaus und niemand schaute niemandem nach.

Beim imbarcadero gab der Colonel dem Mann, der die Taschen getragen hatte, ein Trinkgeld und blickte sich dann suchend nach einem ihm bekannten Bootsmann um. Er erkannte den Mann in dem Motorboot, das als erstes dran war, nicht, aber der Bootsmann sagte: „Guten Tag, Colonel. Ich bin der erste."

„Wieviel kostet es bis zum ‚Gritti'?"

„Das wissen Sie so gut wie ich, Colonel. Wir handeln nicht. Wir haben einen festen Tarif."

„Wie ist der Tarif?"

„Dreitausendfünfhundert."

„Mit dem vaporetto können wir für sechzig fahren."

„Daran hindert Sie nichts", sagte der Bootsführer, ein ältlicher Mann mit einem roten, aber uncholerischen Gesicht. „Man wird Sie nicht bis zum ‚Gritti' bringen, aber sie halten am imbarcadero hinter ‚Harry', und Sie können telefonieren, daß jemand aus dem ‚Gritti' kommt und Ihre Taschen holt."

Und was würde ich mir schon mit den verfluchten 3500 Lire kaufen? Schließlich ist dies ein guter alter Kerl.

„Wollen Sie, daß ich den Mann da mitschicke?" Er zeigte auf einen zerrütteten alten Mann, der am Kai Gelegenheitsarbeiten verrichtete und Bestellungen übermittelte, der immer mit der überflüssigen Hilfestellung am Ellbogen des aus- oder einsteigenden Fahrgastes bereitstand, der immer willig war zu helfen, wo keine Hilfe benötigt wurde, und einem seinen alten Filzhut hinhielt, wenn er sich nach dem überflüssigen Dienst verbeugte. „Er wird Sie zu dem vaporetto bringen. Es fährt eines in zwanzig Minuten."

„Der Teufel soll es holen", sagte der Colonel. „Fahren Sie uns zum ‚Gritti'."

„Con piacere", sagte der Bootsführer.

Der Colonel und Jackson ließen sich in das Motorboot, das wie ein Rennboot aussah, hinunter. Es war auf

Hochglanz lackiert und liebevoll gepflegt und wurde von einem umgebauten winzigen Fiatmotor angetrieben, der die ihm zugemessene Lebenszeit in dem Auto eines Landarztes abgedient hatte, und der dann auf einem der Autofriedhöfe erstanden worden war, einer der Begräbnisstätten jener mechanisierten Elefanten, die das einzige sind, was man mit Bestimmtheit in unserer Welt in der Nähe jeder bevölkerten Stadt finden kann. Der Motor war dann wieder instand gesetzt und umgebaut worden, um ein neues Leben auf den Kanälen Venedigs zu beginnen.

„Was macht denn der Motor?“ fragte der Colonel. Er hörte Geräusche wie bei einem angeschossenen Panzerwagen oder T. D., nur daß es durch die viel geringere Energie Miniaturgeräusche waren.

„So – so“, sagte der Bootsführer. Er machte mit seiner freien Hand die entsprechende Bewegung.

„Sie sollten sich das kleinste Modell, das Universal herausbringt, anschaffen. Das ist der beste und leichteste Schiffsmotor, den ich kenne.“

„Ja“, sagte der Bootsführer. „Es gibt eine ganze Menge Dinge, die ich mir anschaffen sollte.“

„Vielleicht wird es ein gutes Jahr für Sie.“

„Das ist immer möglich. Es kommen massenhaft pescecani von Mailand herunter, um auf dem Lido zu spielen. Aber kein Mensch würde freiwillig zweimal hierdrin fahren. Dabei ist es als Boot ausgezeichnet. Es ist ein gutgebautes, gefälliges Boot. Nicht so schön wie eine Gondel natürlich. Aber was ihm fehlt, ist ein Motor.“

„Ich werde Ihnen vielleicht einen Jeepmotor besorgen können, einen, der ausrangiert ist und den Sie überholen können.“

„Reden Sie nicht von so was“, sagte der Bootsführer. „So was passiert doch nicht. Ich will gar nicht erst an so was denken.“

„Denken Sie nur ruhig daran", sagte der Colonel. „Ich meine es wirklich."

„Ist das Ihr Ernst?"

„Gewiß doch. Natürlich kann ich für nichts garantieren. Ich werde sehen, was sich machen läßt. Wie viele Kinder haben Sie?"

„Sechs. Zwei Jungen und vier Mädchen."

„Teufel noch mal. Sie haben wohl nicht an das Regime geglaubt? Nur sechs."

„Ich *hab* nicht an das Regime geglaubt."

„Mir brauchen Sie das nicht vorzumachen", sagte der Colonel. „Es wäre ganz natürlich gewesen, *wenn* Sie daran geglaubt hätten. Glauben Sie denn, daß ich das einem Mann vorwerfen würde, nachdem wir gesiegt haben?"

Sie hatten jetzt den langweiligen Teil des Kanals hinter sich, der von der Piazzale Roma bis zur Ca' Foscari geht, obgleich eigentlich kein Teil langweilig ist, dachte der Colonel.

Es brauchen ja nicht alles Paläste und Kirchen zu sein. Das da ist gewiß nicht langweilig. Er blickte nach rechts, steuerbord, dachte er. Ich bin auf dem Wasser. Es war ein niedriges, gefälliges Gebäude, und daneben war eine trattoria.

Ich sollte hier leben. Mit meiner Pension könnte ich es bewerkstelligen. Nicht im „Gritti Palace". Ein Zimmer in einem Haus wie dem da, wo Flut und Ebbe und Boote kommen und gehen. Vormittags könnte ich lesen und vor dem Essen durch die Stadt schlendern und mir jeden Tag die Tintorettos in der Accademia und der Scuola San Rocco ansehen und in guten, billigen Lokalen hinterm Markt essen, oder vielleicht würde auch die Frau, die das Haus verwaltet, mir abends was kochen.

Ich glaube, es wird am richtigsten sein, mittags außerhalb zu essen und sich spazierengehenderweise Bewegung zu machen. Es ist eine gute Stadt zum Spazierengehen. Wahrscheinlich die beste, die es gibt. Ich bin niemals hier umhergegangen, ohne daß es mir Vergnügen gemacht hätte. Ich könnte sie wirklich gut kennenlernen, dachte er; dann gehörte sie mir noch mehr.

Es ist eine sonderbare, knifflige Stadt, und von irgendeinem Punkt nach irgendeinem anderen gegebenen Punkt zu gelangen ist amüsanter als Kreuzworträtsel lösen. Eine der wenigen Sachen, die uns zur Ehre gereicht haben, ist, daß wir Venedig niemals beschossen haben, und ihnen zur Ehre, daß sie das zu respektieren wußten.

Herrgott, wie ich diese Stadt liebe! sagte er, und was bin ich, daß ich damals, als ich ein Knirps war und die Sprache nur ungenügend beherrschte, geholfen habe, sie zu verteidigen. Bis zu jenem klaren Wintertag, als ich nach hinten geschickt wurde, um mir die kleine Wunde verbinden zu lassen, hatte ich sie noch nicht einmal gesehen, und *da* sah ich sie aus dem Meer aufsteigen. Scheiße, dachte er, in jenem Winter da oben an dem Knotenpunkt haben wir uns sehr gut gehalten.

Wenn ich diese Kämpfe nur noch einmal kämpfen könnte, dachte er. Mit dem Wissen, das ich jetzt habe, und den Waffen, die wir jetzt haben. Aber die würden die anderen auch haben, und das wesentliche Problem bleibt das gleiche, bis auf eines, wer die Luft beherrscht.

Und die ganze Zeit über verfolgte er die kleinen Verkehrsprobleme und beobachtete, wie der Bug des ramponierten, fabelhaft lackierten, mit schmalen, wunderbar polierten Messingbändern versehenen Bootes das braune Wasser durchschnitt.

Sie kamen unter der weißen Brücke und der unfertigen Holzbrücke durch. Dann ließen sie die rote Brücke rechts liegen und fuhren unter der ersten hochgeschwungenen weißen Brücke hindurch. Dann kam die schwarze Eisenbrücke aus geflochtenem Gitterwerk über dem Kanal, der in den Rio Nuovo mündete, und sie fuhren an den beiden Pfählen vorbei, die aneinandergekettet sind, sich aber nicht berühren – wie wir, dachte der Colonel. Er beobachtete, wie die Flut an ihnen zerrte, und er sah, wie die Ketten, seit er sie zum erstenmal gesehen hatte, das Holz abgescheuert hatten. Das sind wir, dachte er. Das ist unser Denkmal. Und wie viele Denkmäler haben wir nicht in den Kanälen dieser Stadt!

Dann fuhren sie immer noch langsam bis zu der großen Laterne, die rechts vom Eingang zum Canal Grande ist, wo der Motor seinen rasselnden Todeskampf begann, der eine geringe Geschwindigkeitssteigerung hervorrief.

Jetzt kamen sie an der Accademia vorbei und fuhren unterhalb von ihr zwischen den Pfahlrammen in greifbarer Nähe an einem schwerbeladenen, schwarzen Dieselboot vorbei, voll mit Bauholz, zu Kloben zersägt, das in den feuchten Häusern der Seestadt als Brennholz verfeuert werden sollte.

„Das ist Buche, nicht wahr?" fragte der Colonel den Bootsführer.

„Buche und eine andere Holzart, die billiger ist, deren Namen mir aber im Augenblick nicht einfällt."

„Buche ist für ein Kaminfeuer, was Anthrazit für einen Ofen ist. Wo wird das Buchenholz geschlagen?"

„Ich bin nicht aus den Bergen. Aber ich glaube, es kommt von oberhalb von Bassano vom anderen Ufer der Grappa her. Ich war einmal an der Grappa, um mir anzusehen, wo mein Bruder begraben liegt. Es war ein Ausflug, den man von Bassano aus machte, und wir gingen auf den großen ossario. Aber wir sind über Feltre zurückgekommen. Als wir die Berge hinab ins Tal hinunterkamen, konnte ich sehen, daß auf der anderen Seite gute Wälder sind. Wir kamen die große Militärstraße herunter, auf der eine Menge Holz abgefahren wurde."

„In welchem Jahr ist Ihr Bruder an der Grappa gefallen?"

„Neunzehnhundertachtzehn. Er war ein großer Patriot und hingerissen, als er d'Annunzio reden hörte, und meldete sich als Freiwilliger, bevor sein Jahrgang aufgerufen wurde. Wir kannten ihn eigentlich nicht sehr gut, weil er so jung starb."

„Wie viele waren Sie zu Hause?"

„Wir waren sechs. Zwei haben wir jenseits vom Isonzo verloren, einen an der Bainsizza und einen auf dem Carso. Dann verloren wir den Bruder, von dem ich gerade erzählt habe, an der Grappa, und ich bin übriggeblieben."

„Ich werde Ihnen den verdammten Jeep mit allem Zubehör besorgen", sagte der Colonel. „Jetzt wollen wir aber nicht Trübsal blasen, sondern uns nach all den Häusern umsehen, in denen meine Freunde wohnen."

Sie fuhren jetzt den Canal Grande hinauf, und man konnte leicht sehen, wo man Freunde wohnen hatte.

„Das ist das Haus der Contessa Dandolo", sagte der Colonel. Dann sagte er nicht, sondern dachte: Sie ist über achtzig, und sie ist so vergnügt wie ein junges Mädchen und hat keine Angst vorm Sterben. Sie färbt sich die Haare rot, und es sieht sehr gut aus. Sie ist ein guter Kamerad und eine bewunderungswürdige Frau.

Ihr Palazzo sah reizend aus; er lag ein gutes Stück vom Kanal zurück, mit einem Garten davor und einem eigenen Anlegeplatz, wo manch eine Gondel frohe, vergnügte, traurige und enttäuschte Leute abgesetzt hatte. Aber die meisten waren vergnügt, weil sie zur Contessa Dandolo zu Besuch kamen.

Während sie sich gegen den kalten Wind, der von den Bergen kam, den Kanal hinaufkämpften, und die Häuser so klar und scharf umrissen waren wie an einem Wintertag, der es ja auch war, empfanden sie die alte Magie der Stadt und ihre Schönheit. Für den Colonel jedoch kam die Tatsache hinzu, daß er viele Leute kannte, die in den Palazzos wohnten, oder wenn sie dort nicht mehr wohnten, wußte er doch, welchen Zwecken die verschiedenen Häuser jetzt dienten.

Das ist das Haus von Alvaritos Mutter, dachte er, aber er sagte es nicht.

Sie wohnt dort nicht oft und bleibt draußen in ihrem Landhaus bei Treviso, wo es Bäume gibt. Sie hat es satt, daß es in Venedig keine Bäume gibt. Sie hat einen ungewöhnlichen Mann verloren und ist jetzt nur noch an Tüchtigkeit und Erfolg interessiert.

Früher einmal hatte die Familie dieses Haus George Gordon Lord Byron überlassen, und niemand schläft jetzt in Byrons Bett noch in dem anderen Bett zwei Stockwerke tiefer, wo er mit der Frau des Gondoliere zu schlafen pflegte. Man betrachtet sie weder als Heiligtümer noch als Reliquien. Es sind einfach Extrabetten, die später aus den verschiedensten Gründen nicht benutzt wurden, oder vielleicht doch auch aus Respekt für Lord Byron, der sehr beliebt hier war, trotz all der Fehltritte, die er beging. Man muß schon ein ganz schön harter Bursche sein, um in dieser Stadt beliebt zu sein, dachte der Colonel. Sie haben sich niemals was aus Robert Browning oder Mrs. Robert Browning gemacht noch aus ihrem Hund. Sie waren keine Venezianer, und wenn er noch so schön darüber schrieb. Und was ist ein harter Bursche eigentlich, fragte er sich. Man benutzt den Ausdruck so leichthin; man sollte ihn definieren können. Es ist wohl ein Mann, der sein Spiel plant und dann durchhält, oder einfach ein Mann, der im Spiel durchhält. Ich denke dabei nicht ans Theaterspielen, dachte er. So schön Theater auch sein kann.

Und dennoch, dachte er, als er die kleine Villa ganz dicht am Wasser erblickte, die so häßlich ist wie ein Haus, das man vom Zug von Le Havre oder Cherbourg aus sieht, wenn man in die Bannmeile von Paris kommt und sich der Stadt nähert. Es war von schlecht gepflegten Bäumen überwuchert und wahrhaftig kein Haus, in dem man leben würde, wenn man es vermeiden konnte. Dort hatte er gelebt.

Sie hatten ihn wegen seiner Begabung geliebt, und weil er böse war, und weil er mutig war. Mit seinem Talent und seiner Rednergabe hatte er, ein jüdischer Junge und Habenichts, das Land im Sturm genommen. Er hatte einen erbärmlicheren Charakter als irgendwer sonst, den ich kenne, und geizig war er auch. Aber der Mann, an den ich denke und mit dem ich ihn vergleiche, hat niemals etwas riskiert und ist nie im Krieg gewesen, dachte der Colonel, und Gabriele d'Annunzio (ich hab mir immer den Kopf zerbrochen, wie sein richtiger Name wohl war, dachte der Colonel, weil niemand in einem so realistischen Land wie Italien d'Annunzio heißt, und vielleicht war er auch nicht jüdisch, und was für einen Unterschied machte es schon, ob er's war oder nicht) hatte die Waffengattungen gewechselt, wie er die Frauen gewechselt hatte.

Alle Waffengattungen waren angenehm, bei denen d'Annunzio gewesen war, und seine Mission war leicht und schnell erfüllt bis auf die bei der Infanterie. Er erinnerte sich daran, wie d'Annunzio bei einem Absturz, während er als Beobachter über Triest oder Pola flog, ein Auge verloren hatte, und wie er später immer eine schwarze Binde trug, und die Leute, die es nicht wußten, dachten – denn damals wußte es niemand genau –, daß er es am Veliki oder auf dem San Michele oder irgendeinem anderen scheußlichen Fleck jenseits des Carso verloren hatte, wo alle, die man kannte, fielen oder kriegsuntauglich wurden. Aber d'Annunzio machte wahrhaftig immer nur heroische Gesten mit allem und jedem. Ein Infanterist betreibt ein sonderbares Handwerk, dachte er, vielleicht das allersonderbarste. Er, Gabriele, flog, aber er war kein Flieger. Er war bei der Infanterie, aber er war kein Infanterist; es waren immer nur Gesten.

Und der Colonel erinnerte sich an das eine Mal, als er dagestanden und einen Zug Sturmtruppen befehligt hatte, während es in einem jener nicht endenden Winter regnete, als der Regen dauernd fiel oder wenigstens immer, wenn Paraden oder Ansprachen an die Truppen stattfanden, und d'Annunzio hatte mit seinem fehlenden Auge, mit der Binde darüber und seinem weißen Gesicht, so weiß wie der Bauch einer Seezunge, die man gerade eben auf dem Markt umgedreht hat, so daß die braune Seite nicht zu sehen war, ausgesehen, als ob er dreißig Stunden tot war, und gerufen: „Morire non è basta", und der Colonel, damals ein Lieutenant, hatte gedacht: Bockmist, was wollen die denn sonst noch von uns?

Aber er hatte der Rede zugehört, und als der Oberstleutnant d'Annunzio – Schriftsteller und Nationalheld, beglaubigt und für wahr befunden, wenn man durchaus Helden haben muß, und der Colonel glaubte nicht an Helden – um einen Augenblick Stille für unsere glorreichen Toten bat, hatte er strammgestanden und salutiert. Aber sein Zug, der der Rede nicht gefolgt war, damals gab es noch keine Lautsprecher, und sie standen gerade so ein bißchen außer Hörweite, erwiderte wie ein Mann auf die Pause für den Augenblick Stille für unsere glorreichen Toten mit einem starken und schallenden „Evviva d'Annunzio!".

D'Annunzio hatte sie schon früher nach Siegen und vor Niederlagen angeredet, und sie wußten, was sie zu rufen hatten, wenn der Redner eine Pause machte.

Der Colonel, der damals ein Lieutenant war und seinen Zug liebte, hatte eingestimmt und im Befehlston hervorgestoßen: „Evviva d'Annunzio!" und hatte hiermit alle, die der Rede, Abhandlung oder Ansprache nicht gefolgt waren, freigesprochen und versucht, in dem engen Rahmen, in dem ein Lieutenant irgend etwas versuchen kann – bis auf eine unhaltbare Stellung zu halten oder seine eigene Aufgabe bei einem Angriff mit Verstand durchzuführen –, ihre Schuld zu teilen.

Aber jetzt fuhren sie an dem Haus vorbei, in dem der arme, ramponierte alte Kerl mit seiner großen, traurigen und niemals genügend geliebten Schauspielerin gelebt hatte, und er dachte an ihre wunderschönen Hände und ihr so wandlungsfähiges Gesicht, das nicht schön war, das einem aber alles an Liebe, Ekstase, Entzücken und Trauer zu vermitteln wußte, und wie die Biegung ihres Arms einem das Herz brechen konnte, und er dachte: Herrgott, sie sind tot, und ich weiß noch nicht einmal, weder wo die eine noch wo der andere begraben ist. Aber ich hoffe stark, daß sie sich in dem Haus da ordentlich amüsiert haben.

„Jackson", sagte er, „diese kleine Villa da links gehörte Gabriele d'Annunzio, der ein großer Schriftsteller war."

„Jawohl, Sir", sagte Jackson. „Freut mich sehr, etwas von ihm zu erfahren. Ich habe niemals von ihm gehört."

„Ich werde Ihnen sagen, was er geschrieben hat, falls Sie je was von ihm lesen wollen", sagte der Colonel. „Es gibt ein paar gute englische Übersetzungen."

„Danke, Sir", sagte Jackson. „Ich möchte gern mal was von ihm lesen, wenn ich mal Zeit habe. Er hat ein hübsches, wohnlich aussehendes Haus. Wie sagten Sie doch, wie war der Name?"

„D'Annunzio", sagte der Colonel, „Schriftsteller."

Weder wollte er Jackson verwirren noch ihn in Verlegenheit setzen, wie er's bereits mehrere Male an diesem

Tag getan hatte, deshalb fügte er nur zu sich selbst sprechend hinzu: Schriftsteller, Dichter, Nationalheld, Schöpfer der faschistischen Dialektik, makabrer Egoist, Flieger, Befehlshaber oder Mitfahrer im ersten Schnellboot, Oberstleutnant der Infanterie, ohne zu wissen, wie man eine Kompanie oder einen Zug ordentlich befehligt, der große, wunderbare Verfasser von „Notturno", der uns Respekt und Ekel einflößt.

Jetzt lag die Gondelüberfahrtstelle von Santa Maria del Giglio vor ihnen, und dahinter war der hölzerne Anlegesteg des „Gritti".

„Das ist das Hotel, in dem wir wohnen, Jackson."

Der Colonel wies auf den dreistöckigen, rosenfarbenen, hübschen kleinen Palazzo, der an den Kanal grenzte. Es war eine Dépendance vom „Grand Hotel" gewesen, aber jetzt war es ein selbständiges Hotel, und zwar ein sehr gutes. Wahrscheinlich war es das beste in einer Stadt erstklassiger Hotels, wenn man Kriecherei und Getue und Lakaienwirtschaft nicht mochte, und der Colonel liebte es.

„Sieht mir okay aus, Sir", sagte Jackson.

„Es *ist* okay", sagte der Colonel.

Das Motorboot landete mit einem Schwung an den Pfählen des Stegs. Jede Bewegung, die es machte, dachte der Colonel, ist ein Triumph der Tapferkeit der alternden Maschine. Wir haben jetzt keine Kriegsrosse mehr wie den alten „Traveller" oder Marbots „Lysette", die persönlich bei Eylau mitkämpften. Wir haben die Tapferkeit ausgedienter, verbrauchter Pleuelstangen, die unter keiner Bedingung brechen, des Zylinderkopfes, der nicht reißt, obschon er alles Recht dazu hätte, und alles Sonstige.

„Wir sind an der Anlegestelle, Sir", sagte Jackson.

„Wo, zum Teufel, sollten wir wohl sonst sein, Mann? Steigen Sie aus, während ich mit dem Sportsfreund hier abrechne." Er wandte sich dem Bootsführer zu und sagte: „Es waren dreitausendfünfhundert, nicht wahr?"

„Jawohl, Colonel."

„Ich werde an den ausrangierten Jeepmotor denken. Hier ist das Geld und kaufen Sie Ihrem Pferd etwas Hafer."

Der Portier, der Jackson die Taschen abnahm, hörte dies und lachte.

„Kein Tierarzt wird ihm sein Pferd wieder gesund machen."

„Es läuft noch", sagte der Bootsführer.

„Aber es gewinnt keine Rennen", sagte der Portier. „Wie geht es Ihnen, Colonel?"

„Könnte mir nicht besser gehen", sagte der Colonel. „Wie geht es allen Ordensmitgliedern?"

„Es geht allen Mitgliedern gut."

„Schön", sagte der Colonel. „Ich werde hineingehen und den Großmeister begrüßen."

„Er erwartet Sie, Colonel."

„Wir wollen ihn nicht warten lassen, Jackson", sagte der Colonel. „Sie können mit dem Herrn hier in die Vorhalle gehen, und sehen Sie zu, daß man meine Anmeldung ausfüllt. Sorgen Sie dafür, daß der Sergeant ein Zimmer bekommt", sagte er zu dem Portier. „Wir bleiben nur eine Nacht hier."

„Barone Alvarito war hier und hat nach Ihnen gefragt."

„Ich treffe ihn nachher bei ‚Harry'."

„Sehr wohl, Colonel."

„Wo ist der Großmeister?"

„Ich werde ihn suchen gehen."

„Sagen Sie ihm, daß ich in der Bar bin."

7

Die Bar war direkt gegenüber vom Vestibül des „Gritti", obschon Vestibül eigentlich nicht die richtige Bezeichnung war, um jene graziöse Eingangshalle zu beschreiben, dachte der Colonel. Hat denn Giotto nicht einen Kreis beschrieben? dachte er. Nein, das war in Mathematik.

Die Anekdote über jenen Maler, an die er sich erinnerte und die er am liebsten hatte, war folgende: „Das war leicht", sagte Giotto, als er einen vollkommenen Kreis beschrieb. „Wer, zum Teufel, hatte das nur erzählt und wo?"

„Guten Abend, Herr Staatsrat", sagte er zu dem Barmixer, der kein vollzählendes Ordensmitglied war, den er aber nicht kränken wollte. „Was kann ich für Sie tun?"

„Trinken, my Colonel."

Der Colonel sah aus den Fenstern und durch die Tür der Bar auf das Wasser des Canal Grande. Er konnte den großen schwarzen Pfahl, an dem die Gondeln festmachten, sehen und das spätnachmittagliche Winterlicht auf dem windgepeitschten Wasser. Auf der anderen Seite des Kanals war das alte „Palace", und ein Holzkahn kam schwarz und breit den Kanal herauf; sein stumpfer Bug warf eine Welle auf, obschon der Wind von hinten kam.

„Geben Sie mir einen Martini, extra dry", sagte der Colonel. „Einen doppelten."

In dem Augenblick kam der Großmeister ins Zimmer. Er trug die offizielle Oberkellnertracht. Er war richtig gutaussehend, so von innen heraus, wie ein Mann aussehen soll, so daß sein Lächeln vom Herzen, oder was immer der Mittelpunkt des Körpers ist, ausging und frei und schön an die Oberfläche, nämlich das Gesicht, kommt. Er hatte ein feingeschnittenes Gesicht mit der langen, geraden Nase, wie man sie in seinem Teil des

Veneto findet, gütige, fröhliche, offene Augen und das ehrwürdige weiße Haar, das seinem Alter, das zwei Jahre mehr betrug als das des Colonel, gemäß war.

Er näherte sich lächelnd, liebevoll und ein wenig verschwörerhaft, da sie beide allerlei Geheimnisse teilten, und er streckte ihm seine Hand entgegen, eine große, lange, starke, spatenförmige Hand, gut gepflegt, wie es sowohl für seine Stellung angemessen wie notwendig war, und der Colonel streckte ihm seine eigene Hand entgegen, die zweimal durchschossen und leicht verkrüppelt war. So war der Kontakt zwischen zwei alten Bewohnern des Veneto hergestellt, beides Männer und Brüder in ihrer Zugehörigkeit zur menschlichen Rasse, dem einzigen Verein, dem der eine wie der andere Tribut zahlte, und auch Brüder in ihrer Liebe zu einem alten Land, um das viel gekämpft und das noch in jeder Niederlage siegreich gewesen war, und das sie beide in ihrer Jugend verteidigt hatten.

Ihr Händedruck dauerte gerade nur lang genug, um den Kontakt und die Freude des Wiedersehens wahrzunehmen, und dann sagte der Maître d'hôtel: „My Colonel."

Und der Colonel sagte: „Gran Maestro."

Dann forderte der Colonel den Gran Maestro auf, einen mit ihm zu trinken, aber der Maître d'hôtel sagte, daß er im Dienst sei. Es wäre sowohl unmöglich wie auch verboten.

„Verboten?" fragte der Colonel.

„Gewiß", sagte der Gran Maestro. „Aber jeder muß seinen Pflichten nachkommen, und hier sind die Vorschriften vernünftig, und alle sollten sich ihnen fügen und ich im besonderen wegen des guten Beispiels."

„Nicht umsonst sind Sie der Gran Maestro", sagte der Colonel.

„Geben Sie mir einen kleinen Carpano punto e

mezzo", sagte der Gran Maestro zu dem Barmixer, der immer noch wegen eines kleinen, unbestimmten, unerwähnten Grundes außerhalb des Ordens war. „Um auf den ordine zu trinken."

Dann kippten der Colonel und der Gran Maestro einen Schnellen und ließen somit die Vorschriften und die Grundsätze des guten Beispiels an höchster Stelle außer acht. Sie beeilten sich nicht besonders, und der Gran Maestro machte sich auch keine Gedanken. Sie tranken ihn nur schnell herunter.

„Jetzt wollen wir die Angelegenheiten des Ordens diskutieren", sagte der Colonel. „Sind wir im Geheimkabinett?"

„Das sind wir", sagte der Gran Maestro. „Oder ich erkläre es hiermit dazu."

„Fahren Sie fort", sagte der Colonel.

Der Orden, der eine absolut fiktive Organisation war, verdankte seine Gründung einer Reihe von Unterhaltungen zwischen dem Gran Maestro und dem Colonel. Er hieß El Ordine Militar, Nobile y Espirituoso de los Caballeros de Brusadelli. Der Colonel und der Oberkellner sprachen beide Spanisch, und da dies für Ordensgründungen die gegebene Sprache ist, hatten sie sich ihrer bei der Namensgebung dieses Ordens bedient, der nach einem besonders berüchtigten Mailänder Multimillionär und Steuerhinterzieher und Schieber benannt war, der während eines Eigentumsdisputs seine junge Frau in einem Prozeß vor Gericht öffentlich beschuldigt hatte, daß sie ihn durch ihre außergewöhnlichen sexuellen Ansprüche seiner Urteilsfähigkeit beraubt habe.

„Gran Maestro", sagte der Colonel. „Haben Sie von unserem Führer, dem *Ehrwürdigen*, gehört?"

„Nicht ein Wort. Er schweigt sich aus."

„Sicher denkt er nach."

„Sicher."

„Vielleicht meditiert er über neue, noch hervorragendere Schandtaten."

„Vielleicht. Er hat mir keine Botschaft zukommen lassen."

„Aber wir können Vertrauen zu ihm haben."

„Bis er stirbt", sagte der Gran Maestro. „Danach wird er in der Hölle schmoren, und wir werden sein Andenken in Ehren halten."

„Giorgio", sagte der Colonel. „Geben Sie dem Gran Maestro noch einen kleinen Carpano."

„Wenn Sie befehlen", sagte der Gran Maestro, „kann ich nur gehorchen."

Sie stießen an.

„Jackson", rief der Colonel. „Sie sind frei. Sie können hier für Ihr Essen gegenzeichnen. Kommen Sie mir nicht vor elf morgen früh in der Halle unter die Augen, außer wenn Sie in Schwierigkeiten geraten. Haben Sie Geld?"

„Jawohl, Sir", sagte Jackson und dachte: Der alte Scheißkerl ist *wahrhaftig* so verrückt, wie man sagt. Aber er hätte mich schon rufen können, anstatt so zu brüllen.

„Gehen Sie mir aus den Augen", sagte der Colonel. Jackson hatte den Raum betreten und nahm halbwegs stramme Haltung an.

„Ich hab Ihren Anblick satt, weil Sie sich dauernd Sorgen machen und sich nicht amüsieren. Zum Donnerwetter, amüsieren Sie sich gefälligst."

„Jawohl, Sir."

„Haben Sie verstanden, was ich gesagt habe?"

„Jawohl, Sir."

„Wiederholen Sie."

„Ronald Jackson, T 5 Seriennummer 100678, wird um elf Uhr früh, ich weiß das Datum nicht, Sir, in der Halle von diesem Hotel ‚Gritti' antreten und wird sich jetzt aus den Augen des Colonels entfernen und sich amüsieren. Oder“, fügte er hinzu, „wird sich alle erdenkliche Mühe geben, dieses Ziel zu erreichen.“

„Entschuldigen Sie, Jackson“, sagte der Colonel. „Ich bin ein Arschloch.“

„Ich erlaube mir, anderer Meinung zu sein als der Colonel“, sagte Jackson.

„Danke, Jackson“, sagte der Colonel zu ihm. „Vielleicht bin ich auch keins. Ich hoffe, Sie haben recht. Jetzt ziehen Sie ab. Sie haben ein Zimmer hier oder sollten eines haben, und Sie können hier fürs Essen gegenzeichnen. Jetzt versuchen Sie mal, sich zu amüsieren.“

„Jawohl, Sir“, sagte Jackson.

Nachdem er fort war, sagte der Gran Maestro zum Colonel: „Was ist denn das für einer? Einer von jenen *traurigen* Amerikanern?“

„Ja“, sagte der Colonel. „Und, mein Gott, wir haben eine Menge von der Sorte. Traurig, selbstgerecht, zu gut genährt, zu schlecht trainiert. Wenn sie schlecht trainiert sind, ist es meine Schuld, aber es sind auch ein paar Gute darunter.“

„Glauben Sie, daß die das an der Grappa und den Pasubio und die Basso Piave so geschafft hätten wie wir?“

„Die Guten ja. Die vielleicht sogar besser. Aber wissen Sie, daß man sie bei uns in der Armee nicht einmal für Selbstverstümmelung erschießt?“

„Mein Gott!“ sagte der Gran Maestro. Er und der Colonel dachten an die Leute, die den Entschluß gefaßt hatten, nicht zu sterben, ohne zu überlegen, daß der, der am Donnerstag stirbt, nicht am Freitag zu sterben braucht, und wie ein Soldat das in einer Wickelgamasche steckende Bein eines andern in einen Sandsack wickelte, damit es keine Pulververbrennung geben würde, und von einer Entfernung auf seinen Freund schoß, von der er annahm, daß er die Wade treffen würde, ohne den Knochen zu verletzen, und dann zweimal über die Brüstung feuerte, um dem Schuß ein Alibi zu geben. Sie teilten dies Wissen, und aus diesem Grund und aus einem ehrlichen, anständigen Haßgefühl auf all die, die durch den Krieg profitierten, hatten sie den Orden gegründet.

Die beiden, die einander liebten und achteten, wußten, daß die *armen* Jungens, die nicht sterben wollten, sich untereinander den Inhalt einer Streichholzschachtel teilten, um die Infektion hervorzurufen, die sie von dem nächsten mörderischen Frontangriff fernhalten würde.

Sie wußten über die anderen Jungens Bescheid, die sich die großen Zehn-Centesimi-Stücke in die Achselhöhlen steckten, um die Gelbsucht zu kriegen. Und sie wußten auch über die reicheren Jungens Bescheid, die sich in den verschiedensten Städten Paraffinspritzen in die Kniescheibe machen ließen, um nicht in den Krieg zu müssen.

Sie wußten, wie man Knoblauch benutzte, um gewisse Wirkungen zu erzielen, die einen Mann von einem Angriff fernhalten konnten, und sie kannten alle oder beinah alle anderen Tricks, denn der eine war der Feldwebel und der andere ein Leutnant bei der Infanterie gewesen, und sie hatten an den drei Schlüsselstellungen gekämpft, am Pasubio, an der Grappa und an der Piave, wo all dies Sinn und Verstand hatte.

Sie hatten auch vorher bei der idiotischen Schlachterei am Isonzo und auf dem Karst mitgemacht. Aber sie schämten sich beide für die, die das befohlen hatten, und sie dachten hieran nur als an eine schandbare Dummheit, die man vergessen sollte, und der Colonel erinnerte sich daran vom technischen Standpunkt her, als an etwas, woraus man lernen sollte. Und dann hatten sie den edlen, streitbaren und religiösen Orden von Brusadelli gegründet, der nur fünf Mitglieder hatte. „Was gibt es für Ordensneuigkeiten?“ fragte der Colonel den Gran Maestro.

„Wir haben dem Koch vom ‚Magnificent‘ den Rang eines Commendatore verliehen. Er hat sich an seinem fünfzigsten Geburtstag dreimal als Mann betätigt. Ich ließ seine Aussage ohne weitere Bestätigung gelten. Er hat niemals je gelogen.“

„Nein. Er hat niemals gelogen. Aber es ist ein Thema, bei dem Sie mit Ihrer Gutgläubigkeit etwas kargen müssen.“

„Ich habe ihm geglaubt. Er sah völlig kaputt aus.“

„Ich kann mich an ihn erinnern, als er ein strammer Junge war und wir ihn den Jungfernknacker nannten.“

„Anch'io.“

„Haben Sie für den Winter irgendwelche konkreten Pläne für den Orden?“

„Nein, mein oberster Feldherr.“

„Finden Sie, daß wir Seiner Exzellenz Pacciardi eine Huldigung zuteil werden lassen sollten?“

„Wie Sie wünschen.“

„Wir wollen es vertagen“, sagte der Colonel. Er dachte einen Augenblick nach und signalisierte nach noch einem Martini.

„Meinen Sie, daß wir eine Huldigung und Kundgebung an irgendeinem historischen Platz wie San Marco oder der alten Kirche in Torcello für unseren großen Schutzherrn Brusadelli, den Verehrungswürdigen, veranstalten sollten?“

„Ich bezweifle, daß es die kirchlichen Autoritäten in diesem Augenblick zulassen würden.“

„Dann wollen wir alle Pläne für irgendwelche öffentlichen Kundgebungen für diesen Winter fallenlassen und in unseren Kadern für das Wohl des Ordens arbeiten.“

„Ich halte das für das Richtigste“, sagte der Gran Maestro. „Wir wollen uns umgruppieren.“

„Und wie geht es Ihnen persönlich?"

„Grauenhaft", sagte der Gran Maestro. „Ich habe einen zu niedrigen Blutdruck, Geschwüre und Schulden."

„Sind Sie glücklich?"

„Immer", sagte der Gran Maestro. „Ich liebe meine Arbeit, und ich treffe ungewöhnliche und interessante Menschen, außerdem eine Menge Belgier. Die haben wir in diesem Jahr an Stelle der Heuschreckenplage. Früher hatten wir die Deutschen. Was hat Cäsar noch gesagt? ‚Und die Tapfersten unter ihnen sind die Belgier.' Aber nicht die Bestangezogenen. Sind Sie meiner Meinung?"

„In Brüssel fand ich sie ganz gut ausstaffiert", sagte der Colonel. „Eine wohlgenährte, vergnügte Hauptstadt. Gewonnen, verloren oder unentschieden. Ich habe sie niemals kämpfen sehen, obschon mir alle sagen, daß sie es tun."

„Wir hätten damals in den guten alten Zeiten in Flandern kämpfen sollen."

„Damals, in den guten alten Zeiten, waren wir noch nicht geboren", sagte der Colonel. „Darum konnten wir ganz automatisch damals nicht dort kämpfen."

„Ich wünschte, wir hätten mit den Condottieri Krieg führen können, als alles, was man zu tun hatte, darin bestand, schneller zu denken als sie, und sie dann nachgaben. Sie hätten denken können, und ich würde Ihre Befehle übermittelt haben."

„Wir hätten ein paar Städte erobern müssen, um ihnen Respekt vor unserem Denken beizubringen."

„Wir könnten sie plündern, falls sie sie verteidigen würden", sagte der Gran Maestro. „Welche Städte würden Sie erobern?"

„Nicht diese hier", sagte der Colonel. „Ich würde Vicenza erobern, Bergamo und Verona. Nicht notwendigerweise in dieser Reihenfolge."

„Sie müßten noch zwei weitere erobern."

„Ich weiß", sagte der Colonel. Jetzt war er wieder ein General, und er war glücklich. „Ich hatte geplant, Brescia zu umgehen. Es würde wahrscheinlich durch sein eigenes Gewicht fallen."

„Und wie geht es Ihnen, mein oberster Feldherr?" sagte der Gran Maestro, denn bei diesem Städteerobern fühlte er sich nicht in seinem Fahrwasser.

Er fühlte sich in seinem kleinen Anwesen in Treviso, dicht unter den alten Mauern an dem schnellströmenden Fluß, zu Hause. Die Wasserpflanzen schwankten in der Strömung, und die Fische standen im Schutz der Pflanzen und stiegen nach Insekten, die in der Dämmerung das Wasser berührten. Er fühlte sich auch in allen Operationen, in die nicht mehr als eine Kompanie verwickelt war, zu Hause und verstand sich darauf genauso wie auf das tadellose Servieren in einem kleinen oder großen Speisesaal.

Aber als der Colonel wieder zum General wurde, was er früher einmal gewesen war, und in Begriffen dachte, die so weit über seinen Horizont gingen, wie Logarithmen jenseits des Begriffsvermögens eines Mannes liegen, der sich nur im Rechnen auskennt, war er nicht zu Hause, und ihre Beziehung war jetzt gezwungen, und er wünschte, daß der Colonel zu den Dingen zurückkehren würde, über die sie beide gemeinsam Bescheid gewußt hatten, als sie Leutnant und Feldwebel waren.

„Was würden Sie mit Mantua machen?" fragte der Colonel.

„Ich weiß es nicht, Colonel. Ich weiß nicht, gegen wen Sie kämpfen noch was für Streitkräfte sie haben, noch was für Streitkräfte Ihnen zur Verfügung stehen."

„Sagten Sie denn nicht, wir wären Condottieri mit unserer Operationsbasis entweder hier oder in Padua?"

„Colonel", sagte der Gran Maestro, und er büßte hierdurch in keiner Weise etwas ein. „Tatsächlich weiß ich nichts über die Condottieri noch wie man damals wirklich kämpfte. Ich sagte nur, daß ich gern unter Ihrer Führung in solchen Zeiten gekämpft hätte."

„Solche Zeiten gibt es nicht mehr", sagte der Colonel, und der Zauberbann war gebrochen.

Verteufelt, vielleicht hatte es gar keinen Zauberbann gegeben, dachte der Colonel. Zum Teufel mit dir, sagte er zu sich. Laß das schon, ja? Und benimm dich wie ein menschliches Wesen, wo du ein halbes Jahrhundert alt bist.

„Trinken Sie noch einen Carpano", sagte er zu dem Gran Maestro.

„Colonel, gestatten Sie mir, wegen meiner Geschwüre abzulehnen."

„Ja, natürlich. Mensch, wie heißen Sie, Giorgio? Noch einen dry Martini. Secco, molto secco e doppio."

Bann brechen, dachte er, das ist nicht mein Handwerk. Mein Handwerk ist, bewaffnete Männer zu töten. Ein Zauberbann müßte bewaffnet sein, wenn ich ihn brechen sollte. Aber wir haben viele Dinge getötet, die nicht bewaffnet waren. Schön, schön, Bannbrecher, zieh dich zurück.

„Gran Maestro", sagte er. „Sie bleiben der Gran Maestro und die Condottieri können uns mal."

„Das hätten sie schon vor vielen Jahren tun können, mein oberster Feldherr."

„Genau das", sagte der Colonel.

Aber der Bann war gebrochen.

„Ich sehe Sie nachher beim Essen", sagte der Colonel. „Was gibt es?"

„Es wird alles geben, was Sie wünschen, und was nicht da ist, werden wir holen lassen."

„Haben Sie frischen Spargel?"

„Sie wissen, daß wir in diesen Monaten keinen bekommen können. Er kommt im April, und zwar aus Bassano."

„Dann denken Sie sich etwas aus, und ich werde es essen", sagte der Colonel.

„Wie viele Personen werden Sie sein?" fragte der Maître d'hôtel.

„Wir werden zu zweit sein", sagte der Colonel. „Um wieviel Uhr wird das bistro hier geschlossen?"

„Wir werden das Essen servieren, wann Sie zu dinieren wünschen, Colonel."

„Ich werde versuchen, zu einer vernünftigen Zeit zu kommen", sagte der Colonel. „Auf Wiedersehen, Gran Maestro", sagte er und lächelte und gab dem Gran Maestro seine verkrüppelte Hand.

„Auf Wiedersehen, mein oberster Feldherr", sagte der Gran Maestro, und der Zauberbann bestand wieder und war beinahe vollkommen.

Aber er war nicht ganz vollkommen, und der Colonel wußte es, und er dachte: Warum bin ich nur immer so ein Scheißkerl? Und warum kann ich dies Waffenhandwerk nicht mal beiseite lassen und ein freundlicher, anständiger Mensch sein, wie ich's so gern möchte?

Ich versuche immer, gerecht zu sein, aber ich bin schroff, und ich bin brutal, und zwar ist es nicht, daß ich diese Verteidigung aufbaue gegen Arschkriecherei meiner Vorgesetzten und der Welt. Mit weniger Wildeberblut in den Adern wäre ich ein besserer Mensch in der kurzen Zeit, die noch bleibt. Wir wollen es heute abend versuchen, dachte er. Mit wem, dachte er, und wo, und Gott bewahre mich davor, daß ich etwas Böses tue.

„Giorgio", sagte er zu dem Barmixer, dessen Gesicht so weiß wie das eines Leprakranken war, aber ohne Beulen und ohne den silbrigen Schimmer.

Giorgio mochte den Colonel eigentlich nicht sehr;

vielleicht lag es aber einfach daran, daß er aus Piemont war und keinen wirklich leiden konnte, was ja bei temperamentlosen Leuten aus einer Grenzprovinz begreiflich ist. Grenzbewohner trauen keinem, und der Colonel wußte das, und er erwartete von niemandem etwas, was er nicht zu geben hatte.

„Giorgio“, sagte er zu dem bleichgesichtigen Barmixer. „Bitte, schreiben Sie dies für mich an.“

Er verließ den Raum und ging, wie er immer ging, mit leicht übertriebenem Selbstvertrauen, selbst dann, wenn es nicht nötig war, und in dem immer wieder erneuten Vorsatz, freundlich und anständig und gut zu sein, begrüßte er den Portier, der ein Freund war, und den zweiten Direktor, der Suaheli sprach und in Kenia Kriegsgefangener gewesen war, einen besonders liebenswürdigen, lebendigen, gutaussehenden, übersprudelnden jungen Mann, der aber vielleicht noch nicht ganz zum Ordensmitglied reif war.

„Und der cavaliere ufficiale, der dies Hotel leitet, mein Freund?“ fragte er.

„Er ist nicht hier“, sagte der zweite Direktor. „Nur im Augenblick natürlich nicht“, fügte er hinzu.

„Richten Sie ihm meine Empfehlungen aus“, sagte der Colonel. „Und lassen Sie mir von jemandem mein Zimmer zeigen.“

„Es ist dasselbe Zimmer wie immer. Sie wünschen es doch?“

„Ja. Haben Sie sich um den Sergeant gekümmert?“

„Er ist gut versorgt.“

„Schön“, sagte der Colonel.

Der Colonel machte sich, von einem Jungen begleitet, der seine Reisetasche trug, auf den Weg in sein Zimmer.

„Hier lang, my Colonel“, sagte der Junge, als der Lift mit einer geringen Ungenauigkeit im obersten Stockwerk hielt.

„Könnt ihr denn nicht mal einen Lift ordentlich bedienen?“ fragte der Colonel.

„Nein, my Colonel“, sagte der Junge. „Die Stromstärke ist nicht gleichmäßig.“

8

Der Colonel sagte nichts und ging dem Jungen voran, den Korridor hinunter. Er war breit, lang und hochgewölbt, und zwischen den Zimmertüren auf der Seite des Canal Grande waren lange und vornehme Zwischenräume. Natürlich hatten alle Zimmer, da dies einmal ein Palast gewesen war, eine hervorragende Aussicht, bis auf die, die für die Dienstboten bestimmt waren.

Dem Colonel kam der Weg weit vor, obschon er ganz kurz war, und als der Kellner, der dies Zimmer bediente, erschien – untersetzt, dunkel, mit seinem Glasauge in der linken Augenhöhle funkelnd, unfähig, sein wahres, volles Lächeln zu lächeln – und mit dem großen Schlüssel die Tür zu öffnen suchte, wünschte der Colonel, daß die Tür schneller aufgehen würde.

„Schließen Sie auf“, sagte er.

„Ich bin dabei, my Colonel“, sagte der Kellner. „Aber Sie kennen ja diese Schlösser.“

Ja, dachte der Colonel. Ich kenne sie, aber ich wünschte, er würde es schon aufkriegen.

„Wie geht’s Ihrer Familie?“ sagte er zu dem Kellner, der die Tür weit aufgestoßen hatte, so daß der Colonel, der jetzt eingetreten war, im Zimmer mit dem hohen, dunklen, mit großen Spiegeln versehenen Schrank stand, den zwei guten Betten, dem großen Kronleuchter und der Aussicht durch die noch geschlossenen Fenster auf das windgepeitschte Wasser des Canal Grande.

Der Kanal war jetzt in dem schnell schwindenden

Winterlicht so grau wie Stahl, und der Colonel sagte: „Arnaldo, machen Sie die Fenster auf."

„Es ist starker Wind, my Colonel, und das Zimmer ist schlecht geheizt wegen Mangel an elektrischem Strom."

„Wegen Mangel an Regen", sagte der Colonel. „Machen Sie die Fenster auf. Alle."

„Wie Sie wünschen, my Colonel." Der Kellner öffnete die Fenster, und der Nordwind kam ins Zimmer.

„Bitte, verbinden Sie mit der Zentrale; sie möchten diese Nummer hier anrufen." Der Kellner telefonierte, während der Colonel im Badezimmer war.

„Die Contessa ist nicht zu Hause, my Colonel", sagte er. „Man meinte, Sie würden sie bei ‚Harry' finden."

„Man findet alles auf der Welt bei ‚Harry'."

„Jawohl, my Colonel. Ausgenommen vielleicht das Glück."

„Ich werde auch das Glück dort finden, verflucht noch mal", versicherte ihm der Colonel. „Das Glück ist, wie Sie ja wissen, ein bewegliches Fest."

„Das weiß ich sehr wohl", sagte der Kellner. „Ich habe Campari Magenbitter und eine Flasche Gordon Gin gebracht. Darf ich Ihnen einen Campari mit Gin und Sodawasser mischen?"

„Sie sind ein guter Kerl", sagte der Colonel. „Wo haben Sie das her, aus der Bar?"

„Nein, ich hab's gekauft, während Sie fort waren, damit Sie Ihr Geld nicht an der Theke auszugeben brauchen. Die Bar ist sehr teuer."

„Stimmt", pflichtete der Colonel bei. „Aber Sie sollten nicht Ihr eigenes Geld in solch ein Unternehmen stekken."

„Ich hab's riskiert. Wir haben beide ja schon allerhand riskiert. Der Gin kostete dreitausendzweihundert Lire zum regulären Preis, und der Campari kostete achthundert Lire."

„Sie sind ein großartiger Kerl", sagte der Colonel zu ihm. „Wie waren die Enten?"

„Meine Frau spricht noch immer von ihnen. Wir hatten noch nie Wildenten, weil sie soviel kosten und gar nicht für uns in Betracht kommen. Aber einer unserer Nachbarn hat ihr gesagt, wie man sie zubereitet, und diese selben Nachbarn haben sie auch mit uns gegessen. Ich hab nie gewußt, daß etwas so wunderbar schmecken kann. Wenn die Zähne in das kleine Stück Fleisch beißen, ist es ein fast unbeschreiblicher Genuß."

„Das finde ich auch. Es gibt nichts Wunderbareres zum Essen als diese fetten Enten von hinter dem Eisernen Vorhang. Sie wissen doch, daß ihr Flugweg durch die großen Getreidefelder an der Donau geht. Dies ist eine abgesplitterte Kette, die wir hier haben, aber sie nehmen immer noch denselben Weg von der Zeit her, wo es keine Jagdgewehre gab."

„Ich weiß nichts von Schießen als Sport", sagte der Kellner. „Wir waren zu arm."

„Aber im Veneto gehen doch eine Menge Leute, die kein Geld haben, auf die Jagd."

„Ja. Natürlich. Man hört sie oft die ganze Nacht schießen. Aber wir waren zu arm dafür. Wir waren ärmer, als Sie sich's vorstellen können, Colonel."

„Ich glaube, ich kann es mir vorstellen."

„Vielleicht", sagte der Kellner. „Meine Frau hat auch all die Federn aufgehoben und mich gebeten, Ihnen zu danken."

„Wenn wir übermorgen auch nur ein bißchen Glück haben, kriegen wir 'ne Menge. Große Enten mit grünen Köpfen. Sagen Sie Ihrer Frau, mit ein bißchen Glück kriegt sie ein paar gute Bratenten, so dick wie Schweine von all dem, was sie bei den Russen gefressen haben, und mit wunderschönen Federn."

„Was halten Sie von den Russen, falls es nicht indiskret ist, dies zu fragen, Colonel?"

„Sie sind unser potentieller Feind, also bin ich als Soldat jederzeit bereit, gegen sie zu kämpfen. Aber ich mag sie sehr gern, und ich hab niemals nettere Leute kennengelernt oder Leute, die uns ähnlicher sind als sie."

„Ich hab nie das Glück gehabt, welche zu kennen."

„Werden Sie noch, mein Lieber. Werden Sie noch. Falls Seine Exzellenz Pacciardi sie nicht an der Piave aufhält, dem Fluß, der kein Wasser mehr enthält. Es ist für Wasserkraftwerke abgezogen worden. Vielleicht wird Seine Exzellenz dort kämpfen. Aber ich glaube nicht, daß er lange kämpfen wird."

„Ich kenne Seine Exzellenz Pacciardi nicht."

„Ich kenne ihn", sagte der Colonel. „Und jetzt bitten Sie unten, bei ‚Harry' anzurufen und zu fragen, ob die Contessa dort ist. Wenn nicht, soll man noch einmal bei ihr zu Hause anrufen."

Der Colonel trank, was Arnaldo, der glasäugige Kellner, für ihn zubereitet hatte. Er hatte keine Lust darauf und wußte, daß es schlecht für ihn war.

Aber er nahm das Glas mit dem Vernichtungsdrang eines alten Wildebers, wie er sein ganzes Leben lang alles genommen hatte, und er bewegte sich, immer noch katzenhaft, wenn er sich bewegte, allerdings jetzt wie eine alte Katze, zu dem offenen Fenster hinüber und blickte hinaus auf den großen Kanal, der jetzt so grau war, als ob ihn Degas an einem seiner grauesten Tage gemalt hatte.

„Danke vielmals für den Campari", sagte der Colonel, und Arnaldo, der ins Telefon hineinsprach, nickte und lächelte sein glasäugiges Lächeln. Wenn er doch nur nicht das Glasauge haben müßte, dachte der Colonel. Ich liebe nur Leute, die gekämpft haben oder die verstümmelt sind, dachte er.

Andere Leute waren nett, und man mochte sie und war gut Freund mit ihnen. Aber wahre Zärtlichkeit und Liebe empfand man nur für die, die dabeigewesen waren und die das durchgemacht hatten, was jeder durchmacht, der lange genug dabei ist.

Also bin ich ein Krüppelliebhaber, dachte er und trank den ungewollten Campari. Und ich liebe also jeden Schweinehund, der schwer verwundet worden ist, und jeder wird's, der lange genug dabei ist.

Ja, sagte sein anderes, besseres Ich. Du liebst sie.

Ich möchte lieber niemanden lieben, dachte der Colonel. Ich möchte lieber vergnügt sein.

Und vergnügt sein, sagte sein besseres Ich, vergnügt sein kannst du nicht, wenn du nicht liebst.

Schön. Ich liebe mehr als sonst irgendein Schweinehund auf dieser Welt, sagte der Colonel, aber nicht laut.

Laut sagte er: „Was haben Sie am Telefon erreicht, Arnaldo?"

„Cipriani ist noch nicht da", sagte der Kellner. „Man erwartet ihn jeden Augenblick, und ich halte die Verbindung für den Fall, daß er kommt."

„Ein kostspieliges Verfahren", sagte der Colonel. „Lassen Sie sich einen Bericht über die Anwesenden geben, damit wir keine Zeit verlieren. Ich will genau wissen, wer da ist."

Arnaldo sprach behutsam in die Sprechmuschel des Telefons.

Er bedeckte die Öffnung des Apparates mit seiner Hand und sagte: „Ich spreche mit Ettore. Er sagt, Barone Alvarito sei nicht da. Graf Andrea sei da, und er ist ziemlich betrunken, sagt Ettore, aber nicht so betrunken, daß Sie sich nicht miteinander amüsieren würden. Die Gruppe von Damen, die jeden Nachmittag vorbeikommt, ist da, und dann ist eine griechische Prinzessin da, die Sie kennen, und noch ein paar Leute, die Sie nicht kennen, und sonst noch allerlei Pack vom amerikanischen Konsulat, die schon seit Mittag da sind."

„Sagen Sie ihm, er möchte zurückrufen, wenn das Pack geht; dann werde ich rüberkommen."

Arnaldo sprach in den Apparat hinein, dann wandte er sich dem Colonel zu, der aus dem Fenster auf die Kuppel der Dogana blickte. „Ettore sagt, er wird sich bemühen, sie zum Aufbruch zu bewegen, aber er fürchtet, daß Cipriani es nicht gern sehen wird."

„Sagen Sie ihm, daß er sie nicht zum Aufbruch treibt. Die brauchen heute nachmittag nicht zu arbeiten, und es liegt kein Grund vor, warum sie sich nicht wie jeder andere Mensch betrinken sollen. Ich will sie bloß nicht sehen."

„Ettore sagt, er wird zurückrufen. Er sagte mir, ich solle Ihnen ausrichten, daß die Stellung seiner Meinung nach durch ihre eigene Schwere fallen wird."

„Danken Sie ihm für die Auskunft", sagte der Colonel.

Er beobachtete eine Gondel, die sich gegen den Wind den Kanal hinaufarbeitete, und dachte: nicht mit saufenden Amerikanern. Ich weiß, sie langweilen sich. Selbst in dieser Stadt. Ja, sie langweilen sich in dieser Stadt. Ich weiß, es ist kalt hier, und ihre Gehälter sind unzureichend, ich weiß, was Brennmaterial kostet. Ich bewundere ihre Frauen in ihrem heldenhaften Bemühen, Keokuk nach Venedig zu verpflanzen, und ihre Kinder sprechen bereits italienisch wie kleine Venezianer. Aber heute mal keine snapshots, Jack. Heute wollen wir uns mal um die snapshots, den Barklatsch, die unerwünschten kameradschaftlichen Drinks und die langweiligen Leiden des Konsulardienstes drücken.

„Heute mal keinen zweiten, dritten und vierten Vizekonsul, Arnaldo."

„Es gibt eine Reihe sehr netter Leute auf dem Konsulat."

„Jawohl", sagte der Colonel. „Neunzehnhundertachtzehn war ein verdammt netter Konsul hier. Jeder mochte ihn gern. Ich muß mal sehen, vielleicht kann ich mich an seinen Namen erinnern."

„Sie können sich sehr weit zurückerinnern, my Colonel."

„Ich kann mich so weit zurückerinnern, daß es, weiß Gott, nicht mehr komisch ist."

„Erinnern Sie sich an alles von früher?"

„Alles", sagte der Colonel. „Der Mann hieß Carroll."

„Ich hab von ihm gehört."

„Sie waren damals noch nicht auf der Welt."

„Glauben Sie, daß man auf der Welt gewesen sein muß, um zu wissen, was in dieser Stadt passiert ist, Colonel?"

„Sie haben völlig recht. Sagen Sie mir, weiß jeder immer alles, was in dieser Stadt passiert?"

„Nicht jeder. Aber beinah jeder", sagte der Kellner. „Schließlich, Laken sind Laken, und irgendwer muß sie wechseln, und irgendwer muß sie waschen. Natürlich spiele ich nicht auf die Laken in einem Hotel wie diesem hier an."

„Ich hab mich verdammt gut in meinem Leben auch ohne Laken amüsiert."

„Natürlich. Aber die Gondoliere, die wohl die gefälligsten und meines Erachtens nach die besten Leute sind, die wir haben, reden untereinander."

„Natürlich."

„Dann die Geistlichen. Während sie niemals das Beichtgeheimnis verletzen würden, unterhalten sie sich doch miteinander."

„Das ist anzunehmen."

„Ihre Haushälterinnen unterhalten sich miteinander."

„Das ist ihr gutes Recht."

„Dann die Kellner", sagte Arnaldo. „Die Leute reden

bei Tisch, als ob der Kellner stocktaub wäre. Der Kellner macht, seiner Berufsethik folgend, keinen Versuch, eine Unterhaltung zu belauschen, aber manchmal kann er nicht umhin, etwas mit anzuhören. Und natürlich unterhalten auch wir uns untereinander. Selbstverständlich niemals in diesem Hotel. Ich könnte damit fortfahren."

„Ich glaube, ich habe es erfaßt."

„Ganz zu schweigen von den Coiffeuren und Friseuren."

„Und was gibt's jetzt Neues auf dem Rialto?"

„Das wird man Ihnen alles bei ‚Harry' erzählen, bis auf das Stückchen, in dem Sie eine Rolle spielen."

„Spiele ich eine Rolle?"

„Alle wissen alles."

„Na, es ist eine verdammt angenehme Geschichte."

„Manche Leute verstehen den Torcello-Teil nicht recht."

„Verflucht noch mal, den versteh ich selber manchmal nicht."

„Wie alt sind Sie, Colonel, falls es nicht indiskret ist, zu fragen?"

„Fünfzig plus eins. Warum haben Sie sich nicht beim Portier erkundigt? Ich hab dort einen Fragebogen für die Questura ausgefüllt."

„Ich wollte es von Ihnen selbst hören und Sie beglückwünschen."

„Ich weiß nicht, wovon Sie reden."

„Erlauben Sie mir auf jeden Fall, Ihnen zu gratulieren."

„Das muß ich ablehnen."

„Man hat Sie sehr gern in dieser Stadt."

„Danke. Das ist ein sehr großes Kompliment."

In dem Augenblick surrte das Telefon.

„Ich werde rangehen", sagte der Colonel und hörte Ettores Stimme fragen: „Wer ist am Apparat?"

„Colonel Cantwell."
„Die Stellung ist gefallen, my Colonel."
„Nach welcher Seite sind sie gegangen?"
„Nach der Piazza zu."
„Gut. Ich komme sofort."
„Soll ich einen Tisch reservieren?"
„Einen Ecktisch", sagte der Colonel und hängte an. „Ich gehe zu ‚Harry'."
„Weidmannsheil."
„Ich werde übermorgen vor Tagesgrauen von einer botte aus in der Marsch auf Entenjagd gehen."
„Das wird mächtig kalt sein."
„Vermutlich", sagte der Colonel und zog seinen Regenmantel an und besah sich, als er seine Mütze aufsetzte, sein Gesicht im Glas des hohen Spiegels.
„Ein häßliches Gesicht", sagte er zu dem Spiegelglas. „Haben Sie je ein häßlicheres gesehen?"
„Ja", sagte Arnaldo. „Meines. Jeden Morgen, wenn ich mich rasiere."
„Wir sollten uns beide im Dunkeln rasieren", sagte der Colonel zu ihm und ging zur Tür hinaus.

9

Als Colonel Cantwell aus der Tür des „Gritti Palace Hotel" trat, schritt er hinaus in das letzte Sonnenlicht dieses Tages. Auf der entgegengesetzten Seite des Platzes war noch Sonne, aber die Gondoliere suchten gegen den kalten Wind Zuflucht und lungerten lieber im Schutz des „Gritti" herum, an Stelle das letzte Überbleibsel von Sonnenwärme auf der windgepeitschten Seite des Platzes auszukosten. Der Colonel wandte sich, nachdem er dies zur Kenntnis genommen hatte, nach rechts und ging den Platz entlang bis zu der gepflasterten Straße, die rechts abbog. Bevor er einbog, blieb er einen Augenblick stehen und blickte auf die Kirche Santa Maria del Giglio.

Was für ein wunderbarer, kompakter, in sich geschlossener und doch wie zum Flug bereiter Bau, dachte er. Ich hätte nie geglaubt, daß eine kleine Kirche wie ein Jagdflugzeug aussehen könnte. Muß mal feststellen, wann sie gebaut worden ist und wer sie gebaut hat. Verflucht noch mal, ich wünschte, ich könnte mein ganzes Leben lang in dieser Stadt umherschlendern. Mein ganzes Leben lang, dachte er. Was für ein Witz das ist. Zum Totlachen, zum Krepieren. Ein spastischer Spaß.

Los doch, mein Junge, sagte er zu sich. Kein Pferd, das „Trübsal" heißt, hat je ein Rennen gewonnen.

Außerdem dachte er, als er im Vorübergehen in die Schaufenster der verschiedenen Geschäfte blickte – der charcuterie mit den Parmesankäsen und den Schinken aus San Daniele und den Würsten alla cacciatora und den Flaschen mit gutem schottischem Whisky und echtem Gordon Gin, dem Schmiedewarengeschäft, dem des Antiquitätenhändlers mit einigen guten Stücken und ein paar alten Landkarten und Drucken, einem zweitklassigen Restaurant, das kostspielig als erstklassiges aufgezogen war – und dann an die erste Brücke kam, die einen Seitenkanal kreuzte, mit Stufen, die erklettert werden mußten – ich fühl mich gar nicht so schlecht. Da ist nur das Sausen. Ich erinnere mich, als das anfing, und daß ich dachte: Vielleicht sind's siebenjährige Heuschrecken in den Bäumen, und ich mochte den jungen Lowry nicht gern deswegen fragen, aber ich tat's. Und er antwortete: „Nein, General. Ich höre keine Grillen und keine siebenjährigen Heuschrecken. Die Nacht ist vollkommen still, bis auf die üblichen Geräusche."

Dann, als er hinanstieg, fühlte er die stechenden Schmerzen, und als er auf der anderen Seite hinunterschritt, sah er zwei wunderschön aussehende Mädchen.

Sie waren bezaubernd und hutlos, ärmlich, aber schick gekleidet, und sie redeten äußerst geschwind aufeinander ein, und der Wind blies in ihr Haar, als sie mit ihren langen, weitausschreitenden venezianischen Beinen hinanstiegen, und der Colonel sagte zu sich, ich hör lieber auf mit dem Schaufenstergaffen hier in dieser Straße. Nimm die nächste Brücke, und zwei Karrees danach biegst du scharf rechts ab und gehst immerzu geradeaus, bis du bei „Harry" drin bist.

Genau das tat er. Er hatte zwar die stechenden Schmerzen auf der Brücke, aber er ging mit seinem alten, gewohnten Schritt und sah nur flüchtig die Leute, an denen er vorbeikam. Was für eine Menge Sauerstoff in der Luft ist, dachte er, als er gegen den Wind anging und tief atmete.

Dann zog er die Tür von „Harry's Bar" auf und war drinnen, und er hatte es wieder einmal geschafft und war zu Hause.

An der Theke sagte ein großer, sehr großer Mann mit einem abgelebten, aristokratischen Gesicht, vergnügten blauen Augen und den langen, lockergelenkigen Gliedern eines Büffel-Wolfs: „Mein greisenhafter und versumpfter Colonel."

„Mein verruchter Andrea."

Sie umarmten einander, und der Colonel fühlte das rauhe Gewebe von Andreas gutaussehender Tweedjacke, die mindestens ihre zwanzig Dienstjahre hinter sich hatte.

„Sie sehen wohl aus, Andrea", sagte der Colonel.

Es war eine Lüge, und sie wußten es beide.

„Es geht mir auch gut", sagte Andrea und wiederholte die Lüge. „Ich muß sagen, ich hab mich nie wohler gefühlt. Sie selbst sehen auch außerordentlich wohl aus."

„Danke, Andrea. Wir gesunden Halunken werden das Erdreich besitzen."

„Sehr gute Idee. Ich muß sagen, es wär mir schon recht, etwas Erdreich in Besitz zu nehmen."

„Sie haben keinen Riecher. Sie werden über sechs Fuß vier besitzen."

„Sechs Fuß sechs", sagte Andrea, „Sie verruchter alter Kerl, Sie. Placken Sie sich immer noch mit der vie militaire?"

„So sehr placke ich mich nicht", sagte der Colonel. „Ich geh von hier nach San Relajo zur Jagd."

„Ich weiß, aber lassen Sie jetzt mal Ihre spanischen Witze beiseite. Alvarito hat Sie gesucht. Er läßt Ihnen sagen, daß er wieder herkommt."

„Gut. Ist Ihre schöne Frau und sind die Kinder wohlauf?"

„Völlig, und ich soll Sie von allen grüßen, falls ich Sie sehen würde. Sie sind unten in Rom. Da kommt Ihre Freundin, oder eine Ihrer Freundinnen." Er war so groß, daß er in die jetzt beinahe dunkle Straße hinaussehen konnte, und dies war ein Mädchen, das man erkennen konnte, selbst wenn es viel dunkler war als zu dieser Stunde.

„Bitten Sie sie, mit uns hier etwas zu trinken, bevor Sie sie an den Tisch da hinten in der Ecke verschleppen. Was für ein wunderschönes Mädchen, nicht wahr?"

„Das ist sie."

Dann betrat sie den Raum, strahlend in ihrer Jugend und weitausschreitenden Schönheit und der Unbekümmertheit um ihr vom Wind zerzaustes Haar. Sie hatte eine matte, beinah olivfarbene Haut, ein Profil, das dir oder jedem anderen das Herz brechen konnte, und ihr dunkles, lebendiges Haar fiel ihr bis über die Schultern.

„Guten Abend, meine Wunderschöne", sagte der Colonel.

„Ach, guten Abend", sagte sie. „Ich hatte schon Angst, ich hätte dich verpaßt. Es tut mir so leid, daß ich mich verspätet habe."

Ihre Stimme war tief und zart, und sie sprach ihr Englisch mit Vorsicht.

„Ciao, Andrea", sagte sie. „Wie geht es Emily und den Kindern?"

„Wahrscheinlich genauso wie heute mittag, als ich dir die gleiche Frage beantwortet habe."

„Entschuldige", sagte sie und errötete. „Ich bin so aufgeregt und sage immer das Verkehrte. Was hätte ich sagen sollen? Hast du dich den ganzen Nachmittag lang hier gut unterhalten?"

„Ja", sagte Andrea. „Mit meinem alten Freund und strengsten Kritiker."

„Wer ist das?"

„Schottischer Whisky mit Soda."

„Wahrscheinlich kann er nicht anders und muß mich eben aufziehen", sagte sie zu dem Colonel. „Aber du wirst mich nicht aufziehen, nicht wahr?"

„Setz dich mit ihm da rüber an den Ecktisch und unterhalte dich mit ihm. Ich hab genug von euch beiden."

„Ich hab zwar nicht genug von Ihnen", sagte der Colonel, „aber ich halte es für eine gute Idee. Wollen wir etwas im Sitzen trinken, Renata?"

„Furchtbar gern, wenn Andrea nicht böse ist."

„Ich bin niemals böse."

„Würdest du einen mit uns trinken, Andrea?"

„Nein", sagte Andrea. „Geht mal rüber an euren Tisch. Ich hab's satt, ich mag ihn nicht länger unbesetzt sehen."

„Auf Wiedersehen, caro. Danke für den Drink, den wir nicht getrunken haben."

„Ciao, Ricardo", sagte Andrea, und das war alles.

Er wandte ihnen seinen eleganten langen, schlanken Rücken zu und blickte in den Spiegel, der hinter jeder Theke angebracht ist, damit man feststellen kann, wenn man zu viel trinkt, und was er da sah, mißfiel ihm entschieden. „Ettore“, sagte er, „bitte schreiben Sie den Quatsch auf meine Rechnung.“

Er ging hinaus, nachdem er gemächlich auf seinen Mantel gewartet hatte, hineingefahren war und dem Mann, der ihn brachte, genau so viel Trinkgeld gab, wie er zu bekommen hatte – plus zwanzig Prozent.

An dem Tisch in der Ecke sagte Renata: „Glaubst du, daß wir seine Gefühle verletzt haben?“

„Nein, er liebt dich und hat mich gern.“

„Andrea ist zu nett. Und du bist auch zu nett.“

„Kellner“, rief der Colonel; dann fragte er: „Willst du auch einen dry Martini?“

„Ja“, sagte sie. „Furchtbar gern.“

„Zwei Martinis, extra dry“, sagte der Colonel. „Montgomerys, fünfzehn zu eins.“

Der Kellner, der in der Wüste gewesen war, lächelte und verschwand, und der Colonel wandte sich an Renata.

„Du bist auch nett“, sagte er. „Außerdem bist du auch sehr schön und bezaubernd, und ich liebe dich.“

„Das sagst du immer, und ich weiß nicht, was es bedeutet, aber ich höre es gern.“

„Wie alt bist du jetzt?“

„Beinahe neunzehn. Warum?“

„Und du weißt nicht, was das bedeutet?“

„Nein, woher sollte ich denn? Alle Amerikaner sagen es zu einem, wenn sie sich verabschieden. Anscheinend halten sie's für angebracht. Aber ich liebe dich auch sehr, was immer das auch sein mag.“

„Wir wollen uns amüsieren“, sagte der Colonel. „Wir wollen überhaupt an gar nichts denken, ja?“

„Das mag ich gern. Zu dieser Tageszeit kann ich sowieso nicht sehr gut denken.“

„Hier kommt etwas zu trinken“, sagte der Colonel. „Denk daran, nicht ‚cin cin‘ zu sagen.“

„Das weiß ich noch von früher. Ich sage niemals ‚cin cin‘ oder ‚Zum Wohl‘ oder ‚Ex‘.“

„Wir heben nur die Gläser, und wenn du's wünschst, können wir anstoßen.“

„Ich wünsche es“, sagte sie.

Die Martinis waren eiskalt und richtige Montgomerys, und nachdem sie angestoßen hatten, fühlten sie, wie sie ihren ganzen Körper durchgluteten.

„Und was hast du gemacht?“ fragte der Colonel.

„Gar nichts. Ich warte immer noch darauf, in die Pension zu fahren.“

„Wohin soll's denn gehen?“

„Das weiß der Himmel, wohin man mich schickt, um Englisch zu lernen.“

„Dreh einmal den Kopf zur Seite und heb das Kinn für mich.“

„Du machst dich nicht über mich lustig?“

„Nein, ich mach mich nicht lustig.“

Sie wandte den Kopf und hob das Kinn, ohne Eitelkeit, ohne Koketterie, und der Colonel fühlte, wie sein Herz sich umdrehte, als ob irgendein schlafendes Tier in seinem Bau hinübergerollt wäre und das zweite, dicht neben ihm schlafende Tier süß erschreckt hätte.

„Gott, du“, sagte er. „Möchtest du dich nicht als Himmelskönigin bewerben?“

„Das wäre sündhaft.“

„Ja“, sagte er. „Wahrscheinlich wär's das. Ich ziehe den Vorschlag zurück.“

„Richard“, sagte sie, „nein, ich kann es nicht sagen.“

„Sag es!“

„Nein.“

Der Colonel dachte: Ich befehle dir, es zu sagen. Und sie sagte: „Bitte, sieh mich niemals so an.“

„Verzeih“, sagte der Colonel. „Ich war unversehens in mein Handwerk gerutscht.“

„Und wenn wir so etwas wie verheiratet wären, würdest du dein Handwerk dann auch zu Hause ausüben?"

„Nein. Ich schwöre es. Das habe ich nie getan. Nicht wirklich."

„Mit niemandem?"

„Mit keinem weiblichen Wesen."

„Ich mag nicht, wenn du ‚weibliches Wesen' sagst. Es klingt, als ob du dein Handwerk ausübst."

„Ich werf mein Handwerk aus dem verdammten Fenster dort in den Canal Grande."

„Da", sagte sie. „Siehst du, wie schnell du es ausübst."

„Gut", sagte er. „Ich liebe dich, und mein Handwerk kann sich leise empfehlen."

„Laß mich deine Hand fassen", sagte sie. „Es tut nichts. Du kannst sie ruhig auf den Tisch legen."

„Danke", sagte der Colonel.

„Bitte nicht", sagte sie. „Ich wollte sie anfassen, weil ich die ganze vergangene Woche jede Nacht oder, ich glaube, fast jede Nacht von ihr geträumt habe, und es war ein seltsames Durcheinander von Traum, und ich träumte, es sei die Hand von unserem Heiland."

„Das ist schlimm. Das solltest du nicht tun."

„Ich weiß es. Aber genau das hab ich geträumt."

„Du machst doch den Quatsch nicht mit, oder doch?"

„Ich weiß nicht, was du meinst, aber bitte mach dich nicht über mich lustig, wenn ich dir die Wahrheit erzähle. Ich habe geträumt, genau wie ich's sage."

„Was hat die Hand getan?"

„Nichts. Oder vielleicht ist das nicht wahr. Meistens war es einfach eine Hand."

„Wie diese hier?"

Der Colonel fragte und blickte mit Abscheu auf seine verkrüppelte Hand und dachte an die beiden Male, durch die sie so geworden war.

„Nicht wie. Es war diese. Darf ich sie vorsichtig mit meinen Fingern berühren? Oder tut es dir weh?"

„Sie tut nicht weh. Wo es weh tut, ist im Kopf, in den Beinen und den Füßen. Ich glaube, die Hand ist völlig empfindungslos."

„Das stimmt nicht", sagte sie. „Richard. In der Hand ist sehr viel Empfindung."

„Ich mag sie nicht sehr gern ansehen. Meinst du nicht, wir könnten das Thema wechseln?"

„Natürlich. Aber du brauchst nicht von ihr zu träumen?"

„Nein. Ich habe andere Träume."

„Ja, das kann ich mir vorstellen. Aber in letzter Zeit träume ich von dieser Hand. Jetzt, nachdem ich sie vorsichtig berührt habe, können wir über etwas Komisches reden, wenn du willst. Weißt du was Komisches, über das wir reden können?"

„Wir wollen uns die Leute ansehen und über sie reden."

„Ja, fein", sagte sie. „Und wir wollen es ohne Bosheit tun. Nur mit allem Witz, den wir haben, du und ich."

„Gut", sagte der Colonel. „Kellner, ancora due Martini."

Er wollte nicht so laut Montgomerys bestellen, daß andere es hören konnten, weil zwei unverkennbare Engländer am Nebentisch saßen.

Der Mann mag verwundet gewesen sein, dachte der Colonel, obschon es seinem Aussehen nach nicht sehr wahrscheinlich ist. Aber Gott soll mich vor jeder Roheit bewahren. Und sieh dir mal Renatas Augen an, dachte er. Sie sind wahrscheinlich das Schönste von all dem Schönen an ihr, mit den längsten, sittsamsten Wimpern, die ich je gesehen habe, und sie benutzt sie niemals für etwas anderes, als einen ehrlich und aufrichtig anzusehen. Verflucht noch mal, was für ein wunderschönes Mädchen, und was tu ich denn überhaupt hier? Es ist niederträchtig. Sie ist deine letzte, wahre und einzigste Liebe, dachte er; das ist doch nichts Böses. Es ist nur Pech. Nein, dachte er, es ist verdammtes Glück, du hast großes Glück.

Sie saßen an einem kleinen Tisch in der Ecke des Raums, und rechts von ihnen an einem größeren Tisch saßen vier Frauen. Eine der vier Frauen trug Trauer, eine Trauer, die so theatralisch war, daß sie den Colonel an Lady Diana Manners erinnerte, als sie die Nonne in Max Reinhardts „Miracle" spielte. Die Frau hatte ein anziehendes, pausbäckiges, von Natur vergnügtes Gesicht, und ihre Trauer paßte nicht dazu.

An dem Tisch saß eine zweite Frau, deren Haar dreimal so weiß war, wie Haar eigentlich sein kann, dachte der Colonel. Auch sie hatte ein angenehmes Gesicht. Die Gesichter der anderen beiden Frauen sagten dem Colonel nichts.

„Sind die lesbisch?" fragte er das Mädchen.

„Ich weiß es nicht", sagte sie. „Das sind alles sehr gute Leute."

„Ich würde denken, daß sie lesbisch sind. Aber vielleicht sind es auch nur gute Freundinnen. Vielleicht sind sie beides. Mir ist das ganz gleich, und es sollte keine Kritik sein."

„Du bist lieb, wenn du so freundlich bist."

„Glaubst du, daß das Wort ‚freundlich' von ‚Freund' abgeleitet ist?"

„Ich weiß nicht", sagte das Mädchen, und sie ließ ihre Finger leicht über die narbige Hand gleiten. „Aber ich liebe dich, wenn du freundlich bist."

„Ich werde mir sehr große Mühe geben, freundlich zu sein", sagte der Colonel. „Wer glaubst du wohl, wer der Dreckskerl da an dem Tisch hinter ihnen ist?"

„Sehr lange bleibst du nicht freundlich", sagte das Mädchen. „Wir wollen Ettore fragen."

Sie musterten den Mann an dem dritten Tisch. Er hatte ein sonderbares Gesicht, wie ein überlebensgroßes, enttäuschtes Wiesel oder Frettchen. Es sah so verwüstet und pockennarbig aus wie eine Mondlandschaft, wenn man sie durch ein billiges Fernrohr betrachtet, und der Colonel fand, daß es wie Goebbels' Gesicht aussah, sollte Herr Goebbels je in einem brennenden Flugzeug gewesen sein, ohne herauszukönnen, bevor die Flammen ihn erreichten.

Über diesem Gesicht, das pausenlos umherspähte, als könne man durch eine genügende Anzahl gut gezielter Blicke und Fragen die Antwort finden, war schwarzes Haar, das mit Menschenhaar nichts gemein zu haben schien. Der Mann sah aus, als hätte man ihn skalpiert und ihm das Haar dann wieder aufgesetzt. Sehr interessant, dachte der Colonel. Kann das ein Landsmann von mir sein? Muß wohl.

Ein bißchen Speichel rann aus seinen Mundwinkeln, während er um sich spähte und mit einer ältlichen, gesund aussehenden Frau sprach, die neben ihm saß. Sie sieht wie jedermanns Mutter auf einer Abbildung in „The Ladies' Home Journal“ aus, dachte der Colonel. „The Ladies' Home Journal“ war eine der Zeitschriften, die in der Offiziersmesse in Triest regelmäßig eintrafen, und der Colonel durchblätterte sie, wenn sie kam. Es ist eine fabelhafte Zeitschrift, dachte er, weil sie Erotik mit wunderbaren Fressalien kombiniert bringt. Macht einen hungrig auf beides.

Aber wer mag wohl der Kerl da sein? Er sieht wie die Karikatur von einem Amerikaner aus, den man zur Hälfte durch einen Fleischwolf gedreht und dann leicht in Öl gebraten hat. So sehr freundlich bin ich nicht, dachte er.

Ettore mit seinem ausgemergelten Gesicht, seinem Hang zu spötteln und seiner angeborenen und eingefleischten Respektlosigkeit kam an den Tisch heran, und der Colonel sagte: „Wer ist denn diese gespenstische Type da drüben?"

Ettore schüttelte den Kopf.

Der Mann war klein und dunkel, mit glänzendem, schwarzem Haar, das nicht zu seinem seltsamen Gesicht zu passen schien. Der Colonel fand, daß es aussah, als hätte er beim Älterwerden vergessen, seine Perücke zu wechseln. Hat aber ein fabelhaftes Gesicht, dachte der Colonel. Sieht aus wie manche Hügel um Verdun herum. Ich glaube nicht, daß es Goebbels ist und daß er sich dieses Gesicht in den letzten Tagen zugelegt hat, als sie alle Götterdämmerung spielten. Komm, süßer Tod, dachte er. Na, und ob die sich ein schönes großes Stück süßen Tod zum Schluß eingehandelt hatten.

„Sie möchten wohl nicht ein hübsches Süßer-Tod-Sandwich, Miss Renata?"

„Ich glaube nicht", sagte das Mädchen. „Obschon ich Bach liebe und überzeugt davon bin, daß Cipriani es machen könnte."

„Ich hab nichts gegen Bach gesagt", sagte der Colonel.

„Ich weiß."

„Teufel noch mal", sagte der Colonel. „Bach hat beinahe auf unserer Seite mitgekämpft. So wie du auch", sagte er.

„Ich finde, wir sollten nichts gegen mich sagen."

„Tochter", sagte der Colonel. „Wann wirst du kapieren, daß ich mir einen Scherz gegen dich erlauben darf, weil ich dich liebe?"

„Jetzt", sagte sie. „Ich hab's kapiert. Aber weißt du, es ist vergnüglicher, wenn man nicht zu derbe Scherze macht."

„Gut. Ich hab's kapiert."

„Wie oft denkst du in der Woche an mich?"

„Die ganze Zeit."

„Nein, sag mir die Wahrheit."

„Die ganze Zeit über, wirklich."

„Glaubst du, daß es jeden so schlimm packt?"

„Das weiß ich nicht", sagte der Colonel. „Das ist etwas, was ich nicht weiß."

„Ich hoffe, daß es nicht jeden so schlimm packt. Ich hatte keine Ahnung, daß es so schlimm sein könnte."

„Na, jetzt weißt du's."

„Ja", sagte das Mädchen. „Jetzt weiß ich's. Ich weiß es jetzt und für immer und für alle Ewigkeit. Ist dies der korrekte Ausdruck dafür?"

„‚Ich weiß es jetzt' genügt völlig", sagte der Colonel. „Ettore, diese Type mit dem anregenden Gesicht und der nett aussehenden Frau wohnt doch nicht im ‚Gritti', oder doch?"

„Nein", sagte Ettore. „Er wohnt nebenan, aber er geht manchmal zum Essen ins ‚Gritti'."

„Gut", sagte der Colonel. „Es wird ein erhebender Anblick für mich sein, falls ich je niedergeschlagen bin. Wer ist die Frau neben ihm? Seine Frau? Seine Mutter? Seine Tochter?"

„Da fragen Sie mich zuviel", sagte Ettore. „Wir haben ihm nicht nachgespürt. Er hat weder Liebe, Haß, Abneigung, Furcht oder Mißtrauen erregt. Wollen Sie wirklich etwas über ihn wissen? Ich könnte Cipriani fragen."

„Wir wollen das Thema wechseln", sagte das Mädchen. „Sagt man das so bei euch?"

„Themawechsel", sagte der Colonel.

„Wo wir so wenig Zeit haben, Richard, ist es eigentlich Zeitverschwendung."

„Ich besah ihn mir wie eine Zeichnung von Goya. Auch Gesichter sind Bilder."

„Sieh meines an, und ich will deines ansehen. Themawechsel. Der Mann ist nicht hierhergekommen, um irgendwem Böses zu tun."

„Laß mich dein Gesicht ansehen, aber du sollst meines nicht ansehen."

„Nein", sagte sie. „Das ist nicht fair. Ich muß mich an deines die ganze Woche über erinnern."

„Und was tue ich?" fragte der Colonel.

Ettore, der nichts, was nach Intrige schmeckte, auslassen konnte und sich eiligst informiert hatte, wie ein Venetianer es soll, sagte:

„Mein Kollege, der in seinem Hotel arbeitet, sagt, daß er drei oder vier Highballs trinkt und dann pausenlos und fließend bis tief in die Nacht hinein schreibt."

„Muß sich großartig lesen, sollte ich meinen."

„Muß wohl", sagte Ettore. „Aber es ist schwerlich die Arbeitsweise von Dante gewesen."

„Dante war auch ein vieux con", sagte der Colonel. „Ich meine als Mann, nicht als Schriftsteller."

„Ich bin Ihrer Meinung", sagte Ettore. „Ich glaube, daß Sie niemanden außerhalb von Florenz finden, der sich mit seinem Leben beschäftigt hat, der nicht Ihre Meinung teilt."

„Scheiß auf Florenz", sagte der Colonel.

„Ein schwieriges Manöver", sagte Ettore. „Sehr viele haben es versucht, aber nur wenige haben es geschafft. Warum mögen Sie es nicht, Colonel?"

„Zu kompliziert zum Erklären. Aber als ich ein Junge war, befand sich dort der Standort, das Depot", er sagte „deposito", „von meinem alten Regiment."

„Das kann ich verstehen. Auch ich hab meine persönlichen Gründe, warum ich es nicht leiden kann. Kennen Sie eine gute Stadt?"

„Ja", sagte der Colonel. „Diese. Ein Teil von Mailand und Bologna. Und Bergamo."

„Cipriani hat einen großen Wodkavorrat, falls die Russen kommen sollten", sagte Ettore, der gern einen derben Witz machte.

„Die werden ihren eigenen Wodka zollfrei mitbringen."

„Dennoch glaube ich, daß Cipriani auf sie vorbereitet ist."

„Dann ist er der einzige, der's ist", sagte der Colonel. „Sagen Sie ihm, er soll von den jungen Offizieren keine Schecks auf die Bank von Odessa annehmen, und besten Dank für die Angaben über meinen Landsmann. Ich will Ihre Zeit nicht länger in Anspruch nehmen."

Ettore verließ sie, und das Mädchen wandte sich ihm zu, sah in seine stahlgrauen Augen und legte beide Hände auf seine schlimme und sagte: „Du warst sehr freundlich."

„Und du bist unsagbar schön, und ich liebe dich."

„Das hör ich auf jeden Fall gern."

„Was wollen wir wegen des Essens unternehmen?"

„Ich werde zu Hause anrufen müssen und fragen, ob ich ausgehen darf."

„Warum siehst du jetzt so traurig aus?"

„Tu ich das?"

„Ja."

„Ich bin's aber nicht. Ich bin so glücklich, wie ich nur sein kann. Wirklich. Bitte, glaub mir, Richard. Aber wie wär dir zumute, wenn du ein neunzehnjähriges Mädchen wärst, das einen Mann über fünfzig liebt, von dem du weißt, daß er bald sterben wird?"

„Du sagst es ein bißchen zu geraderaus", sagte der Colonel. „Aber du bist sehr schön, wenn du es sagst."

„Ich weine niemals", sagte das Mädchen. „Niemals. Ich habe es mir zur Regel gemacht. Sonst würde ich jetzt weinen."

„Nicht weinen", sagte der Colonel. „Ich bin jetzt ganz sanft, und zum Teufel mit allem übrigen."

„Sag noch einmal, daß du mich liebst."

„Ich liebe dich, und ich liebe dich, und ich liebe dich."

„Wirst du dein möglichstes tun, um nicht zu sterben?"

„Ja."

„Was hat der Arzt gesagt?"

„So-so."

„Nicht schlimmer?"

„Nein", log er.

„Dann wollen wir noch einen Martini trinken", sagte das Mädchen. „Weißt du, daß ich, bevor wir uns kennenlernten, noch nie einen Martini getrunken hatte?"

„Ich weiß, aber du trinkst sie wie ein Alter."

„Solltest du nicht deine Medizin einnehmen?"

„Ja", sagte der Colonel. „Ich sollte meine Medizin einnehmen."

„Darf ich sie dir geben?"

„Ja", sagte der Colonel. „Du darfst sie mir geben."

Sie blieben an dem Tisch in der Ecke sitzen, und einige Leute gingen hinaus und andere kamen herein. Der Colonel fühlte sich ein bißchen schwindlig von der Medizin, und er überließ sich ihrer Wirkung. Das tut sie immer, dachte er. Verflucht noch mal.

Er sah, daß das Mädchen ihn beobachtete, und er lächelte ihr zu. Es war ein altes Lächeln, das er schon fünfzig Jahre lang benutzte, seit er zum erstenmal gelächelt hatte, und es funktionierte noch so tadellos wie das Purdey-Jagdgewehr von Großvater. Wahrscheinlich hat's jetzt mein älterer Bruder, dachte er. Na, er konnte immer besser schießen als ich; er hat es – verdientermaßen.

„Hör mal, Tochter", sagte er. „Bemitleide mich nicht, ja?"

„Das tue ich nicht. Überhaupt nicht. Ich liebe dich nur."

„Das ist kein sehr lohnendes Handwerk, was?" Er sagte „oficio" an Stelle von Handwerk, weil sie miteinander auch spanisch redeten, wenn sie nicht französisch sprachen, und wenn sie vor anderen Leuten nicht englisch sprechen wollten. Spanisch ist eine grobe Sprache, dachte der Colonel, manchmal gröber als ein Maiskolben. Aber man kann in ihr alles sagen, was man meint, und es bleibt haften.

„Es un oficio bastante malo, mich zu lieben", erwiderte er.

„Ja, aber es ist das einzige, das ich ausübe."

„Schreibst du denn keine Gedichte mehr?"

„Das war Jungmädchenpoesie. Wie Jungmädchenmalerei. Jeder ist in einem gewissen Alter begabt."

Mit wieviel Jahren ist man in diesem Land wohl alt? dachte der Colonel. In Venedig ist nie jemand alt, aber man wird hier schneller erwachsen. Ich selbst bin im Veneto auch schnell zum Mann geworden, und ich war niemals so alt wie damals mit einundzwanzig.

„Wie geht es deiner Mutter?" fragte er zärtlich.

„Es geht ihr sehr gut. Sie empfängt nicht und sieht beinahe niemanden wegen ihres Kummers."

„Glaubst du, daß sie sich daran stoßen würde, wenn wir ein Baby bekämen?"

„Ich weiß es nicht. Weißt du, sie ist sehr gescheit. Aber ich glaube, daß ich dann jemanden heiraten müßte. Ich möchte es eigentlich nicht."

„*Wir* könnten heiraten."

„Nein", sagte sie. „Ich habe es mir überlegt, und ich finde, daß wir das nicht tun sollen. Es ist einfach ein Entschluß wie der über Weinen."

„Vielleicht triffst du falsche Entschlüsse. Gott weiß, ich hab allerhand falsche getroffen, und zu viele Männer sind tot, nur weil ich mich geirrt habe."

„Wahrscheinlich übertreibst du. Ich glaube nicht, daß du viele falsche Entscheidungen getroffen hast."

„Nicht viele", sagte der Colonel. „Aber genügend. Drei sind reichlich in meinem Handwerk, und ich habe alle drei getroffen."

„Erzähl mir bitte davon."

„Es würde dich langweilen", sagte der Colonel zu ihr. „Ich büße meine Sünden ab, wenn ich nur an sie denke. Wie würden sie also auf einen Unbeteiligten wirken?"

„Bin ich ein Unbeteiligter?"

„Nein, du bist meine wahre Liebe. Meine letzte und einzigste und wahre Liebe."

„Hast du sie früh oder spät getroffen? – Die Entscheidungen?"

„Ich habe sie früh getroffen, in der Mitte und spät."

„Willst du mir nicht davon erzählen? Ich möchte gern an deinem traurigen Handwerk Anteil haben."

„Zum Teufel mit ihnen", sagte der Colonel. „Ich hab sie getroffen, und ich hab für alle bezahlt. Nur, daß man für so was nicht zahlen kann."

„Kannst du mir nicht darüber erzählen und wieso?"

„Nein", sagte der Colonel. Und damit hatte es sich.

„Dann wollen wir vergnügt sein."

„Das wollen wir", sagte der Colonel. „Und unser allereinzigstes Leben genießen."

„Vielleicht gibt es noch andere Leben."

„Das glaube ich nicht", sagte der Colonel. „Dreh deinen Kopf seitwärts, Schöne."

„So?"

„Ja, so", sagte der Colonel. „Genau so."

Hm, dachte der Colonel. Jetzt beginnt die letzte Runde, und ich weiß noch nicht einmal, welche Runde es ist. Ich habe nur drei Frauen geliebt, und ich habe sie alle drei verloren.

Man verliert sie auf die gleiche Weise, wie man ein Bataillon verliert: durch Fehlentschlüsse, durch unmögliche Zustände und durch Befehle, die man unmöglich ausführen kann. Auch durch Roheit.

Ich habe in meinem Leben drei Bataillone und drei Frauen verloren, und jetzt habe ich eine vierte und die wunderschönste von allen, und verflucht noch mal, wo endet das alles?

Sagen Sie es mir, General, und nebenbei, da wir den Gegenstand gerade diskutieren und es eine offene Diskussion der Lage und in keiner Hinsicht ein „Kriegsrat" ist, wie Sie so oft betont haben, General: General, *wo ist Ihre Kavallerie*?

Das habe ich mir gedacht, sagte er zu sich. Der Kommandeur weiß nicht, wo seine Kavallerie ist, und seine Kavallerie ist sich, weder was ihre Stellung noch was ihre Aufgabe anlangt, völlig im klaren, und sie, einige von ihnen, *genügend*, werden abhauen, wie die Kavallerie in allen Kriegen abhaut, da sie, die Kavallerie, ja die Pferde hat.

„Schönheit", sagte er. „Ma très chère et bien aimée. Ich bin stumpfsinnig; es tut mir leid."

„Ich finde dich nie stumpfsinnig, und ich liebe dich, und ich wünschte nur, daß wir heute abend vergnügt sein könnten."

„Verflucht noch mal, und ob wir das können!" sagte der Colonel. „Weißt du irgendwas Spezielles, weswegen wir vergnügt sein sollten?"

„Wir könnten vergnügt sein einfach so, unseretwegen, und wegen der Stadt. Du bist oft sehr vergnügt gewesen."

„Ja", pflichtete der Colonel bei. „Das bin ich gewesen."

„Glaubst du nicht, daß wir's noch einmal fertigbrächten?"

„Gewiß. Natürlich, warum nicht?"

„Siehst du den Jungen mit der Welle im Haar, die hat er von Natur; er schiebt sie nur ein bißchen geschickt zurecht, um noch besser auszusehen."

„Ja, ich sehe ihn", sagte der Colonel.

„Es ist ein sehr guter Maler, aber er hat falsche Vorderzähne, weil er früher mal ein klein wenig pédéraste war, und eines Nachts, als Vollmond war, sind ein paar andere pédérastes auf dem Lido über ihn hergefallen."

„Wie alt bist du?"

„Ich werde neunzehn."

„Woher weißt du so was?"

„Ich weiß es von dem Gondoliere. Der Junge da ist für die heutige Zeit ein sehr guter Maler. Es gibt jetzt keine wirklich guten Maler. Aber, denk nur, falsche Zähne, mit fünfundzwanzig Jahren, wie furchtbar!"

„Ich liebe dich von ganzem Herzen", sagte der Colonel.

„Ich liebe dich auch von ganzem Herzen. Was immer es auch auf amerikanisch bedeuten mag. Ich liebe dich auch auf italienisch, ganz gegen mein besseres Urteil und entgegen all meinen Wünschen."

„Wir sollten uns nicht zu viel wünschen", sagte der Colonel. „Weil man immer der Möglichkeit ausgesetzt ist, daß der Wunsch in Erfüllung geht."

„Du hast recht", sagte sie. „Aber ich möchte gern bekommen, was ich mir jetzt wünsche."

Keiner von beiden sagte etwas, und dann sagte das Mädchen: „Der Junge da ist jetzt natürlich ein Mann und hat's mit vielen Frauen, um zu verbergen, was er ist. Er hat mal mein Porträt gemalt. Du kannst es haben, wenn du möchtest."

„Danke", sagte der Colonel. „Ich möchte es sehr gern haben."

„Es ist sehr romantisch. Mein Haar ist doppelt so lang wie es je war, und ich sehe aus, als ob ich mit trockenen Haaren aus dem Meer steige. Tatsächlich steigt man mit angeklatschtem Haar aus dem Meer, und die Enden sind lauter Schwänzchen. Es sieht so aus wie eine fast tote Ratte. Aber Papa hat ihn entsprechend für das Porträt bezahlt, und obwohl ich es nicht wirklich bin, sehe ich so aus, wie ich in deiner Phantasie aussehe."

„Ich denk auch an dich so, wie du aus dem Meer kommst."

„Natürlich. Sehr häßlich. Aber vielleicht möchtest du dies Bild als Andenken haben?"

„Und deine reizende Mutter würde nichts dagegen haben?"

„Mammi hat sicher nichts dagegen. Ich glaube, sie wäre froh, es los zu sein. Wir haben bessere Bilder zu Hause."

„Ich liebe euch beide sehr, dich und deine Mutter."

„Das muß ich ihr erzählen", sagte das Mädchen.

„Hältst du den pockennarbigen Laffen da wirklich für einen Schriftsteller?"

„Ja, wenn Ettore es sagt. Er scherzt gern, aber er lügt nicht. Richard, was ist eigentlich ein Laffe? Sag's mir genau."

„Vielleicht war es eine etwas leichtfertige Behauptung. Aber ich glaube, man versteht darunter einen Menschen, der niemals ehrlich sein Handwerk (oficio) betrieben hat und der auf unangenehme Art arrogant ist."

„Ich muß lernen, das Wort richtig zu benutzen."

„Benutz es nicht", sagte der Colonel.

Dann fragte der Colonel: „Wann bekomme ich das Porträt?"

„Heute abend, wenn du möchtest. Ich werde es von jemand zu Hause einpacken und herbringen lassen. Wo wirst du's aufhängen?"

„In meinem Quartier."

„Und es wird niemand hereinkommen und Bemerkungen machen und schlimm über mich reden?"

„Nein. Verflucht noch mal, das wird niemand. Außerdem werde ich allen sagen, daß es das Porträt meiner Tochter ist."

„Hast du je eine Tochter gehabt?"

„Nein. Ich hab mir immer eine gewünscht."

„Ich kann deine Tochter sein – sowohl wie alles andere."

„Das wäre Inzest."

„Ich glaube nicht, daß das in einer Stadt, die so alt wie diese ist und die all das gesehen hat, was diese Stadt gesehen hat, so schrecklich wäre."

„Paß auf: Tochter."

„Gut", sagte sie. „Das wäre schön. Das hat mir gefallen."

„In Ordnung", sagte der Colonel, und seine Stimme war ein wenig belegt. „Mir hat's auch gefallen."

„Weißt du jetzt, warum ich dich liebe, obschon ich weiß, wie falsch es ist?"

„Hör mal, Tochter. Wo wollen wir essen?"

„Wo du willst."

„Möchtest du im ‚Gritti' essen?"

„Natürlich."

„Dann ruf zu Hause an und bitte um Erlaubnis."

„Nein. Ich habe beschlossen, nicht um Erlaubnis zu bitten, sondern nur Bescheid zu sagen, wo ich esse. Damit sie sich nicht ängstigen."

„Aber ißt du wirklich am liebsten im ‚Gritti'?"

„Ja. Es ist ein wunderschönes Restaurant, und du wohnst hier, und jeder, der Lust hat, kann uns sehen."

„Wie bist du so geworden?"

„Ich war immer so. Ich hab mich nie darum gekümmert, was andere Leute gedacht haben, nie. Ich hab auch niemals etwas getan, weswegen ich mich hätte schämen müssen, bis auf lügen, als ich ein kleines Mädchen war, und unfreundlich zu anderen Leuten sein."

„Ich wünschte, wir könnten heiraten und fünf Söhne haben", sagte der Colonel.

„Ich auch", sagte das Mädchen. „Und sie an alle fünf Enden der Welt schicken."

„Gibt es fünf Enden der Welt?"

„Ich weiß es nicht", sagte sie. „Als ich es sagte, klang es so, als ob es sie gäbe. Und jetzt sind wir wieder vergnügt, nicht wahr?"

„Ja, Tochter", sagte der Colonel.

„Sag es noch mal. Genauso, wie du's eben gesagt hast."

„Ja, Tochter."

„Hm", sagte sie, „Menschen sind doch sehr kompliziert. Bitte, darf ich deine Hand halten?"

„Sie ist so verflucht häßlich, und ich mag sie nicht ansehen."

„Du weißt nichts von deiner Hand."

„Das ist Ansichtssache", sagte er. „Ich würde sagen, daß du dich im Irrtum befindest, Tochter."

„Vielleicht befinde ich mich im Irrtum, aber jetzt sind wir wieder vergnügt, und was es vorher an Schlimmem gab, ist jetzt verschwunden."

„Es ist verschwunden, so wie der Nebel aus den Vertiefungen in aufgebrochener Erde weggebrannt wird, wenn die Sonne kommt", sagte der Colonel. „Und du bist die Sonne."

„Ich will auch der Mond sein."

„Das bist du", sagte der Colonel zu ihr. „Und jeder andere beliebige Planet, der du sein willst, und ich werde dir den genauen Stand des Planeten angeben. Mein Gott, Tochter, du kannst auch ein verdammter ‚Meteor' sein, wenn du willst. Nur ist das ein Flugzeug."

„Ich werde der Mond sein. Auch er hat viele Kümmernisse."

„Ja, seine Kümmernisse kommen regelmäßig wieder. Aber er ist immer voll, bevor er abnimmt."

„Manchmal sieht er so traurig aus jenseits des Kanals, daß ich es kaum aushalten kann."

„Er ist schon lange unterwegs", sagte der Colonel.

„Meinst du, wir sollten noch einen Montgomery trinken?" fragte das Mädchen, und der Colonel stellte fest, daß die Engländer fort waren.

Er hatte nichts wahrgenommen außer ihrem wunderschönen Gesicht. Ich werde auf diese Weise noch mal ums Leben kommen, dachte er. Andererseits ist auch dies wahrscheinlich eine Art von Konzentration. Aber es ist verflucht fahrlässig.

„Ja", sagte er. „Warum nicht?"

„Ich fühl mich so herrlich danach", sagte das Mädchen.

„So wie sie Cipriani macht, haben sie auch auf mich eine gewisse Wirkung."

„Cipriani ist sehr gescheit."

„Er ist mehr als das. Er ist begabt."

„Eines Tages wird ihm ganz Venedig gehören."

„Nicht ganz", widersprach der Colonel. „Du wirst ihm niemals gehören."

„Nein", sagte sie. „Noch irgend jemand anderem, außer wenn *du* mich willst."

„Ich will dich, Tochter. Aber du sollst mir nicht ‚gehören'."

„Das weiß ich", sagte das Mädchen. „Und das ist ein Grund mehr, warum ich dich liebe."

„Wir wollen Ettore rufen und bei dir zu Hause anrufen. Du kannst ihnen wegen des Porträts Bescheid geben."

„Du hast ganz recht. Wenn du das Porträt heute abend haben willst, muß ich mit dem Butler sprechen, damit er es einpackt und herschickt. Ich will auch mit Mammi sprechen und ihr sagen, wo wir essen, und wenn du willst, werde ich sie auch um Erlaubnis bitten."

„Nein", sagte der Colonel. „Ettore, zwei Montgomerys, Supermontgomerys mit Knoblauch-Oliven, nicht den großen, und bitte, verbinden Sie uns mit dem Haus dieser Dame und lassen Sie es uns wissen, wenn die telefonische Verbindung hergestellt ist. Und all dies so schnell wie möglich."

„Ja, my Colonel."

„Und jetzt, Tochter, laß uns wieder mit dem Vergnügtsein beginnen."

„Es begann, als du das gesagt hast", erwiderte sie.

10

Sie gingen jetzt auf der rechten Seite von der Straße, die zum „Gritti" führte. Der Wind kam von hinten, und er blies die Haare des Mädchens nach vorn. Der Wind scheitelte ihr das Haar und blies es nach vorn, ihr ums Gesicht. Sie blickten in die Auslagen, und das Mädchen blieb vor dem erleuchteten Schaufenster eines Juweliergeschäfts stehen.

Im Schaufenster lagen eine Menge hübscher alter Schmuckstücke, und sie standen davor und besahen sie sich und zeigten sich gegenseitig die besten und ließen einander zu dem Zweck los.

„Siehst du irgend etwas, was du wirklich gern haben möchtest? Ich könnte es morgen früh kaufen. Cipriani würde mir das Geld leihen."

„Nein", sagte sie. „Ich möchte nichts haben, aber aufgefallen ist es mir, daß du mir noch nie etwas geschenkt hast."

„Du bist viel reicher als ich. Ich bringe dir Kleinigkeiten aus dem PX mit, und ich lade dich zum Essen und Trinken ein."

„Und du fährst mit mir Gondel und zeigst mir wunderbare Plätze auf dem Land."

„Ich habe nicht gewußt, daß du harte Steine geschenkt haben wolltest."

„Will ich auch nicht. Es ist nur die Idee des Schenkens, und dann sieht man sie sich an und denkt an sie, wenn man sie trägt."

„Ich lerne", sagte der Colonel. „Aber was könnte ich dir mit meinem Sold schon kaufen, das mit deinen viereckigen Smaragden konkurrieren könnte?"

„Aber verstehst du denn nicht? Die hab ich doch geerbt. Die stammen von meiner Großmutter, und sie hatte sie von ihrer Mutter, die sie von ihrer Mutter hatte. Glaubst du, daß es dasselbe ist, Steine zu tragen, die Toten gehört haben?"

„Das habe ich mir niemals überlegt."

„Wenn du möchtest, wenn du Steine gern hast, kannst du sie haben. Für mich sind sie einfach etwas, was man trägt – wie ein Kleid aus Paris. Du ziehst doch auch deine Galauniform nicht besonders gern an, oder doch?"

„Nein."

„Du trägst doch auch nicht gern deinen Degen, nicht wahr?"

„Nein. Wiederhole, nein."

„Du bist nicht die Sorte Soldat, und ich bin nicht die Sorte Mädchen. Aber irgendwann schenk mir etwas Bleibendes, etwas zum Tragen, über das ich mich jedesmal, wenn ich's trage, freuen kann."

„Ich verstehe", sagte der Colonel, „das werde ich tun."

„Wie schnell du Dinge begreifst, von denen du nichts weißt", sagte das Mädchen. „Und du faßt auch wunderbar schnell Entschlüsse. Ich möchte gern, daß du die Smaragde hast, und du könntest sie wie Glückssteine in der Tasche tragen und sie anfassen, wenn du einsam bist."

„Wenn ich arbeite, stecke ich die Hände nicht oft in die Taschen. Gewöhnlich wirbel ich mit einem Stock oder sonstwas herum, oder weise mit einem Bleistift auf etwas hin."

„Aber du könntest irgendwann mal die Hand in die Tasche stecken und sie anfassen."

„Ich bin nicht einsam, wenn ich arbeite. Ich muß viel zu angestrengt nachdenken, um mich jemals einsam zu fühlen."

„Aber jetzt arbeitest du doch nicht."

„Nein, jetzt ebne ich nur den Weg, um mich überrumpeln zu lassen."

„Ich schenk sie dir auf jeden Fall. Ich weiß ganz genau, daß Mammi es verstehen wird. Ich brauche es ihr auch nicht gleich zu erzählen. Sie kontrolliert meine Sachen nicht, und ich weiß genau, daß mein Mädchen es ihr niemals sagen würde."

„Ich glaube nicht, daß ich sie nehmen sollte."

„Bitte doch. Tu's, um mir eine Freude zu machen."

„Ich weiß nicht, ob es ehrenhaft ist."

„Das ist so, als ob man nicht genau weiß, ob man jungfräulich ist oder nicht. Was man tut, um einem, den man liebt, eine Freude zu machen, ist höchst ehrenhaft."

„In Ordnung", sagte der Colonel. „Ich werde sie nehmen, auf Gedeih und Verderb."

„Jetzt mußt du ‚danke' sagen", sagte das Mädchen und ließ sie mit der Geschwindigkeit und Geschicklichkeit eines Juwelendiebes in seine Tasche gleiten. „Ich hab sie bei mir gehabt, weil ich die ganze Woche lang darüber nachgedacht und es beschlossen hatte."

„Ich dachte, du hast an meine Hand gedacht?"

„Sei nicht so eklig, Richard. Und eigentlich solltest du auch niemals dumm tun. Es ist doch deine Hand, mit der du sie berührst. Hast du denn daran nicht gedacht?"

„Nein. Wie dumm von mir. Was möchtest du aus dem Schaufenster da haben?"

„Ich möchte gern den kleinen Mohren da mit dem Gesicht aus Ebenholz und dem Turban aus Brillantsplittern mit dem kleinen Rubin oben auf seinem Turban. Ich würde ihn als Brosche tragen. Früher trugen alle solche Mohren in dieser Stadt, und die Gesichter waren die ihrer vertrauten Diener. Ich habe mit dem hier schon lange geliebäugelt, aber ich wollte, daß du ihn mir schenkst."

„Ich schicke ihn dir morgen früh."

„Nein, gib ihn mir, bevor du wegfährst, wenn wir zusammen lunchen."

„Schön", sagte der Colonel.

„Jetzt müssen wir gehen, sonst kommen wir zu spät zum Essen." Sie setzten sich in Bewegung, Arm in Arm, und als sie die erste Brücke hinaufstiegen, peitschte ihnen der Wind entgegen.

Als der stechende Schmerz kam, sagte der Colonel zu sich: Bloß das nicht!

„Richard", sagte das Mädchen. „Steck deine Hand in die Tasche, mir zu Gefallen, und fühl sie an."

Der Colonel tat es.

„Sie fühlen sich wunderbar an", sagte er.

II

Sie kamen aus dem Wind und der Kälte durch den Haupteingang des „Gritti Palace Hotel" in das Licht und die Wärme des Vestibüls.

„Guten Abend, Contessa", sagte der Portier. „Guten Abend, my Colonel. Draußen muß es kalt sein."

„Das ist es", sagte der Colonel und unterdrückte jede derbe und unanständige Redewendung über das Ausmaß der Kälte oder die Windstärke, die er sonst, wenn er sich mit dem Portier unterhielt, zu ihrem gemeinsamen Gaudium hinzugefügt haben würde.

Als sie die lange Halle betraten, die zu der großen Treppe und zum Fahrstuhl führte, von der man rechter Hand in die Bar, zum Canal Grande und in den Speisesaal gelangte, kam der Gran Maestro aus der Bar heraus. Er trug die vorgeschriebene weiße, lang geschnittene Jacke und lächelte ihnen zu und sagte: „Guten Abend, Contessa. Guten Abend, Colonel."

„Gran Maestro", sagte der Colonel.

Der Gran Maestro lächelte und sagte, während er sich noch verneigte: „Wir servieren das Essen ganz hinten in der Bar. Jetzt im Winter ist kaum jemand hier, und der Speisesaal ist zu groß. Ich habe einen Tisch reserviert. Wir haben einen wunderbaren Hummer da, falls Sie damit beginnen möchten."

„Ist er wirklich frisch?"

„Ich habe ihn heute früh gesehen, als man ihn in einem Korb vom Markt brachte. Er war lebendig und dunkelgrün und äußerst feindselig."

„Möchtest du gern mit Hummer anfangen, Tochter?"

Als er „Tochter" sagte, war sich der Colonel wie der Gran Maestro sowie auch das Mädchen dessen bewußt. Aber jeder der drei verstand etwas anderes darunter.

„Ich hatte ihn für Sie reserviert, für den Fall, daß irgendwelche pescecani kommen sollten. Sie sind jetzt auf dem Lido und spielen. Ich habe nicht versucht, ihn zu verkaufen."

„Ich würde schrecklich gern Hummer essen", sagte das Mädchen. „Kalt und mit Mayonnaise. Die Mayonnaise ziemlich steif." Dies sagte sie auf italienisch.

„Es ist doch nicht zu teuer, oder doch?" sagte sie ernsthaft zu dem Colonel.

„Ay hija mía", sagte der Colonel.

„Faß mal in deine rechte Tasche", sagte sie.

„Ich werde dafür sorgen, daß er nicht zu teuer ist", sagte der Gran Maestro. „Sonst werde ich ihn selbst bezahlen. Mit einem Wochengehalt könnte ich ihn leicht erstehen."

„Verkauft an Trust", sagte der Colonel; Trust war die Codebezeichnung der Besatzungstruppen von Triest. „Mich kostet er nur eine Tageslöhnung."

„Faß mal mit deiner Hand in deine rechte Tasche und fühl, wie reich du bist", sagte das Mädchen.

Der Gran Maestro spürte, daß dies ein Privatscherz zwischen den beiden war, und hatte sich schweigend entfernt. Er freute sich über das Mädchen, das er schätzte und bewunderte, und er freute sich für seinen Colonel.

„Ich bin reich", sagte der Colonel. „Aber wenn du mich mit ihnen neckst, geb ich sie zurück, hier auf diesem leinenen Tischtuch und in aller Öffentlichkeit."

Er neckte sie jetzt seinerseits und stieß ohne Überlegung mit seinem Gegenangriff vor.

„Nein, das wirst du nicht", sagte sie. „Weil du sie bereits liebst."

„Ich würde alles, was ich liebe, nehmen und es von der höchsten Klippe, die du je gesehen hast, hinabwerfen und noch nicht mal warten, bis es aufschlägt."

„Nein, das würdest du nicht", sagte das Mädchen. „Mich würdest du nicht von einer hohen Klippe hinabwerfen."

„Nein", gab der Colonel zu. „Und verzeih mir mein häßliches Gerede."

„Es war nicht sehr häßlich, und ich hab's sowieso nicht geglaubt", gab ihm das Mädchen zur Antwort. „Was meinst du, sollte ich jetzt in die Damengarderobe gehen und mir das Haar kämmen und mich präsentabel machen, oder soll ich in dein Zimmer hinaufkommen?"

„Was möchtest du?"

„In dein Zimmer hinaufkommen natürlich und sehen, wie du wohnst und wie dort alles ist."

„Und die Leute im Hotel?“

„In Venedig weiß man sowieso alles. Aber man kennt auch meine Familie, und man weiß, daß ich ein ordentliches Mädchen bin. Und man weiß auch, daß du's bist und daß ich's bin. Wir haben Kredit.“

„Schön“, sagte der Colonel. „Treppe oder Fahrstuhl?“

„Fahrstuhl“, sagte sie, und er hörte die Veränderung in ihrer Stimme. „Du kannst einen Jungen rufen, oder wir können ihn auch selber bedienen.“

„Wir wollen ihn selber bedienen“, sagte der Colonel. „Ich habe vor langer Zeit mein Examen als Liftboy bestanden.“

Es ging glatt hinauf mit einem kleinen Bums zum Schluß und einer kleinen Berichtigung am Ende, und der Colonel dachte: Examen bestanden, so? Solltest du lieber noch mal machen.

Der Gang war jetzt nicht einfach schön, sondern aufregend, und den Schlüssel ins Schloß stecken war nicht ein einfacher Vorgang, sondern ein Ritus.

„Hier hast du's“, sagte der Colonel, als er die Tür aufstieß. „Alles, was da ist.“

„Es ist bezaubernd“, sagte das Mädchen. „Aber es ist furchtbar kalt mit den Fenstern auf.“

„Ich werde sie zumachen.“

„Nein, bitte, laß sie auf, wenn du's gern so hast.“

Der Colonel küßte sie und fühlte ihren wundervollen, langen, jungen, geschmeidigen und gutgewachsenen Körper gegen seinen eigenen Körper, der hart und stark, aber ramponiert war, und während er sie küßte, dachte er an nichts.

Sie küßten einander lange Zeit, standen aufrecht da und küßten einander fest bei der Kälte der offenen Fenster, die auf den Canal Grande gingen.

„Ach“, sagte sie und dann noch mal: „Ach.“

„Wir haben nichts zu bedauern", sagte der Colonel. „Auch nicht das geringste."

„Willst du mich heiraten, und werden wir die fünf Söhne bekommen?"

„Das will ich. Das will ich."

„Aber würdest du auch?"

„Natürlich."

„Küß mich noch einmal und laß die Knöpfe deiner Uniform mir weh tun, aber nicht zu sehr."

Sie standen da und küßten einander aufrichtig. „Ich muß dich enttäuschen, Richard", sagte sie. „Ich muß dich mit allem enttäuschen."

Sie sagte es schlicht heraus, und es traf den Colonel genauso wie eine Nachricht von einem der drei Bataillone, wenn der Bataillonskommandeur die absolute Wahrheit sprach und einem das Allerschlimmste mitteilte.

„Bist du sicher?"

„Ja."

„Meine arme Tochter", sagte er.

Jetzt war kein Dunkel um das Wort, und sie war wirklich seine Tochter, und er bemitleidete sie und liebte sie.

„Macht nichts", sagte er. „Kämm dich und mach dir einen neuen Mund und so weiter, und dann wollen wir gut zusammen essen."

„Sag erst noch einmal, daß du mich liebst, und laß mich die Knöpfe sehr fühlen."

„Ich liebe dich", sagte der Colonel ganz förmlich.

Dann flüsterte er ihr ins Ohr, so zart wie er nur flüstern konnte, und so wie er geflüstert hatte, als man als junger Lieutenant auf Patrouille vier Meter weit auseinander stand. „Ich liebe dich, meine beste und letzte und einzige und wahre Liebe."

„Gut", sagte sie und küßte ihn so, daß er das süße Salz

seines Blutes auf der Lippe schmeckte. Und auch das mag ich, dachte er.

„Jetzt werde ich mir die Haare kämmen und mir einen neuen Mund machen, und du kannst zusehen."

„Willst du, daß ich die Fenster zumache?"

„Nein", sagte sie. „Wir wollen alles im Kalten machen."

„Wen liebst du?"

„Dich", sagte sie. „Und zuviel Glück haben wir nicht, nicht wahr?"

„Ich weiß nicht", sagte der Colonel. „Geh schon und kämm dein Haar."

Der Colonel ging ins Badezimmer, um sich zurechtzumachen. Das Bad war das einzig Enttäuschende an seinem Zimmer. Der Tatsache zufolge, daß das „Gritti" als Palast erbaut war, hatte man zur Zeit, als es gebaut wurde, keinen Platz für Badezimmer vorgesehen, und später, als sie eingeführt wurden, hatte man sie den Korridor entlang angelegt, und alle, die ein Anrecht auf Benutzung hatten, gaben rechtzeitig Bescheid; dann wurde Wasser heiß gemacht und ein Badetuch hingelegt.

Dies Badezimmer hatte man ganz willkürlich von einer Ecke des Zimmers abgetrennt, und der Colonel fand, es war eher ein ablehnendes als ein einladendes Badezimmer. Als er sich wusch und gezwungenermaßen in den Spiegel blickte, um irgendwelche Spuren von Lippenstift zu entdecken, betrachtete er sein Gesicht. Es sieht aus, als ob es von irgendeinem mittelmäßigen Handwerker aus Holz geschnitzt ist, dachte er.

Er besah sich die verschiedenen Narben und Buckel, die aus der Zeit stammten, als es noch keine plastische Chirurgie gab, und die dünnen, nur von Eingeweihten bemerkbaren Linien, die von ausgezeichneten plastischen Operationen nach den verschiedenen Kopfverletzungen herrührten.

Na, das hab ich eben als gueule oder façade zu bieten, dachte er. Ein verdammt jämmerliches Angebot! Das einzig Gute daran ist, daß es gebräunt ist, das nimmt etwas von der Scheußlichkeit weg. Aber, mein Gott, was für ein häßlicher Kerl.

Er bemerkte weder das fahle Stahlgrau seiner Augen noch die feinen, lang auslaufenden Lachfältchen an den Augenwinkeln, noch daß seine gebrochene Nase wie die eines Gladiators auf den alten Statuen aussah. Noch bemerkte er seinen im Grunde gütigen Mund, der allerdings richtig grausam sein konnte.

„Zum Teufel mit dir", sagte er zu dem Spiegel. „Du zusammengehauener Jammerlappen. Man sollte sich wohl den Damen wieder zugesellen."

Er ging aus dem Badezimmer ins Zimmer zurück, und er war so jung wie bei seinem ersten Angriff. Alles Wertlose war im Badezimmer zurückgeblieben. Wie immer, dachte er. Da gehört's auch hin.

Où sont les neiges d'antan? Où sont les neiges d'autrefois? Dans le pissoir toute la chose comme ça.

Das Mädchen, das mit Vornamen Renata hieß, hatte die Türen des großen Schranks weit geöffnet. Sie waren innen alle mit Spiegelglas verkleidet, und sie kämmte ihr Haar.

Sie kämmte es nicht aus Eitelkeit, noch um bei dem Colonel zu bewirken, was es, wie sie wußte, bewirken konnte und würde. Sie kämmte es mühevoll und respektlos, und es widerstand dem Kamm, weil es so dicht und lebensstrotzend war wie das Haar von Bäuerinnen oder das Haar der Schönheiten des Hochadels.

„Der Wind hat es sehr zerzaust", sagte sie. „Liebst du mich noch?"

„Ja", sagte der Colonel. „Darf ich dir helfen?"

„Nein. Ich hab's mein ganzes Leben lang selbst gemacht."

„Könntest du dich nicht seitwärts stellen?"

„Nein. Alle Konturen sind für unsere fünf Söhne und für deinen Kopf zum Ausruhen."

„Ich hab nur an das Gesicht gedacht", sagte der Colonel. „Aber schönen Dank dafür, daß du mich darauf aufmerksam gemacht hast. Meine Beobachtungsgabe hat mal wieder versagt."

„Ich bin zu üppig."

„Nein", sagte der Colonel. „In Amerika machen sie so was aus Draht und Gummischwamm, aus dem Zeugs, das man für die Sitze in Tanks benutzt. Man weiß dort nie, ob wirklich was dahintersteckt oder nicht, außer man ist so ein ungezogener Junge wie ich."

„Hier ist es nicht so", sagte sie, und sie warf ihr jetzt gescheiteltes Haar mit dem Kamm nach vorn, so daß es unter ihrer Wangenlinie und schräg über ihre Schultern hing.

„Magst du's, wenn's ordentlich ist?"

„Es ist nicht zu ordentlich, aber es ist verdammt schön."

„Ich könnte es aufstecken und alles mögliche, falls du Wert auf ordentlich legst. Aber ich kann mit Haarnadeln nur schwer fertig werden, und es kommt mir so dumm vor." Ihre Stimme war so wunderbar – sie erinnerte ihn immer an Pablo Casals beim Cellospielen –, daß er das Gefühl wie von einer Wunde hatte, die man nicht zu ertragen können glaubt. Aber man kann alles ertragen, dachte er.

„Ich liebe dich sehr, genauso wie du bist", sagte der Colonel. „Und du bist die allerschönste Frau, die ich je gekannt und gesehen habe, selbst auf Bildern von guten Malern."

„Warum wohl das Porträt noch nicht gekommen ist?"

„Es wird wunderbar sein, das Porträt zu haben", sagte der Colonel, und jetzt war er wieder ein General, ohne sich dessen bewußt zu sein. „Aber es ist, als ob man einem toten Pferd das Fell abzieht.“

„Bitte, sag nicht so häßliche Sachen“, sagte das Mädchen. „Mir ist heute abend gar nicht nach so was.“

„Ich bin in den Jargon meines sale métier gerutscht.“

„Nein“, sagte sie. „Bitte, leg deine Arme sanft und fest um mich. Bitte. Es ist kein schmutziges Handwerk. Es ist das älteste und das beste, obschon die meisten Leute, die es ausüben, seiner unwürdig sind.“

Er hielt sie so fest, wie er konnte, ohne ihr weh zu tun, und sie sagte: „Ich hätte nicht gern, wenn du ein Anwalt oder ein Priester wärst. Oder Sachen verkauftest. Oder sehr erfolgreich wärst. Ich bin froh, daß dies dein Handwerk ist, und ich liebe dich. Bitte, flüster, wenn du willst.“

Der Colonel flüsterte wahr und aufrichtig, während er sie fest an sich drückte und ihm das Herz brach, mit seinem Geflüster, das fast so hörbar wie eine stumme Hundepfeife dicht am Ohr war: „Ich liebe dich, du Teufel. Und meine Tochter bist du auch, und ich mach mir nichts aus unseren Verlusten, weil der Mond unsere Mutter und unser Vater ist. Und jetzt wollen wir zum Essen hinuntergehen.“

Er flüsterte dies letzte so leise, daß es für jeden, der einen nicht liebte, unhörbar war.

„Ja“, sagte das Mädchen. „Ja, aber küß mich erst noch einmal.“

12

Sie saßen an ihrem Tisch in der hintersten Ecke der Bar, wo der Colonel Flankendeckung von beiden Seiten hatte, und er ruhte gewichtig in der Ecke des Raums. Der Gran Maestro wußte Bescheid; er war ein ausgezeichneter Feldwebel in einer guten Infanteriekompanie in einem erstklassigen Regiment gewesen, und er hätte seinen Colonel ebensowenig in der Mitte des Raums placiert, wie er eine schlechte Verteidigungsstellung bezogen hätte.

„Der Hummer“, sagte der Gran Maestro.

Der Hummer war imposant. Er war doppelt so groß, wie ein Hummer sein soll, und seine Unfreundlichkeit war ihm beim Sieden vergangen, so daß er jetzt wie sein eigenes Denkmal aussah, komplett mit hervorstehenden Augen und zarten, weit ausgestreckten Antennen, die ihm kundtun sollten, was seine reichlich stupiden Augen ihm nicht sagen konnten.

Er sieht ein bißchen wie Georgie Patton aus, dachte der Colonel. Aber wahrscheinlich hat er nie in seinem Leben geweint, wenn ihn etwas rührte.

„Glaubst du, daß er zäh sein wird?“ fragte er das Mädchen auf italienisch.

„Nein“, versicherte ihnen der Gran Maestro, der immer noch den Hummer präsentierte. „Er ist bestimmt nicht zäh. Er ist bloß groß. Sie kennen doch die Sorte.“

„Schön“, sagte der Colonel. „Servieren Sie ihn.“

„Und was werden Sie trinken?“

„Was möchtest du, Tochter?“

„Was du möchtest.“

„Capri Bianco“, sagte der Colonel. „Secco und wirklich kalt.“

„Er steht schon bereit“, sagte der Gran Maestro.

„Wunderbar, wie wir uns amüsieren, nicht wahr?“ sagte das Mädchen. „Jetzt amüsieren wir uns wieder ohne jeden Kummer. Was für ein imposanter Hummer das ist, nicht wahr?“

„Das ist er“, sagte der Colonel. „Und er soll sich hüten, nicht zart zu sein.“

„Das ist er bestimmt“, sagte das Mädchen zu ihm.

„Der Gran Maestro lügt nicht. Ist es nicht großartig, daß es Leute gibt, die nicht lügen?"

„Ganz großartig und äußerst selten", sagte der Colonel. „Ich dachte eben an einen Mann, der Georgie Patton heißt, der vielleicht niemals in seinem ganzen Leben die Wahrheit gesagt hat."

„Lügst du jemals?"

„Ich habe viermal gelogen. Aber ich war immer sehr müde. Das ist keine Entschuldigung", fügte er hinzu.

„Ich habe viel gelogen, als ich ein kleines Mädchen war. Aber meistens habe ich mir nur Geschichten ausgedacht. Wenigstens glaube ich das. Aber ich habe nie zu meinem Vorteil gelogen."

„Aber ich", sagte der Colonel. „Viermal."

„Wärst du ein General, wenn du nicht gelogen hättest?"

„Wenn ich so gelogen hätte, wie andere gelogen haben, wäre ich ein General mit drei Sternen."

„Würdest du glücklicher sein, wenn du ein General mit drei Sternen wärst?"

„Nein", sagte der Colonel. „Sicher nicht."

„Faß mit deiner rechten Hand, deiner richtigen Hand, einmal in deine Tasche und sag mir, wie du dich fühlst."

Der Colonel tat es. „Wunderbar", sagte er. „Aber weißt du, ich muß sie zurückgeben."

„Nein. Bitte nicht."

„Wir wollen jetzt nicht darüber sprechen."

Der Hummer wurde ihnen gerade vorgelegt. Er war zart, und jener Stoßmuskel, der der Schwanz ist, hatte jenen eigentümlichen glitschigen Reiz, und die Scheren waren ausgezeichnet, weder zu mager noch zu fleischig.

„Ein Hummer nimmt zu mit dem Mond", sagte der Colonel zu dem Mädchen. „Bei Neumond lohnt es nicht, ihn zu essen."

„Das hab ich nicht gewußt."

„Vielleicht kommt es daher, daß er bei Vollmond die ganze Nacht frißt. Oder vielleicht führt ihm auch der Vollmond Nahrung zu."

„Sie kommen von der dalmatinischen Küste, nicht wahr?"

„Ja", sagte der Colonel. „Das ist eure reiche Küste, was Fisch anlangt. Vielleicht sollte ich sagen *unsere* reiche Küste?"

„Sag es", sagte das Mädchen. „Du weißt gar nicht, wie wichtig Dinge sind, die gesagt sind."

„Verdammt noch mal, viel wichtiger sind Dinge, wenn sie erst zu Papier gebracht sind."

„Nein", sagte das Mädchen. „Das finde ich nicht. Papier bedeutet gar nichts, wenn man sie nicht von Herzen meint."

„Und was ist, wenn man kein Herz hat? Oder das Herz nichts taugt?"

„Du hast ein Herz, und es taugt etwas."

Verteufelt gern würde ich es für ein neues in Anzahlung geben, dachte der Colonel. Ich weiß nicht, warum ausgerechnet dieser von all den vielen Muskeln versagen soll. Aber er sagte nichts hiervon und steckte die Hand in die Tasche.

„Sie fühlen sich wunderbar an", sagte er. „Und du siehst wunderbar aus."

„Danke", sagte sie. „Daran werde ich die ganze Woche über denken."

„Du brauchtest nur in den Spiegel zu sehen."

„Der Spiegel ödet mich an", sagte sie. „Lippenstift benutzen und die Lippen aufeinanderreiben, damit er sich ordentlich verteilt, und zu dichtes Haar kämmen, das ist weder ein Leben für eine Frau, die jemanden liebt, noch für ein junges Mädchen. Wenn man der Mond und alle möglichen Sterne sein will und mit seinem Mann leben möchte und fünf Söhne haben will, ist es nicht sehr reizvoll, sich selbst im Spiegel zu betrachten und seine weiblichen Künste spielen zu lassen."

„Dann laß uns sofort heiraten."

„Nein", sagte sie. „Du weißt ja, ich habe auch hierüber einen Entschluß gefaßt, wie über all die verschiedenen anderen Dinge. Die ganze Woche über habe ich Zeit, um Entschlüsse zu fassen."

„Ich fasse auch welche", sagte der Colonel. „Aber was diesen anbelangt, der wäre leicht umzustoßen."

„Wir wollen nicht darüber reden. Es tut süß weh. Wir sollten, glaube ich, lieber feststellen, was der Gran Maestro für Fleisch hat. Bitte trink deinen Wein. Du hast ihn noch nicht angerührt."

„Das werde ich jetzt", sagte der Colonel. Er tat es. Der Wein war hell und kühl wie die Weine Griechenlands, aber nicht harzig, und sein Körper war so voll und wunderbar wie der von Renata.

„Er ist sehr wie du."

„Ja. Ich weiß. Darum wollte ich gern, daß du ihn kostest."

„Ich koste ihn gerade", sagte der Colonel. „Und jetzt will ich ein volles Glas davon trinken."

„Du bist ein Guter."

„Danke", sagte der Colonel. „Daran werde ich die ganze Woche über denken und versuchen, einer zu sein." Dann sagte er: „Gran Maestro."

Als der Gran Maestro fröhlich und wie ein Mitverschworener und ohne auf seine Geschwüre zu achten herankam, fragte ihn der Colonel: „Was für Fleisch gibt's, das sich wirklich zu essen lohnt?"

„Ich weiß es selbst nicht ganz genau", sagte der Gran Maestro. „Aber ich werde es sofort feststellen. Ihr Landsmann sitzt dort drüben in Hörweite. Er gestattete mir nicht, ihn drüben in der Ecke zu placieren."

„Gut", sagte der Colonel. „Wir werden ihm etwas Stoff zum Schreiben liefern."

„Er schreibt jede Nacht. Das hab ich von meinem Kollegen in seinem Hotel gehört."

„Bravo", sagte der Colonel. „Das zeigt, daß er fleißig ist, selbst wenn er seine Begabung überlebt hat."

„Wir sind alle fleißig", sagte der Gran Maestro.

„Auf verschiedene Art und Weise."

„Ich werde gehen und feststellen, was tatsächlich an Fleisch da ist."

„Stellen Sie das aufs genaueste fest."

„Auch ich bin fleißig."

„Und verdammt scharfsinnig sind Sie auch."

Der Gran Maestro entfernte sich, und das Mädchen sagte: „Er ist ein wunderbarer Mann, und ich finde es wunderbar, daß er dich so gern hat."

„Wir sind gute Freunde", sagte der Colonel. „Ich hoffe, er hat ein gutes Steak für dich."

„Wir haben ein sehr gutes Steak da", sagte der Gran Maestro, als er wieder auftauchte.

„Iß du das, Tochter. Ich bekomm das die ganze Zeit über bei mir in der Messe. Willst du es blutig?"

„Ganz blutig, bitte."

„Al sangue", sagte der Colonel. „Wie John sagte, wenn er mit dem Kellner französisch sprach. Crudo, bleu, oder sagen wir einfach sehr blutig."

„Es wird blutig sein", sagte der Gran Maestro. „Und Sie, Colonel?"

„Scaloppine mit Marsala und den Blumenkohl in Butter gedämpft, plus einer Artischocke vinaigrette, wenn Sie eine auftreiben können. Was willst du, Tochter?"

„Kartoffelpüree und einen unangemachten Salat."

„Du bist ein junges Mädchen, das im Wachstum begriffen ist."

„Ja. Aber ich darf nicht zu sehr wachsen und nicht in der falschen Richtung."

„Ich glaube, das wär alles", sagte der Colonel. „Wie ist es mit einem fiasco Valpolicella?"

„Wir haben keine fiascos. Dies ist ein gutes Hotel, Sie verstehen, Colonel, er kommt in Flaschen."

„Ich vergaß", sagte der Colonel. „Erinnern Sie sich, als der Liter noch dreißig Centesimi kostete?"

„Und wir mit den leeren fiascos aus den Transportzügen nach den Bahnhofswachtposten warfen?"

„Und wir all die übriggebliebenen Handgranaten wegschmissen und sie die Abhänge hinabkullern ließen, wenn wir von der Grappa zurückkamen?"

„Und wie sie dann glaubten, daß hier ein Durchbruch war, wenn sie die Explosionen sahen? Und man sich nie rasierte, und wie wir auf unseren offenen grauen Jacken über den grauen Sweatern die fiamme nere trugen?"

„Und ich Grappa trank und nicht einmal den Geschmack spüren konnte? Damals müssen wir zäh gewesen sein", sagte der Colonel.

„Damals waren wir schön zäh", sagte der Gran Maestro. „Damals waren wir böse Jungens, und Sie waren der schlimmste."

„Ja", sagte der Colonel. „Ich glaube, wir waren ziemlich böse Jungens. Du verzeihst dies, Tochter, nicht wahr?"

„Du hast kein Bild von damals, oder doch?"

„Nein. Es gab damals keine Bilder außer welche mit Mr. d'Annunzio drauf. Und aus den meisten Leuten ist auch nichts Rechtes geworden."

„Bis auf uns", sagte der Gran Maestro. „Jetzt muß ich gehen und sehen, was das Steak macht."

Der Colonel war jetzt wieder ein Lieutenant; er fuhr in einem Lastwagen, und sein Gesicht war so staubbedeckt, daß nur seine metallischen Augen sichtbar waren, und sie waren rot umrändert und wund, und er saß da und dachte.

Die drei Hauptstellungen, dachte er. Das Bergmassiv, der Grappa mit Assalone und Pertica und der Berg mit dem Namen, an den ich mich nicht erinnern kann, zur Rechten. Dort bin ich zum Mann geworden, und all die Nächte, in denen ich schwitzend aufwachte, weil ich träumte, daß ich sie nicht aus den Lastwagen rauskriegte! Sie sollten natürlich gar nicht raus, niemals. Mein Gott, was für ein Handwerk das ist!

„Weißt du", sagte er zu dem Mädchen, „daß in unserer Armee so gut wie kein General je gekämpft hat? Es kommt ganz selten mal vor, und die Stäbe haben was gegen die, die gekämpft haben."

„Kämpfen Generale denn wirklich?"

„O ja. Wenn sie Major und Lieutenant sind. Später ist es, außer auf dem Rückzug, ziemlich dämlich, wenn sie's tun."

„Hast du viel gekämpft? Ich weiß, du hast. Aber erzähl mir davon."

„Ich hab genug gekämpft, um von den großen Denkern als Dummkopf klassifiziert zu werden."

„Erzähl mir davon."

„Als ich ein Junge war, kämpfte ich gegen Erwin Rommel halbwegs von Cortina bis zur Grappa, wo wir haltmachten. Damals war er Hauptmann und ich fungierte als Captain, aber eigentlich war ich nur Lieutenant."

„Kanntest du ihn?"

„Nein, ich lernte ihn erst nach dem Krieg kennen, als wir uns unterhalten konnten. Er war sehr nett, und ich konnte ihn gut leiden. Wir gingen zusammen Skilaufen."

„Mochtest du viele Deutsche?"

„Sehr viele. Am liebsten hatte ich Ernst Udet."

„Aber sie waren im Unrecht."

„Gewiß. Aber wer ist das nicht einmal gewesen?"

„Ich könnte sie nie gern haben oder eine so duldsame Haltung ihnen gegenüber einnehmen wie du, weil sie meinen Vater getötet haben und sie unsere Villa an der Brenta abgebrannt haben und seit dem Tag, an dem ich einen deutschen Offizier sah, der auf der Piazza San Marco mit seinem Gewehr auf Tauben schoß."

„Das kann ich verstehen", sagte der Colonel. „Aber bitte, Tochter, versuch du auch, meine Haltung zu verstehen. Wenn man so viele getötet hat, kann man sich's leisten, tolerant zu sein."

„Wie viele hast du getötet?"

„Hundertzweiundzwanzig einwandfrei, die Ungewissen nicht mitgezählt."

„Hast du keine Gewissensbisse gehabt?"

„Niemals."

„Auch keine bösen Träume?"

„Auch keine bösen Träume. Aber meistens sonderbare. Gefechtsträume immer noch eine ganze Zeitlang nach dem Gefecht. Und dann meistens sonderbare Träume über irgendwelche Orte. Weißt du, man lebt ja durch die Zufälligkeiten des Geländes. Und das Gelände ist das, was in dem träumenden Teil von dir zurückbleibt."

„Träumst du nie von mir?"

„Ich versuche es. Aber ich kann's nicht."

„Vielleicht wird dir das Porträt helfen."

„Hoffentlich", sagte der Colonel. „Bitte, vergiß nicht, mich daran zu erinnern, daß ich dir die Steine zurückgebe."

„Bitte, sei nicht häßlich."

„Ich habe meine kleinen, notwendigen Ehrbegriffe, genauso wie wir unsere große, umfassende Liebe haben. Man kann nicht eines ohne das andere haben."

„Aber du könntest mir ein paar Privilegien zugestehen."

„Die hast du", sagte der Colonel. „Die Steine sind in meiner Tasche."

Jetzt kam der Gran Maestro mit dem Steak und den scaloppine und den Gemüsen. Ein geschniegelter Junge brachte alles auf einem Tablett. Er glaubte an nichts, aber er gab sich die größte Mühe, ein guter Kellner zu sein. Er war ein Mitglied des Ordens. Der Gran Maestro legte geschickt vor, mit Ehrerbietung sowohl für das Essen wie für die, die es verspeisen würden.

„Jetzt essen Sie", sagte er. „Entkork den Valpolicella", sagte er zu dem Jungen, der die Augen eines ungläubigen Wachtelhundes hatte.

„Was wissen Sie von dem Kerl da?" fragte ihn der Colonel und zeigte auf seinen pockennarbigen Landsmann, der kauend dasaß, während die ältliche Frau neben ihm mit kleinstädtischer Anmut ihr Essen verzehrte.

„Das sollten Sie mir sagen. Nicht ich Ihnen."

„Ich habe ihn heute zum erstenmal gesehen", sagte der Colonel. „Er ist schwerverdaulich beim Essen."

„Er ist leutselig zu mir. Er spricht unverdrossen schlechtes Italienisch. Er sieht sich alles an, was im Baedeker steht, und er versteht weder etwas vom Essen noch vom Trinken. Die Frau ist nett. Ich glaube, sie ist seine Tante. Aber ich bin nicht genau informiert."

„Er sieht aus wie etwas, das man entbehren könnte."

„Das will ich meinen. Mit Leichtigkeit."

„Redet er über uns?"

„Er hat mich gefragt, wer Sie wären. Der Name der Contessa war ihm bekannt; er hat einige Paläste, die der Familie gehört haben, an Hand seines Buches besichtigt. Der Name imponierte ihm, Madam. Ich erwähnte ihn, um ihm zu imponieren."

„Glauben Sie, daß er uns in einem Buch verewigen wird?"

„Das glaube ich bestimmt. Er verewigt alles in einem Buch."

„Wir *sollten* auch in einem Buch verewigt werden",

sagte der Colonel. „Wär es dir denn unangenehm, Tochter?“

„Natürlich nicht“, sagte das Mädchen. „Aber es wäre mir lieber, wenn Dante es schreiben würde.“

„Dante ist gerade nicht zur Stelle“, sagte der Colonel.

„Kannst du mir etwas vom Krieg erzählen?“ fragte ihn das Mädchen. „Irgend etwas, was ich wissen darf?“

„Gewiß. Was du willst.“

„Wie war eigentlich General Eisenhower?“

„Schnurgenau die Epworth League. Auch das ist wahrscheinlich ungerecht. Auch durch die verschiedenen anderen Einflüsse kompliziert. Ein ausgezeichneter Politiker. Ein politischer General. Sehr fähig, was das anlangt.“

„Und die anderen an der Spitze?“

„Wir wollen sie nicht namentlich aufführen. Sie haben sich in ihren Memoiren häufig genug namentlich aufgeführt. All das ist außerordentlich begreiflich durch etwas, was der Rotary Club heißt, von dem du niemals gehört haben wirst. In diesem Club tragen sie alle emaillierte Knöpfe mit ihren Vornamen, und man muß Strafe zahlen, wenn man sie mit Nachnamen anredet. Haben niemals gekämpft. Niemals.“

„Gab es keine guten?“

„Doch, viele. Bradley, der Schullehrer, und viele andere. ‚Blitzjoe‘ zum Beispiel war ein guter. Ein sehr guter.“

„Wer war das?“

„Er befehligte zu meiner Zeit das Siebente Armeekorps. Tadellos zuverlässig. Rasch und tüchtig. Jetzt Generalstabschef.“

„Aber was hältst du von den großen Heerführern, von denen wir immer hörten, zum Beispiel von General Montgomery und General Patton?“

„Schreib sie ab, Tochter. Monty war ein Original;

wenn der nicht fünfzehn zu eins hatte, ging er nicht vor. Und auch dann ging er nur zögernd vor."

„Ich dachte immer, er sei ein großer General."

„Das war er nicht", sagte der Colonel. „Das schlimmste an der Sache war, daß er es wußte. Ich hab ihn in ein Hotel reinkommen sehen, und dann hat er seine gewöhnliche Uniform gegen einen Aufzug vertauscht, der auf Massenfang berechnet war, und dann ist er abends ausgegangen, um die Bevölkerung zu animieren."

„Mochtest du ihn nicht leiden?"

„Doch. Ich halte ihn nur einfach für einen englischen General. Was immer das sein mag. Aber benutz den Ausdruck nicht etwa."

„Aber er hat doch General Rommel geschlagen."

„Ja, und glaubst du nicht, daß jemand anders ihn vorher mürbe gemacht hatte? Und wer kann mit fünfzehn zu eins nicht siegen? Als wir hier kämpften, als wir jung waren, der Gran Maestro und ich, da haben wir ein ganzes Jahr lang mit drei oder vier zu eins *gegen* uns gekämpft, und wir haben jedesmal gesiegt. An drei besonders schlimmen Stellen. Deshalb können wir Ulk machen und brauchen uns nicht würdevoll zu gebärden. In jenem Jahr hatten wir etwas über hundertvierzigtausend Tote. Deshalb können wir frisch und frei von der Leber weg reden, ohne hochtrabende Worte zu benutzen."

„Es ist eine sehr traurige Wissenschaft, falls es überhaupt eine Wissenschaft ist", sagte das Mädchen. „Ich respektiere die Kriegerdenkmäler, aber ich hasse sie."

„Ich mag sie auch nicht. Noch den Vorgang, der zu ihrer Errichtung führt. Hast du jemals an *diese* Seite der Sache gedacht?"

„Nein. Aber ich würde gern etwas davon wissen."

„Besser nicht wissen", sagte der Colonel. „Iß dein Steak, bevor es kalt ist, und verzeih mir, daß ich von meinem Handwerk gesprochen habe."

„Ich hasse es, aber ich liebe es auch."

„Ich glaube, wir haben die gleichen Gefühle", sagte der Colonel. „Aber was denkt wohl mein pockennarbiger Landsmann drei Tische weit entfernt?"

„An sein nächstes Buch oder an das, was im Baedeker steht."

„Wollen wir nach dem Essen in einer Gondel im Wind fahren, was meinst du?"

„Das wäre wunderbar."

„Sollen wir dem pockennarbigen Mann sagen, was wir vorhaben? Ich glaube, er hat überall Pocken – auf seinem Herzen und seiner Seele und vielleicht auch seiner Neugier."

„Wir erzählen ihm nichts", sagte das Mädchen. „Der Gran Maestro kann ihm jede uns genehme Information übermitteln." Dann kaute sie ordentlich und herzhaft an ihrem Steak und sagte: „Glaubst du, es stimmt, daß Menschen über Fünfzig für ihr Gesicht verantwortlich sind?"

„Hoffentlich nicht. Ich möchte meines nicht signieren."

„Du", sagte sie. „Du."

„Ist das Steak gut?" fragte der Colonel.

„Es ist wunderbar. Wie sind deine scaloppine?"

„Sehr zart, und die Soße ist überhaupt nicht süßlich. Schmeckt dir das Gemüse?"

„Der Blumenkohl ist beinah so kroß wie Sellerie."

„Wir sollten Sellerie essen. Aber wahrscheinlich gibt es keinen, sonst hätte ihn der Gran Maestro bestimmt gebracht."

„Was für Spaß wir mit dem Essen haben, nicht? Denk mal, wenn wir immer zusammen essen könnten."

„Ich hatte es vorgeschlagen."

„Wir wollen nicht davon reden."

„Schön", sagte der Colonel. „Ich habe vorhin auch einen

Entschluß gefaßt. Ich werde den Dienst quittieren und bescheiden von meiner Pension in dieser Stadt leben."

„Das wäre wunderbar. Wie siehst du denn in Zivil aus?"

„Du hast mich schon gesehen."

„Ich weiß, mein Lieber. Ich hab dich nur geneckt. Du neckst mich ja auch hin und wieder."

„Ich werde schon ganz ordentlich darin aussehen. Das heißt, wenn ihr hier einen Schneider habt, der sich aufs Zuschneiden versteht."

„Hier gibt es keinen. Aber es gibt welche in Rom. Können wir zusammen nach Rom fahren, um dir deine Sachen zu besorgen?"

„Ja, und wir wollen außerhalb in Viterbo wohnen und nur für die Anproben und zum Essen abends reinfahren. Und nachts fahren wir dann wieder zurück."

„Werden wir Filmleute treffen und ganz unparteiisch über sie reden und vielleicht sogar nicht einmal mit ihnen trinken?"

„Wir werden Tausende von ihnen sehen."

„Werden wir dabei sein, wenn sie das zweite und dritte Mal heiraten und dann den Segen des Papstes empfangen?"

„Wenn dir das Spaß macht."

„Das tut es nicht", sagte das Mädchen. „Das ist einer der Gründe, warum ich dich nicht heiraten kann."

„Aha", sagte der Colonel. „Danke."

„Aber ich werde dich lieben – was immer es auch bedeuten mag, und du und ich, wir wissen sehr genau, was es bedeutet –, so lange wie einer von uns am Leben ist, und auch nachher."

„Ich glaube nicht, daß man sehr viel lieben kann, nachdem man selber tot ist", sagte der Colonel.

Er fing an, seine Artischocke zu essen. Er nahm immer nur ein Blatt auf einmal und stippte es mit der fleischigen Seite nach unten in das tiefe Schälchen mit sauce vinaigrette.

„Ich weiß auch nicht, ob man's kann", sagte das Mädchen. „Aber ich werde es versuchen. Ist dir nicht wohler, wenn du geliebt wirst?"

„Doch", sagte der Colonel. „Mir ist, als ob ich draußen auf einem arschnackten Hügel stände, wo es zu felsig zum Graben ist, der durch und durch aus Felsen ist und keine Vorsprünge und keine Ausbuchtungen hat, und urplötzlich bin ich nicht mehr nackt, sondern gepanzert. Gepanzert, und die 8,8 sind weg."

„Das solltest du unserem Freund, dem Schriftsteller mit dem Mondkratergesicht, erzählen, damit er das heute abend niederschreiben kann."

„Ich würde es Dante erzählen, wenn er in der Gegend wäre", sagte der Colonel, der plötzlich so wild wie die See war, wenn eine Sturmfront heraufkommt. „Ich würde ihm erzählen, was ich täte, wenn ich unter solchen Umständen plötzlich in einen Panzerwagen versetzt oder hineingeklettert wäre."

In dem Augenblick betrat Barone Alvarito den Raum. Er suchte sie, und da er Jäger war, sah er sie sofort.

Er kam an den Tisch heran, küßte Renata die Hand und sagte: „Ciao, Renata." Er war ziemlich groß, und der Stadtanzug zeigte, wie wunderbar er gewachsen war. Er war der schüchternste Mann, den der Colonel je gekannt hatte. Er war weder aus Unwissenheit, noch weil er sich unbehaglich fühlte, schüchtern, noch weil er irgendeinen Defekt hatte. Er war schüchtern von Natur, wie manche Tiere es sind, so wie der Bongo im Dschungel, den man niemals zu sehen bekommt und den man mit Hunden hetzen muß.

„Colonel", sagte er und lächelte wie nur die wahrhaft Schüchternen lächeln können.

Es war nicht das behagliche Grinsen des Selbstbewußten noch das zerschleißende, schnelle Lächeln der Unverwüstlichen und Bösen. Es stand in keiner Beziehung zu dem selbstsicheren und zweckbedingten Lächeln des Höflings oder Politikers. Es war das sonderbare, seltene Lächeln, das dem dunklen, tiefen Schacht in ihrem Innern entspringt, der tiefer als ein Brunnen, tief wie ein tiefer Stollen ist.

„Ich kann nur einen Augenblick bleiben. Ich bin nur gekommen, um Ihnen zu sagen, daß die Aussichten für die Jagd ganz günstig sind. Die Enten fliegen in schweren Mengen von Norden ein. Es sind viele große Enten darunter. Die Sorte, die Sie mögen." Er lächelte wieder.

„Setzen Sie sich, Alvarito, bitte."

„Nein", sagte Barone Alvarito. „Wenn es Ihnen recht ist, können wir uns um vierzehn Uhr dreißig vor der Garage treffen. Haben Sie Ihren Wagen da?"

„Ja."

„Das ist ausgezeichnet. Wenn wir um die Zeit abfahren, können wir abends noch die Enten beobachten."

„Großartig", sagte der Colonel.

„Also ciao, Renata. Auf Wiedersehen, Colonel. Um vierzehn Uhr dreißig."

„Wir kannten uns als Kinder", sagte das Mädchen. „Aber er war ungefähr drei Jahre älter als ich. Er war von der Geburt an sehr alt."

„Ja, ich weiß. Ich bin mit ihm sehr befreundet."

„Glaubst du, daß dein Landsmann ihn im Baedeker nachgeschlagen hat?"

„Das weiß ich nicht", sagte der Colonel. „Gran Maestro", fragte er, „hat mein erlauchter Landsmann den Barone im Baedeker nachgeschlagen?"

„Auf Ehre, Colonel. Ich habe ihn während des Essens keinmal seinen Baedeker benutzen sehen."

„Geben Sie ihm ein Lob", sagte der Colonel. „Sagen Sie mal, ich glaube, der Valpolicella ist besser, wenn er jünger ist. Es war kein grand vin, und wenn man ihn auf Flaschen füllt und jahrelang lagern läßt, vermehrt das nur den Bodensatz. Finden Sie das nicht auch?"

„Das finde ich auch."

„Was läßt sich da machen?"

„Colonel, Sie wissen, daß in einem Grandhotel der Wein Geld kosten muß. Man kann im ‚Ritz' keinen Pinard trinken. Aber ich würde vorschlagen, daß wir einige fiascos von dem guten kommen lassen. Sie können ja sagen, daß sie von den Weingütern der Contessa kommen und daß sie ein Geschenk sind. Dann lasse ich sie für Sie abfüllen. Auf diese Art werden wir besseren Wein bekommen und ein Beachtliches sparen. Wenn Sie es wünschen, kann ich es dem Direktor erklären. Er ist ein ausgezeichneter Mensch."

„Erklären Sie es ihm", sagte der Colonel. „Er ist auch kein Mann, der Etiketts trinkt."

„Stimmt. Inzwischen können Sie diesen ruhig trinken. Er ist sehr gut, wissen Sie."

„Das ist er", sagte der Colonel. „Aber es ist kein Chambertin."

„Was pflegten wir zu trinken?"

„Irgendwas, einfach alles", sagte der Colonel. „Aber jetzt suche ich Vollkommenheit; vielmehr keine absolute Vollkommenheit, sondern Vollkommenheit für mein Geld."

„Das suche ich auch", sagte der Gran Maestro, „aber ziemlich vergeblich. Was wünschen Sie als Dessert?"

„Käse", sagte der Colonel. „Was möchtest du, Tochter?"

Das Mädchen war still und ein wenig abwesend gewesen, seit Alvarito dagewesen war. Irgend etwas ging in ihrem Verstand vor, und es war ein ausgezeichneter Verstand. Aber vorübergehend war sie nicht bei ihnen.

„Käse", sagte sie. „Bitte."

„Was für Käse?“

„Bringen Sie alles, was Sie dahaben, wir wollen ihn uns ansehen“, sagte der Colonel.

Der Gran Maestro entfernte sich, und der Colonel sagte: „Was hast du, Tochter?“

„Nichts. Niemals etwas. Immer nichts.“

„Schwing dich auf und laß den Trübsinn. Für solchen Luxus haben wir keine Zeit.“

„Nein. Du hast recht. Wir wollen uns dem Käse widmen.“

„Muß ich's wie einen Maiskolben hinnehmen?“

„Nein“, sagte sie. Sie verstand die Redewendung nicht, aber sie verstand genau, was gemeint war, da *sie* es war, die das Denken besorgt hatte. „Steck die rechte Hand in die Tasche.“

„Gut“, sagte der Colonel. „Das werde ich.“

Er steckte die rechte Hand in die Tasche und befühlte, was da war, zuerst mit den Fingerspitzen und dann mit dem Innern seiner Finger und dann mit der Fläche seiner Hand, seiner verkrüppelten Hand.

„Verzeih“, sagte sie. „Und jetzt wollen wir von neuem vergnügt sein. Wir wollen uns mit Heiterkeit dem Käse widmen.“

„Ausgezeichnet“, sagte der Colonel. „Was er wohl für Käsesorten haben wird?“

„Erzähl mir vom letzten Krieg“, sagte das Mädchen. „Und dann wollen wir im kalten Wind Gondel fahren.“

„Es war nicht sehr interessant“, sagte der Colonel. „Für uns sind solche Dinge natürlich immer interessant. Aber es gab nur drei, vielleicht vier Phasen, die mich wirklich interessiert haben.“

„Wieso?“

„Wir bekämpften einen geschlagenen Feind, dessen Verbindungslinien vernichtet waren. Wir haben viele

Divisionen auf dem Papier vernichtet, aber es waren Schattendivisionen. Keine wirklichen. Unsere strategische Luftwaffe hatte sie vernichtet, bevor sie noch ins Gefecht kamen. Wirklich schwierig war es nur in der Normandie durch das Gelände, und als wir für Georgie Pattons Panzer eine Bresche schlugen und sie nach beiden Seiten aufhielten, damit sie durch konnten."

„Wie schlägt man eine Bresche, damit die Panzer durch können? Erklär mir das, bitte."

„Zuerst kämpft man, um eine Stadt einzunehmen, die die wichtigsten Chausseen beherrscht. Nennen wir die Stadt Saint-Lô. Dann muß man die Straßen frei machen, indem man weitere Städte und Dörfer nimmt. Der Feind hat eine Hauptverteidigungslinie, aber er kann seine Divisionen nicht zu einem Gegenangriff heranbringen, weil die leichten Bomber sie auf den Landstraßen zu fassen kriegen. Langweilt dich das nicht? Es langweilt mich tödlich."

„Es langweilt mich nicht. Ich habe es noch niemals so dargestellt gehört, daß ich es verstehen konnte."

„Danke", sagte der Colonel. „Möchtest du wirklich noch mehr von dieser traurigen Wissenschaft hören?"

„Bitte", sagte sie. „Du weißt doch, daß ich dich liebe, und ich möchte so gern mit dir teilen."

„Keiner kann dies Handwerk mit einem anderen teilen", sagte der Colonel zu ihr. „Ich erzähle dir nur, wie es funktioniert. Ich kann Anekdoten einstreuen, um es interessanter oder glaubwürdiger zu machen."

„Bitte welche einstreuen."

„Die Einnahme von Paris war gar nichts", sagte der Colonel. „Das war nur ein gefühlsmäßiges Erlebnis. Keine militärische Operation. Wir töteten eine Reihe von Stenotypisten und Leute, die die Deutschen als Tarnung dagelassen hatten, wie sie es immer machten, um ihren Rückzug zu decken. Wahrscheinlich haben sie sich gesagt, daß sie nicht mehr so viele Büroangestellte brauchen würden, und ließen sie deshalb als Soldaten zurück."

„War's denn gar nicht großartig?"

„Die Leute von Leclerc – noch so einem Laffen dritter oder vierter Güte, dessen Tod ich mit einem Magnum Perrier-Jouet Brut 1942 gefeiert habe – gaben eine große Anzahl Salven ab, um den Anschein ungeheurer Wichtigkeit zu erwecken und weil wir ihnen die Munition geliefert hatten. Aber wichtig war es nicht."

„Warst du dabei?"

„Ja", sagte der Colonel. „Ich glaube, ich kann ruhig ‚ja' sagen."

„Hast du gar keine starken Eindrücke davon? Schließlich war es doch Paris. Nicht jeder war bei der Einnahme von Paris dabei."

„Vier Tage vorher hatten es die Franzosen selbst bereits genommen. Das, was wir SHAEF nannten – Supreme, hast du das Wort mitgekriegt? Headquarters of the Allied Expeditionary Forces –, wo sich alle Strategen der Nachhut befanden, die ein Abzeichen der Schande in Form von irgend etwas Flammendem trugen, während wir ein vierblättriges Kleeblatt von wegen Glück als Abzeichen trugen, hatten einen Meisterplan, um die Stadt einzuschließen. Darum durften wir sie nicht einfach nehmen.

Außerdem mußten wir das immerhin mögliche Eintreffen von General oder Feldmarschall Bernard Law Montgomery abwarten, der unfähig war, auch nur die Lücke bei Falaise zu schließen, und der den Vormarsch ziemlich mulmig fand und nicht ganz zur Zeit da sein konnte."

„Der muß dir ja sehr gefehlt haben", sagte das Mädchen.

„Das hat er", sagte der Colonel. „Und wie!"

„Aber gab es nichts wirklich Heldenhaftes oder Schönes bei der ganzen Sache?"

„Doch gewiß", sagte der Colonel zu ihr. „Wir kämpften von Bas Meudon aus und dann an der Porte de Saint-Cloud in lauter Straßen, die ich kannte und liebte, und wir hatten keine Toten und richteten so wenig Schaden wie möglich an. An der Étoile nahm ich den Butler von Elsa Maxwell gefangen. Es war eine sehr schwierige Aktion. Man hatte ihn als japanischen Scharfschützen denunziert. Etwas ganz Neues. Man behauptete, daß er mehrere Pariser getötet habe. Darum schickten wir drei Mann auf das Dach, auf das er sich geflüchtet hatte; es war ein Junge aus Indochina."

„Langsam fang ich an, es zu verstehen. Aber es ist herzzerreißend."

„Es ist immer herzzerreißend, verflucht noch mal. Aber man hat in diesem Handwerk eben kein Herz zu haben."

„Aber glaubst du, daß es zu Zeiten der großen Heerführer ebenso gewesen ist?"

„Ich bin überzeugt, es war schlimmer."

„Aber deine Hand hast du auf rühmliche Art bekommen?"

„Ja, auf sehr rühmliche. Auf einem felsigen, arschnackten Hügel."

„Bitte, darf ich sie mal anfassen?" sagte sie.

„Sei etwas vorsichtig um die Mitte rum", sagte der Colonel. „Dort ist sie gespalten, und sie bricht noch manchmal auf."

„Du solltest schreiben", sagte das Mädchen. „Ich meine wirklich. Damit einer oder der andere etwas über diese Dinge erfährt."

„Nein", widersprach der Colonel. „Dafür habe ich kein Talent, und ich weiß zuviel. Fast jeder Lügner kann überzeugender darüber schreiben als ein Mann, der dabeigewesen ist."

„Aber andere Soldaten haben auch geschrieben."

„Ja. Moritz von Sachsen. Friedrich der Große. Mr. T'sun Su."

„Nein. Soldaten in unserer Zeit."

„Du benutzt das Wort ‚unserer' mit großer Leichtigkeit. Aber es gefällt mir."

„Aber haben denn nicht viele moderne Soldaten geschrieben?"

„Viele. Aber hast du je etwas von ihnen gelesen?"

„Nein. Ich habe meistens die Klassiker gelesen, und die illustrierten Zeitschriften habe ich wegen der Skandalgeschichten gelesen. Und dann habe ich deine Briefe gelesen."

„Verbrenne sie", sagte der Colonel. „Sie sind wertlos."

„Bitte, sei nicht so böse."

„Gewiß nicht. Aber was kann ich dir erzählen, was dich nicht langweilt?"

„Erzähl mir von der Zeit, als du General warst."

„Herrje", sagte der Colonel und gab dem Gran Maestro ein Zeichen, den Champagner zu bringen. Es war Roederer Brut 42, den er besonders liebte.

„Wenn man ein General ist, wohnt man in einem Wohnwagen, und dein Generalstabschef wohnt auch in einem Wohnwagen, und du trinkst Bourbon Whiskey, wenn andere Leute keinen haben. Deine Gs wohnen im C. P. Ich würde dir erzählen, was Gs sind, aber es würde dich langweilen. Ich könnte dir von G1, G2, G3, G4, G5 erzählen, und auf der anderen Seite ist immer Kraut 6. Aber es würde dich langweilen. Man hat eine Landkarte unter Plexiglas, und auf der hat man drei Regimenter, die aus je drei Bataillonen bestehen. Alles ist mit farbigen Stiften eingetragen.

Es gibt Grenzlinien, damit die Bataillone, wenn sie

ihre Grenzen überschreiten, nicht gegeneinander kämpfen. Jedes Bataillon setzt sich aus fünf Kompanien zusammen. Sie sollten alle gut sein, aber manche sind gut, und manche sind weniger gut. Man hat auch Divisionsartillerie und ein Panzerbataillon und viele Ersatztruppenteile. Man lebt von Koordination."

Er hielt inne, während der Gran Maestro den Roederer Brut 42 einschenkte.

„Vom Korps", übersetzte er wenig liebevoll Cuerpo d'Armata, „wird einem gesagt, was man zu tun hat, und dann entscheidet man selbst, wie man es machen wird. Man diktiert die Befehle, oder meistens gibt man sie telefonisch durch. Man sucht Leute aus, für die man was übrig hat, damit sie etwas tun, von dem man weiß, daß es fast unmöglich ist; aber es ist eben befohlen. Außerdem muß man als General scharf denken, spät aufbleiben und früh aufstehen."

„Und du willst hierüber nicht schreiben? Nicht einmal mir zu Gefallen?"

„Nein", sagte der Colonel. „Jungens, die empfindsam waren und einen Knacks bekamen, die all die zwingenden ersten Eindrücke ihres einen Kriegstages oder ihrer drei oder selbst vier Tage behalten haben, die schreiben Bücher. Es sind gute Bücher, können aber langweilig sein, wenn man dabei gewesen ist. Dann schreiben andere, die vom Krieg, den sie nicht mitgemacht haben, schnell profitieren wollen. Die, die zurückliefen, um Bericht zu erstatten. Die Berichte stimmen wohl kaum, aber schnell laufen, das konnten sie. Berufsschriftsteller, die in Stellungen saßen, die sie verhinderten mitzukämpfen, schrieben von Gefechten, von denen sie nichts verstanden, als ob sie dabei gewesen wären. Ich weiß nicht, unter welche Kategorie von Sünde das fällt.

Auch ein nylonglatter Kapitän zur See, der nicht das kleinste Segelboot hätte befehligen können, schrieb über die interne Seite der Großen Schau. Jeder wird früher oder später sein Buch schreiben. Möglich, daß mancher sogar ein gutes schreibt. Aber ich schreibe keins, Tochter."

Er gab dem Gran Maestro ein Zeichen, die Gläser zu füllen.

„Gran Maestro", sagte er, „kämpfen Sie gern?"

„Nein."

„Aber gekämpft haben wir, was?"

„Ja. Zuviel."

„Was macht die Gesundheit?"

„Großartig, bis auf die Geschwüre und ein kleines Herzleiden."

„Nein", sagte der Colonel, und sein Herz schlug heftig, und er fühlte, wie es ihm die Kehle zupreßte. „Sie haben mir nur von den Geschwüren erzählt."

„Nun, Sie wissen es jetzt", sagte der Gran Maestro und beendete den Satz nicht, und er lächelte sein bestes und reinstes Lächeln, das mit der gleichen Zuverlässigkeit erschien, mit der die Sonne aufgeht.

„Wie oft?"

Der Gran Maestro hielt zwei Finger in die Höhe, wie's jemand tut, der mitbietet, wo er Kredit hat, oder wo alles Wetten durch Zeichen geschieht.

„Ich bin Ihnen voraus", sagte der Colonel. „Aber wir wollen nicht Trübsal blasen. Fragen Sie Donna Renata, ob sie mehr von diesem ausgezeichneten Wein wünscht."

„Du hast es mir nicht gesagt, daß es noch mehr waren", sagte das Mädchen. „Du mußt es mir erzählen. Das bist du mir schuldig."

„Seit wir uns zum letztenmal sahen, war nichts."

„Glaubst du, daß es meinetwegen bricht? Wenn, dann würde ich zu dir kommen und einfach bei dir bleiben und dich pflegen."

„Es ist ja nur ein Muskel", sagte der Colonel. „Nur, daß es der Hauptmuskel ist. Er arbeitet so vollkommen wie eine Rolex Oyster Perpetual. Hat nur den Fehler, daß man ihn nicht an den Vertreter der Rolex schicken kann, wenn er reparaturbedürftig ist. Wenn er stehenbleibt, weißt du einfach nicht, wieviel Uhr es ist. Du bist tot."

„Bitte, sprich nicht davon."

„Du hast mich gefragt", sagte der Colonel.

„Und der pockennarbige Mann mit dem Gesicht, das wie eine Karikatur aussieht, der hat so was nicht?"

„Natürlich nicht", sagte der Colonel zu ihr. „Wenn er ein mittelmäßiger Schriftsteller ist, wird er ewig leben."

„Aber du bist doch kein Schriftsteller. Woher willst du das wissen?"

„Nein", sagte der Colonel, „durch Gottes Güte und Barmherzigkeit bin ich keiner. Aber ich habe mehrere Bücher gelesen. Wir haben viel Zeit zum Lesen, wenn wir unverheiratet sind. Vielleicht nicht ganz so viel wie die Handelsmarine. Aber reichlich. Ich kann einen Schriftsteller vom andern unterscheiden, und ich sag dir, daß ein mittelmäßiger Schriftsteller eine lange Lebensspanne hat. Sie sollten alle Langlebigkeitsrente beziehen."

„Kannst du mir nicht ein paar Anekdoten erzählen, und wir reden nicht mehr hiervon, wo dies doch mein großer Kummer ist."

„Ich kann dir Hunderte erzählen. Lauter wahre."

„Dann erzähl mir eben eine, und dann wollen wir unseren Wein austrinken und dann Gondel fahren."

„Glaubst du, daß es dir warm genug sein wird?"

„Ach, sicher."

„Ich weiß nicht, was ich dir erzählen soll", sagte der Colonel. „Alles, was von Krieg handelt, langweilt die, die ihn nicht mitgemacht haben. Bis auf die Geschichten der Lügner."

„Ich möchte gern etwas über die Einnahme von Paris wissen."

„Warum? Weil ich dir gesagt habe, daß du wie Marie-Antoinette auf dem Henkerskarren aussiehst?"

„Nein. Das war sehr schmeichelhaft, und ich weiß, daß wir uns im Profil ein wenig ähnlich sehen. Aber ich war nie auf einem Henkerskarren, und ich würde gern über Paris hören. Wenn du jemand liebst, und er dein Held ist, dann möchtest du auch von den Orten und Dingen etwas wissen."

„Bitte, dreh deinen Kopf zur Seite", sagte der Colonel, „und ich werde dir erzählen. Gran Maestro, ist noch etwas in der jämmerlichen Flasche da?"

„Nein", antwortete der Gran Maestro.

„Dann bringen Sie noch eine."

„Ich habe bereits eine kalt gestellt."

„Gut. Schenken Sie ein. Also, Tochter, wir trennten uns von der Kolonne von General Leclerc in Clamart. Sie marschierten nach Montrouge und der Porte d'Orléans, und wir marschierten direkt nach Bas Meudon und sicherten die Brücke an der Porte de Saint-Cloud. Ist dies zu technisch, langweilt dich das?"

„Nein."

„Es wäre interessanter mit einem Plan."

„Erzähl weiter."

„Wir sicherten die Brücke und errichteten einen Brükkenkopf auf der anderen Flußseite, und wir warfen die Deutschen, Lebende und Tote, die die Brücke verteidigt hatten, in die Seine." Er hielt an. „Es war natürlich nur eine Scheinverteidigung. Sie hätten sie in die Luft sprengen müssen. Wir warfen alle Deutschen in die Seine. Es waren fast alles Büroangestellte, glaube ich."

„Erzähl weiter."

„Am nächsten Morgen wurde uns mitgeteilt, daß die Deutschen an den verschiedensten Stellen stark befestigte Stützpunkte hatten und Artillerie auf dem Mont Valérien und daß ihre Panzerwagen die Straßen durchstreiften. Etwas davon war wahr. Man ersuchte uns auch, nicht zu schnell einzumarschieren, da General Leclerc die Stadt nehmen sollte. Ich fügte mich diesem Ersuchen und zog so langsam, wie ich konnte, ein."

„Wie macht man das denn?"

„Man setzt seinen Angriff auf zwei Stunden später an, und man trinkt Sekt, sooft man ihn von Patrioten, Mitläufern oder Begeisterten angeboten bekommt."

„Aber war nichts Großartiges und Bewundernswertes dabei, so wie es in Büchern ist?"

„Doch, natürlich. Da war zuerst die Stadt selbst. Das Volk war sehr glücklich. Alte Generalstäbler stolzierten in ihren von Motten zerfressenen Uniformen umher. Wir waren auch sehr glücklich, weil wir nicht zu kämpfen brauchten."

„Brauchtet ihr denn überhaupt nicht zu kämpfen?"

„Doch. Aber nur dreimal. Und dann nicht ernstlich."

„Und um eine solche Stadt zu erobern, brauchtet ihr nicht mehr zu kämpfen?"

„Tochter. Wir kämpften zwölfmal auf dem Weg von Rambouillet in die Stadt. Aber nur zwei kann man als richtige Gefechte bezeichnen. Das bei Toussus-le-Noble und bei Le Buc. Das andere war die obligate Sauce für den Braten. Ich brauchte tatsächlich nirgends zu kämpfen, außer an jenen beiden Stellen."

„Erzähl mir, wie wirklich gekämpft wird."

„Erzähl mir, daß du mich liebst."

„Ich liebe dich", sagte das Mädchen. „Du kannst es im ‚Gazzettino' veröffentlichen, wenn du willst. Ich liebe deinen harten, geraden Körper und deine sonderbaren Augen, vor denen ich Angst habe, wenn sie boshaft werden. Ich liebe deine Hand und all deine anderen verwundeten Stellen."

„Da muß ich wohl versuchen, dir wirklich was Besonderes zu erzählen", sagte der Colonel. „Als erstes will ich dir erzählen, daß ich dich liebe. Pause."

„Warum kaufst du dir nicht wirklich gutes Glas?" fragte das Mädchen plötzlich. „Wir könnten zusammen nach Murano fahren."

„Ich verstehe gar nichts von Glas."

„Das könnte ich dir beibringen. Das würde mir Spaß machen."

„Für gutes Glas führen wir ein zu nomadenhaftes Leben."

„Aber wenn du deinen Abschied nimmst und hier lebst?"

„Wir können's dann kaufen."

„Ich wünschte, daß das jetzt wäre."

„Ich auch, außer daß ich morgen auf die Entenjagd gehe und daß heute abend heute abend ist."

„Kann ich mit auf die Entenjagd kommen?"

„Nur, wenn dich Alvarito einlädt."

„Ich kann ihn dazu bringen, mich einzuladen."

„Das bezweifle ich."

„Es ist nicht höflich, das anzuzweifeln, was deine Tochter sagt, wo sie alt genug ist, um nicht zu lügen."

„In Ordnung, Tochter. Ich ziehe meine Zweifel zurück."

„Danke. Dafür werde ich hierbleiben und euch nicht stören. Ich werde in Venedig bleiben und mit Mama und meiner Tante und Großmutter zur Messe gehen und meine Armen besuchen. Ich bin ein einziges Kind, darum habe ich viele Pflichten."

„Ich hab mir immer den Kopf zerbrochen, was du tust."

„Ja, also das tue ich, und dann werde ich mir von meinem Mädchen den Kopf waschen und mich von ihr maniküren und pediküren lassen."

„Das kannst du nicht, weil die Jagd am Sonntag stattfindet."

„Dann tu ich das am Montag. Sonntags werde ich dann alle illustrierten Zeitschriften lesen, selbst die ganz abscheulichen."

„Vielleicht findest du in einer Bilder von Miss Bergman. Willst du immer noch wie sie aussehen?"

„Nein, nicht mehr", sagte das Mädchen. „Ich will wie ich sein, nur viel, viel besser, und ich will, daß du mich liebst." Und dann sagte sie plötzlich entwaffnend: „Ich möchte auch wie du sein. Kann ich heute abend ein bißchen wie du sein?"

„Natürlich", sagte der Colonel. „In welcher Stadt sind wir denn ohnehin?"

„In Venedig", sagte sie, „der besten Stadt der Welt, nicht?"

„Ich bin ganz deiner Meinung. Und danke schön, daß du nicht noch mehr Kriegsepisoden hören willst."

„Ach, die mußt du mir später erzählen."

„*Mußt*?" sagte der Colonel und Grausamkeit und Entschlossenheit zeigten sich so deutlich in seinen sonderbaren Augen, wie wenn die schwarze Mündung eines Panzergeschützes auf dich zuschwingt.

„Sagtest du *mußt*, Tochter?"

„Ich habe es gesagt. Aber ich habe es nicht so gemeint. Oder wenn ich im Unrecht bin, tut es mir leid. Ich meinte, willst du mir später bitte mehr wahre Episoden erzählen und die Dinge, die ich nicht verstehe, erklären?"

„Wenn du möchtest, kannst du ‚mußt' sagen, Tochter. Verflucht noch mal."

Er lächelte, und seine Augen waren so freundlich, wie sie überhaupt sein konnten, was, wie er wohl wußte, nicht zu freundlich war. Aber es ließ sich jetzt nichts daran ändern. Er konnte nur versuchen, zu seiner letzten, wahren und einzigen Liebe so freundlich wie möglich zu sein.

„Ich stoß mich wirklich nicht daran, Tochter. Bitte, glaub mir. Ich weiß ums Kommandieren, und in deinem Alter hab ich ein ganz beträchtliches Vergnügen daran gefunden."

„Aber ich will nicht kommandieren", sagte das Mädchen. Trotz ihres Entschlusses, nicht zu weinen, waren ihre Augen naß. „Ich will dir dienen."

„Ich weiß, aber du willst auch befehlen. Dabei ist nichts Böses. Das haben alle Leute wie wir in sich."

„Danke für das ‚wie wir'."

„Das fiel mir nicht weiter schwer", sagte der Colonel und fügte „Tochter" hinzu.

In dem Augenblick kam der Portier an den Tisch heran und sagte: „Verzeihung, my Colonel. Draußen ist ein Mann, ich glaube, es ist ein Diener der Contessa, mit einem ziemlich großen Paket, und er sagt, es sei für den Colonel. Soll ich es im Lagerraum aufheben oder es aufs Zimmer bringen lassen?"

„Aufs Zimmer", sagte der Colonel.

„Bitte", sagte das Mädchen, „können wir es uns nicht hier ansehen? Die Leute um uns herum gehen uns doch alle nichts an."

„Lassen Sie es auspacken und hereinbringen."

„Sehr wohl."

„Später können Sie es sehr behutsam auf mein Zimmer bringen lassen, und sehen Sie zu, daß es für den Transport morgen ordentlich verpackt wird."

„Sehr wohl, my Colonel."

„Bist du schon sehr aufgeregt?" fragte das Mädchen.

„Sehr", sagte der Colonel. „Gran Maestro, noch etwas von dem Roederer bitte, und bitte stellen Sie einen Stuhl so hin, daß wir uns ein Porträt bequem ansehen können. Wir sind Liebhaber der bildenden Künste."

„Ich habe keinen Roederer kalt", sagte der Gran Maestro. „Aber wenn Sie Perrier Jouet ..."

„Bringen Sie welchen", sagte der Colonel und fügte „bitte" hinzu.

„Ich rede nicht wie Georgie Patton", sagte der Colonel zu ihr. „Das habe ich nicht nötig. Außerdem ist er tot."

„Der arme Mann."

„Ja. Sein Lebtag ein armer Mann. Trotz seines vielen Geldes und all seiner Panzerwagen."

„Hast du etwas gegen Panzerwagen?"

„Ja. Gegen die meisten Leute, die in ihnen drin sind. Es macht Menschen zu Kraftmeiern, und das ist der erste Schritt zur Feigheit, wirklicher Feigheit, meine ich. Vielleicht spielt die Platzangst auch dabei eine Rolle."

Dann blickte er sie an und lächelte, und es tat ihm leid, daß er ihr den Boden sozusagen unter den Füßen weggezogen hatte, wie wenn man einen Neuling beim Schwimmen von einem flachen, dann abschüssigen Strand plötzlich hinaus ins tiefe Wasser nimmt, und er suchte sie wieder zu beruhigen.

„Tochter, nicht wahr, du vergibst mir? Viel von dem, was ich sage, ist ungerecht. Aber es kommt der Wahrheit doch näher als die Dinge, die du in den Memoiren der Generale lesen wirst. Wenn ein Mann erst einmal einen Stern oder mehrere hat, wird es ihm so schwer gemacht, zur Wahrheit durchzudringen wie zur Zeit unserer Vorfahren zum heiligen Gral."

„Aber du warst doch auch ein General."

„Nicht sehr lange, verdammt noch mal", sagte der Colonel. „Weißt du", sagte der General, „Captains, die wissen genau, was wahr ist, und sie können es einem auch meistens sagen. Falls sie's nicht können, degradiert man sie."

„Würdest du mich degradieren, wenn ich löge?"
„Es käme darauf an, worum es sich handelt."
„Ich werde nicht lügen. Ich will nicht degradiert werden. Es klingt grauenhaft."
„Ist es auch", sagte der Colonel. „Man schickt die Leute dafür nach hinten, mit elf Durchschlägen versehen, in denen drinsteht, warum es geschehen soll, und von denen man jeden einzelnen unterschreibt."
„Hast du viele degradiert?"
„Eine ganze Menge."
Der Portier kam herein mit dem Porträt in seinem großen Rahmen; er bewegte sich ähnlich wie ein Schiff, das zuviel Leinwand gesetzt hat.
„Holen Sie zwei Stühle", sagte der Colonel zu dem Kellner, „und stellen Sie sie dorthin. Passen Sie auf, daß die Leinwand die Stühle nicht berührt. Und halten Sie es so, daß es nicht rutscht." Dann sagte er zu dem Mädchen: „Wir müssen einen anderen Rahmen besorgen."
„Ich weiß", sagte sie. „Ich habe ihn nicht ausgesucht. Nimm es ungerahmt mit, und nächste Woche besorgen wir zusammen einen passenden Rahmen. Jetzt sieh hin. Sieh nicht auf den Rahmen. Sondern auf das, was es von mir aussagt oder nicht aussagt."
Es war ein wunderschönes Porträt, weder kalt noch versnobt, noch stilisiert, noch modern. Es war so, wie man seine Freundin hätte malen lassen, wenn Tintoretto zur Hand gewesen wäre, und falls der nicht zu haben war, sich für Velázquez entschieden hätte. Es war weder die Malart des einen noch des andern. Es war einfach ein ausgezeichnetes Porträt, wie sie eben manchmal auch in unserer Zeit gemalt werden.
„Es ist wunderbar", sagte der Colonel. „Es ist wirklich wunderschön."
Der Portier und der Kellner hielten es und sahen es sich über die Ränder von der Seite her an. Der Gran Mae-

stro bewunderte es von vorn. Der Amerikaner, zwei Tische entfernt, musterte es mit seinen Journalistenaugen und überlegte, wer es wohl gemalt haben könnte. Die anderen Speisenden sahen nur die Rückseite des Bildes.

„Es ist wunderbar", sagte der Colonel. „Aber das kannst du mir nicht schenken."

„Das habe ich schon getan", sagte das Mädchen. „Ich bin sicher, daß mir das Haar niemals so lang über die Schultern gehangen hat."

„Wahrscheinlich war es doch so."

„Wenn du möchtest, könnte ich mal versuchen, ob es so lang wird."

„Versuch mal", sagte der Colonel. „Du große Schönheit, du. Ich liebe dich sehr. Dich und dich, auf der Leinwand porträtiert."

„Erzähl's den Kellnern, wenn du möchtest. Ich bin überzeugt, daß es keine große Überraschung für sie sein wird."

„Tragen Sie das Bild hinauf in mein Zimmer", sagte der Colonel zu dem Portier. „Danke bestens fürs Hereinbringen. Falls der Preis mir zusagt, werde ich es kaufen."

„Der Preis wird dir zusagen", sagte das Mädchen. „Sollten wir das Bild und die Stühle hinübertragen lassen und eine Sonderschau für deinen Landsmann veranstalten? Der Gran Maestro könnte ihm die Adresse des Künstlers geben, und er könnte sein malerisches Atelier besuchen."

„Es ist ein wunderschönes Porträt", sagte der Gran Maestro. „Aber es sollte aufs Zimmer gebracht werden. Man sollte nie Roederer oder Perrier Jouet das Gespräch führen lassen."

„Bringen Sie es auf mein Zimmer, bitte."

„Du hast ‚bitte' gesagt, ohne vorher eine Pause zu machen."

„Ja", sagte der Colonel. „Das Porträt hat mich umgeworfen, und ich bin nicht völlig verantwortlich für das, was ich sage."

„Wir wollen beide unverantwortlich sein."

„Einverstanden", sagte der Colonel. „Der Gran Maestro ist das Verantwortungsgefühl selbst. Das war er immer."

„Nein", sagte das Mädchen. „Ich glaube, er tat es nicht nur aus Verantwortungsgefühl, sondern auch aus Bosheit. In dieser Stadt sind alle auf die eine oder die andere Art ein bißchen boshaft. Vielleicht wollte er, daß der Mann da nicht einmal einen Journalistenblick ins Glück tun sollte."

„Was immer das sein mag."

„Ich habe die Redewendung von dir gelernt, und jetzt hast du sie von mir zurückgelernt."

„Das ist der Lauf der Welt", sagte der Colonel. „Was man in Boston gewinnt, verliert man in Chicago."

„Das versteh ich überhaupt nicht."

„Zu schwer zu erklären", sagte der Colonel. Dann: „Nein, natürlich nicht. Dinge erklären ist ja mein Beruf. Verflucht noch mal, mit dem ‚zu schwer zu erklären'. Es ist wie Berufsfußball, calcio. Was man in Mailand gewinnt, verliert man in Turin."

„Ich mach mir nichts aus Fußball."

„Ich auch nicht", sagte der Colonel. „Besonders nicht aus dem Armee- und Marinespiel, und wenn die allerobersten Bonzen amerikanische Football-Ausdrücke benutzen, damit sie verstehen können, wovon sie überhaupt reden."

„Ich glaube, wir werden uns heute abend gut amüsieren. Selbst unter den gegebenen Umständen, was immer sie sein mögen."

„Wollen wir diese neue Flasche in die Gondel mitnehmen?"

„Ja", sagte das Mädchen. „Aber mit tiefen Gläsern. Ich

werd's dem Gran Maestro sagen. Wir wollen unsere Mäntel holen und gehen."

„Gut. Ich werde etwas von dieser Medizin nehmen und für den G. M. signieren, und dann gehen wir."

„Ich wünschte, ich wär's, die die Medizin nehmen müßte, und nicht du."

„Na, ich bin heilfroh, daß es nicht so ist", sagte der Colonel. „Wollen wir uns die Gondel selbst aussuchen oder eine hier an den Steg kommen lassen?"

„Riskieren wir es, und lassen wir eine zum Steg kommen. Was haben wir zu verlieren?"

„Wohl nichts. Wahrscheinlich nicht."

13

Sie gingen aus dem Seiteneingang des Hotels hinaus zum imbarcadero, und der Wind schlug ihnen entgegen. Das Licht des Hotels schien auf die Schwärze der Gondel und ließ das Wasser grün erscheinen. Sie sieht so schön aus wie ein gutes Pferd oder wie ein Rennboot, dachte der Colonel. Wieso hab ich wohl nie zuvor eine Gondel richtig gesehen? Wessen Hand oder Auge hat jenes dunkle Ebenmaß erschaffen?

„Wo wollen wir hinfahren?" fragte das Mädchen.

Ihr Haar wurde, als sie im Licht von Hoteltür und Fenstern auf dem Steg neben der schwarzen Gondel stand, vom Wind nach hinten geweht, so daß sie wie die Galionsfigur auf einem Schiff aussah. Alles übrige von ihr auch, dachte der Colonel.

„Wir wollen einfach durch den Park fahren", sagte der Colonel. „Oder durchs Bois mit dem Verdeck runter. Er soll uns ins ‚Armenonville' hinausfahren."

„Wollen wir nach Paris fahren?"

„Gewiß", sagte der Colonel. „Sag ihm, er soll uns eine

Stunde lang spazierenfahren, wo es am besten geht. Ich will ihn nicht in den Wind hinaustreiben."

„Bei dem Wind steht die Flut sehr hoch", sagte das Mädchen. „Zu einer Reihe von unseren Lieblingsplätzen wird er unter den Brücken nicht durch können. Darf ich ihm sagen, wo er hinfahren soll?"

„Natürlich, Tochter. Verstauen Sie den Eiskübel an Bord", sagte der Colonel zu dem Kellner, der mit ihnen herausgekommen war.

„Der Gran Maestro hat mich beauftragt, ich sollte Ihnen sagen, wenn Sie sich einschiffen, daß diese Flasche Wein ein Geschenk von ihm wäre."

„Danken Sie ihm gebührlich, und sagen Sie ihm, daß das nicht geht."

„Er muß wohl zuerst ein bißchen in den Wind hinausfahren", sagte das Mädchen. „Nachher weiß ich, wie er fahren soll."

„Der Gran Maestro schickt dies", sagte der Kellner.

Es war eine zusammengelegte alte U. S. O. D.-Decke. Renata sprach mit dem Gondoliere, und ihr Haar flatterte. Der Gondoliere trug einen blauen Matrosensweater, und auch er war barhaupt.

„Danken Sie ihm sehr", sagte der Colonel.

Er ließ einen Geldschein in die Hand des Kellners gleiten. Der Kellner gab ihn ihm zurück. „Sie haben bereits den Vermerk auf der Rechnung gemacht. Weder Sie noch ich, noch der Gran Maestro sind am Verhungern."

„Und die moglie und die bambini?"

„Ich habe keine. Ihre Mittelschweren haben unser Haus in Treviso zerstört."

„Es tut mir leid."

„Braucht es nicht", sagte der Kellner. „Sie waren ein Infanterist wie ich."

„Gestatten Sie mir – es tut mir leid."

„Gewiß“, sagte der Kellner. „Und, zum Teufel noch mal, was macht es schon für einen Unterschied? Seien Sie glücklich, my Colonel, und seien Sie glücklich, my Lady.“

Sie ließen sich in die Gondel hinab, und wie immer ging dieselbe Magie von dem leichten Rumpf und der plötzlichen Verdrängung, die man bewirkte, aus und dann vom Trimmen, in der dunklen Abgesondertheit, und dann vom zweiten Trimmen, als der Gondoliere zu wricken begann und er die Gondel auf eine Seite legte, um mehr Gewalt über sie zu haben.

„Jetzt“, sagte das Mädchen, „jetzt sind wir bei uns zu Hause, und ich liebe dich. Bitte, küß mich, und leg all deine Liebe hinein.“

Der Colonel hielt sie dicht an sich, sie hatte den Kopf nach hinten geworfen, und er küßte sie, bis von dem Kuß nur Verzweiflung übrigblieb.

„Ich liebe dich.“

„Was immer das auch bedeutet“, unterbrach sie ihn.

„Ich liebe dich, und ich weiß, was es bedeutet. Das Bild ist wunderbar. Aber es gibt keine Worte, um zu sagen, wie du bist.“

„Wild“, sagte sie, „liederlich oder ungepflegt?“

„Nein.“

„Das letzte Wort war eines der ersten Worte, das ich von meiner Gouvernante lernte. Es bedeutet, daß man seine Haare nicht genügend kämmt. ‚Nachlässig‘ bedeutet, daß man sie abends nicht hundertmal gebürstet hat.“

„Ich werde mit der Hand hindurchfahren und sie noch wilder machen.“

„Mit deiner verwundeten Hand?“

„Ja.“

„Dazu sitzen wir falsch. Plätze wechseln!“

„Schön. Das ist ein vernünftiger Befehl, in einfache Worte gekleidet und leicht verständlich.“

Es machte Spaß, die Plätze zu wechseln und zu versuchen, dabei das Gleichgewicht der Gondel nicht zu stören und nachher wieder sorgfältig zu trimmen.

„So", sagte sie. „Aber halt mich mit dem anderen Arm fest."

„Du weißt genau, was du willst."

„Das tu ich freilich. Das ist wohl sehr wenig jungmädchenhaft? Das Wort hab ich auch von meiner Gouvernante gelernt."

„Nein", sagte er. „Es ist wunderbar. Zieh die Decke gut hinauf und fühl nur mal diesen Wind."

„Er kommt vom Gebirge her."

„Ja, und jenseits von dort, kommt er von irgendwo anders her."

Der Colonel hörte das Anklatschen der Wellen, und er spürte den scharfwehenden Wind, und die rauhe Vertrautheit der Decke, und dann spürte er das Mädchen, kalt-warm und wunderbar, mit emporstehenden Brüsten, über die seine linke Hand leicht dahinstrich. Dann fuhr er mit seiner schlimmen Hand durch ihr Haar, einmal, zweimal und dreimal, und dann küßte er sie, und es war schlimmer als Verzweiflung.

„Bitte", sagte sie von fast unter der Decke her. „Laß *mich* jetzt küssen."

„Nein", sagte er. „Ich noch."

Der Wind war sehr kalt und peitschte ihre Gesichter, aber unter der Decke war kein Wind, war nichts, nur seine verwundete Hand, die nach der Insel in dem großen Fluß zwischen den hohen, steilen Abhängen suchte.

„So, ja", sagte sie.

Dann küßte er sie, und er suchte nach der Insel, fand sie und verlor sie, und er fand sie endgültig. Endgültig, auf Gedeih und Verderb dachte er, und ein für allemal.

„Mein Liebling", sagte er. „Mein sehr Geliebtes. Bitte."

„Nein. Halt mich nur sehr fest und halt auch das hohe Gelände."

Der Colonel sagte nichts, weil er bei dem einzigen Mysterium, an das er – außer gelegentlicher menschlicher Tapferkeit – glaubte, mitwirkte oder zugegen war.

„Bitte, beweg dich nicht", sagte das Mädchen. „Jetzt beweg dich sehr."

Der Colonel tat es, und als er unter der Decke im Wind lag, wußte er, daß einem Mann nur das bleibt, was er für eine Frau tut, außer das, was er für sein Vater- oder Mutterland tut, wie immer die Lesart ist.

„Bitte, Liebling", sagte das Mädchen. „Ich glaube, ich kann's nicht aushalten."

„Glaub nichts und denk an nichts, überhaupt nichts."

„Ja."

„Nicht denken."

„Ach bitte, nicht sprechen."

„Ist es schön so?"

„Das weißt du."

„Bist du sicher?"

„Ach bitte, nicht reden. Bitte."

Ja, dachte er. Bitte und wieder bitte.

Sie sagte nichts und er auch nicht, und als der Riesenvogel aus dem geschlossenen Fenster der Gondel weit fortgeflogen war und verloren war und fort war, sagte keiner von beiden etwas. Mit seinem guten Arm hielt er leicht ihren Kopf, und der andere Arm hielt jetzt das hohe Gelände.

„Bitte tu sie dahin, wo sie hingehört", sagte sie. „Deine Hand."

„Sollen wir?"

„Nein. Halt mich nur ganz fest und versuch mich richtig zu lieben."

„Ich liebe dich richtig", sagte er. Gerade da drehte die Gondel ganz scharf nach links, und der Wind stand auf seiner rechten Backe, und er sagte, als seine alten Augen die Umrisse des Palastes, an dem sie wendeten, auffingen und zur Kenntnis nahmen: „Du bist jetzt in Lee, Tochter."

„Aber jetzt ist es zu bald. Weißt du nicht, wie es bei Frauen ist?"

„Nein. Nur, was du mir sagst."

„Danke für das ‚du sagst'. Aber weißt du's wirklich nicht?"

„Nein. Ich hab wahrscheinlich niemals gefragt."

„Frag jetzt", sagte sie. „Und warte bitte, bis wir unter der zweiten Brücke hindurch sind."

„Trink ein Glas hiervon", sagte der Colonel und langte behutsam und sicher nach dem Champagnerkühler mit dem Eis und entkorkte die Flasche, die der Gran Maestro entkorkt und in die er dann einen gewöhnlichen Weinkorken gesteckt hatte.

„Das ist gut für dich, Tochter. Es ist gut für all die Übel, die wir alle haben, und für alle Traurigkeit und Unentschlossenheit."

„Ich habe keines von diesen", sagte sie und sprach grammatikalisch richtig, wie es ihr ihre Gouvernante beigebracht hatte. „Ich bin nur eine Frau oder ein Mädchen oder was immer das ist, die das tut, was immer es ist, was sie nicht tun sollte. Wir wollen's noch mal tun, bitte, jetzt wo ich in Lee bin."

„Wo ist die Insel jetzt und in welchem Fluß?"

„Du machst die Entdeckung. Ich bin das unbekannte Land."

„Nicht ganz unbekannt", sagte der Colonel.

„Bitte, sei nicht unhöflich", sagte das Mädchen. „Und bitte, greif vorsichtig an und reite dieselbe Attacke wie vorhin."

„Es ist keine Attacke", sagte der Colonel. „Es ist etwas anderes."

„Was immer es ist, was immer es ist. Jetzt, wo ich noch in Lee bin."

„Ja", sagte der Colonel. „Ja, wenn du jetzt möchtest oder freundlichst gestattest."

„Bitte, ja."

Sie redet wie eine sanfte Katze, obgleich die armen Katzen nicht sprechen können, dachte der Colonel. Aber dann hörte er auf zu denken, und er dachte eine ganze Zeit lang nichts.

Die Gondel befand sich jetzt in einem der Nebenkanäle. Als sie von dem Canal Grande abgebogen waren, hatte der Wind sie gepackt, so daß der Gondoliere sein ganzes Gewicht als Ballast hatte verlegen müssen, und der Colonel und das Mädchen unter der Decke hatten auch ihre Lage gewechselt, und der Wind war wild unter dem Rand der Decke eingedrungen.

Sie hatten eine lange Zeit nicht gesprochen, und der Colonel hatte zur Kenntnis genommen, daß die Gondel nur ein paar Zentimeter Spielraum hatte, als sie unter der letzten Brücke hindurchfuhren.

„Wie geht's dir, Tochter?"

„Ganz wunderbar."

„Liebst du mich?"

„Bitte, frag nicht so dumme Sachen."

„Die Flut ist sehr hoch, und wir sind nur gerade so unter der letzten Brücke durchgekommen."

„Ich weiß schon, wo wir fahren können. Ich bin hier geboren."

„Ich habe mich oft in meinem Geburtsort geirrt", sagte der Colonel. „Hier geboren sein ist nicht alles."

„Es ist sehr viel", sagte das Mädchen. „Du weißt es. Bitte, halt mich sehr fest, damit wir eine kurze Zeit lang jeder ein Stück vom andern sein können."

„Wir können es versuchen", sagte der Colonel.

„Kann ich nicht du sein?"

„Das ist furchtbar kompliziert. Wir können es natürlich versuchen.“

„Jetzt bin ich du“, sagte sie. „Und ich habe gerade Paris eingenommen.“

„Herrje, Tochter“, sagte er. „Da hast du allerhand Probleme am Hals. Das Nächste ist, daß die Achtundzwanzigste Division vorbeimarschieren wird.“

„Das ist mir ganz egal.“

„Mir aber nicht.“

„Taugten sie nichts?“

„Doch. Sie hatten auch ausgezeichnete Befehlshaber. Aber es war National Guard, und sie hatten Pech. Was man eine T. S.-Division nennt. Hol dir deinen T. S.-Schein vom Feldgeistlichen.“

„Von alldem versteh ich kein Wort.“

„Es lohnt sich nicht, es zu erklären“, sagte der Colonel.

„Willst du mir ein paar wahre Geschichten über Paris erzählen? Ich liebe es so, und wenn ich daran denke, daß du's genommen hast, dann kommt es mir vor, als ob ich mit Maréchal Ney in dieser Gondel fahre.“

„Keine empfehlenswerte Sache“, sagte der Colonel.

„Auf jeden Fall nicht, nachdem er all die Nachhutgefechte hinter sich hatte, als er aus jener großen russischen Stadt da zurückkam. Er pflegte zehn-, zwölf- und fünfzehnmal am Tag zu kämpfen. Vielleicht auch öfter. Später konnte er sich an keinen Menschen mehr erinnern. Bitte, fahr nicht mit ihm Gondel.“

„Er war immer einer meiner Lieblingshelden.“

„Tja, meiner auch. Bis Quatre Bras. Vielleicht war es nicht Quatre Bras. Mein Gedächnis ist eingerostet. Nennen wir es mit dem Gattungsnamen Waterloo.“

„Taugte er da nichts?“

„Es war grauenhaft“, sagte der Colonel zu ihr. „Schwamm drüber. Zuviel Nachhutgefechte, als er von Moskau zurückkam.“

„Aber man nannte ihn den Tapfersten der Tapferen."

„Davon kann man nicht leben. Man muß das immer sein, und dann muß man der Schlaueste der Schlauen sein, und dann braucht man 'ne Masse Materialnachschub."

„Bitte, erzähl mir von Paris. Wir sollten aufhören, ich weiß es."

„Ich weiß es nicht. Wer sagt das?"

„Ich sage es, weil ich dich liebe."

„In Ordnung. Du hast es gesagt, und du liebst mich. Also handeln wir danach. Zum Teufel noch mal."

„Glaubst du, daß wir noch mal können, ohne daß es dir schadet?"

„Mir schadet?" sagte der Colonel. „Wann, zum Teufel noch mal, hat mir je etwas geschadet?"

14

„Bitte sei nicht ärgerlich", sagte sie und zog die Decke über sie beide. „Bitte trink mit mir ein Glas hiervon. Du weißt, daß du krank bist."

„Ganz richtig", sagte der Colonel. „Vergessen wir's."

„In Ordnung", sagte sie. „Das Wort, oder vielmehr die zwei Worte, habe ich von dir gelernt. Es ist vergessen."

„Warum magst du die Hand?" fragte der Colonel und tat sie dahin, wo er sie hintun sollte.

„Bitte spiel nicht den Dummen, und bitte, wir wollen an gar nichts und an gar nichts und an gar nichts denken."

„Ich bin dumm", sagte der Colonel. „Aber ich werde weder an irgendwas noch an irgendwas, noch an nichts, noch an seinen Bruder Morgen denken."

„Bitte sei gut und lieb."

„Das will ich, und ich werde dir jetzt ein militärisches Geheimnis verraten. ‚Spitzengeheimnis' ist gleichbedeutend mit dem englischen ‚Höchstgeheimnis'. Ich liebe dich."

„Das ist nett", sagte sie, „und du hast es so nett gesagt."

„Ich bin nett", sagte der Colonel und musterte die Brücke, die in Sicht kam, und sah, daß genügend Spielraum war. „Das ist das erste, was den Leuten an mir auffällt."

„Ich benutze immer die verkehrten Worte", sagte das Mädchen. „Bitte, lieb mich einfach. Ich wünschte, ich könnte *dich* lieben."

„Das tust du."

„Ja, das tu ich", sagte sie. „Von ganzem Herzen."

Sie fuhren jetzt mit dem Wind, und sie waren beide müde.

„Denkst du . . ."

„Ich denke nicht", sagte das Mädchen.

„Versuch mal und denke."

„Ich will's."

„Trink ein Glas hiervon."

„Warum nicht? Er ist sehr gut."

Das war er. Im Kübel war noch Eis, und der Wein war kalt und klar.

„Kann ich im ‚Gritti' bleiben?"

„Nein."

„Warum nicht?"

„Es wäre nicht richtig. Ihretwegen. Deinetwegen. Zum Teufel, was mich anlangt."

„Dann sollte ich wohl jetzt nach Hause gehen."

„Ja", sagte der Colonel. „Das ist die logische Schlußfolgerung."

„Das ist eine furchtbare Art, etwas Trauriges zu sagen. Können wir nicht wenigstens manchmal so tun als ob?"

„Nein. Ich werde dich nach Hause bringen, und du

wirst tief und fest schlafen, und morgen treffen wir uns, wo und wann du sagst."

„Darf ich im ‚Gritti' anrufen?"

„Natürlich. Ich bin immer wach. Wirst du mich anrufen, sobald du aufwachst?"

„Ja. Aber warum bist du immer so früh auf?"

„Das ist eine Berufsgewohnheit."

„Ach, ich wünschte, du wärst nicht in dem Beruf, und ich wünschte, du würdest nicht sterben."

„Ich auch", sagte der Colonel. „Aber ich geb den Beruf ja auf."

„Ja", sagte sie schläfrig und behaglich. „Und dann fahren wir nach Rom und besorgen die Anzüge."

„Und leben glücklich bis an unser seliges Ende."

„Bitte nicht", sagte sie. „Bitte, bitte nicht. Du weißt doch, daß ich den Entschluß gefaßt habe, nicht zu weinen."

„Und jetzt weinst du", sagte der Colonel. „Zum Teufel noch mal, was hast du bei dem Entschluß schon zu verlieren?"

„Bitte bring mich nach Hause."

„Das hatte ich von Anfang an vor", sagte der Colonel.

„Bitte sei erst freundlich."

„Das werde ich", sagte der Colonel.

Nachdem sie oder vielmehr der Colonel den Gondoliere bezahlt hatte, der von nichts wußte, jedoch alles wußte – kräftig, tüchtig, respektvoll und vertrauenswürdig –, kamen sie auf die Piazzetta und gingen dann über den großen, kahlen, windgepeitschten Platz, der fest und vertraut unter ihren Füßen lag. Sie klammerten sich im Gehen aneinander in ihrem Gram und ihrem Glück.

„Hier hat der Deutsche auf die Tauben geschossen", sagte das Mädchen.

„Wahrscheinlich haben wir ihn getötet", sagte der Colonel, „oder seinen Bruder. Vielleicht haben wir ihn aufgehängt. Ich weiß es nicht, weil ich nicht beim C. I. D. bin."

„Liebst du mich noch immer, auch auf diesen vom Wasser ramponierten, alten, kalten Steinen?"

„Ja. Ich würde gern eine Matratze hier ausbreiten und es beweisen."

„Das wäre ja barbarischer als der Taubentöter."

„Ich bin ein Barbar", sagte der Colonel.

„Nicht immer."

„Danke für das ‚nicht immer'."

„Hier biegen wir ein."

„Ich glaube, das weiß ich. Wann werden sie endlich den verfluchten Kinopalast abreißen und eine ordentliche Kathedrale errichten? Das möchte T5 Jackson gerne."

„Wenn jemand noch einmal Sankt Markus unter einer Ladung Schweinefleisch aus Alexandria herbringen wird."

„Das war einer aus Torcello."

„Du bist auch einer aus Torcello."

„Ja, und ich bin einer von der Basso Piave und einer von der Grappa schnurstracks von Pertica. Ich bin einer vom Pasubio, wenn du weißt, was das heißen will. Es war schlimmer, einfach dort zu sein, als irgendwo anders zu kämpfen. In meinem Zug pflegten sie sich die Gonokokken, die irgendwer aus Schio in einer Streichholzschachtel mitbrachte, zu teilen. Sie pflegten sie untereinander aufzuteilen, damit sie nur von dort fortkamen, weil es einfach unerträglich war."

„Aber du bist geblieben?"

„Gewiß", sagte der Colonel. „Ich bin immer der letzte, der die Gesellschaft verläßt, der unbeliebteste Gast."

„Müssen wir gehen?"

„Ich dachte, du hättest deinen Entschluß gefaßt?"

„Das hatte ich. Aber als du das von dem unbeliebtesten Gast gesagt hast, da habe ich mich umentschlossen."

„Bleib bei deinem Entschluß."

„Ich kann auch einen Entschluß durchhalten."

„Ich weiß, du kannst alles durchhalten, verdammt noch mal. Aber, Tochter, manchmal hält man nicht nur einfach durch. Das ist was für Dummerjane. Manchmal heißt es schnell umschalten."

„Ich werde umschalten, wenn du willst."

„Nein, ich halte den Entschluß für richtig."

„Aber ist es nicht schrecklich lang bis morgen früh?"

„Das hängt ganz davon ab, ob man Glück hat oder nicht."

„Ich werde sicher gut schlafen."

„Ja", sagte der Colonel. „Wenn du in deinem Alter nicht gut schlafen könntest, sollte man dich abholen und aufhängen."

„Ach, bitte."

„Verzeih", sagte er. „Ich meinte erschießen."

„Wir sind beinahe zu Hause, und du könntest doch freundlich sein, wenn du wolltest."

„Ich bin so freundlich, daß es stinkt. Laß andere Leute freundlich sein."

Jetzt standen sie vor dem Palast; ja, da war er, der Palast. Man konnte nichts weiter tun, als den Glockenstrang ziehen oder mit dem Schlüssel öffnen. Hier hab ich mich verloren, dachte der Colonel. Und ich bin mein Lebtag niemals verloren gewesen.

„Bitte gib mir einen freundlichen Gutenachtkuß."

Der Colonel tat es und liebte sie so, daß er es kaum ertragen konnte.

Sie öffnete die Tür mit dem Schlüssel, den sie in ihrer Handtasche hatte. Dann war sie verschwunden, und der Colonel war allein mit dem abgetretenen Pflaster, dem Wind, der immer noch von Norden kam, und den Schatten von dort, wo ein Licht aufflammte. Er ging nach Hause.

Nur Touristen und Liebespaare nehmen Gondeln, dachte er. Außer um den Kanal an Stellen zu kreuzen, wo es keine Brücken gibt. Ich sollte wahrscheinlich zu „Harry" oder irgend sonstwohin gehen. Aber ich glaube, ich werde nach Hause gehen.

15

Es war wirklich ein Zuhause, wenn man das von einem Hotelzimmer sagen kann. Sein Pyjama war auf dem Bett ausgelegt. Neben der Leselampe stand eine Flasche Valpolicella und am Bett eine Flasche Mineralwasser in einem Eiskübel und daneben ein Glas auf dem silbernen Tablett. Das Porträt war aus dem Rahmen genommen und auf zwei Stühle gestellt worden, so daß er es vom Bett aus sehen konnte.

Die Pariser Ausgabe der „New York Herald Tribune" lag auf dem Bett neben seinen drei Kopfkissen. Er benutzte drei Kopfkissen, das wußte Arnaldo, und seine Reserveflasche mit Medizin, nicht die, die er in der Tasche trug, stand neben der Leselampe. Die inneren Türen des Schranks mit den Spiegeln waren derart geöffnet, daß er das Porträt auch von der Seite sehen konnte. Seine Morgenschuhe standen neben dem Bett.

Ich werde es kaufen, sagte der Colonel zu sich selbst, da niemand außer dem Porträt da war. Er öffnete den Valpolicella, der entkorkt war und den man dann sorgsam, sachgemäß und liebevoll wieder zugekorkt hatte, und goß sich ein Glas davon ein, in ein Glas, das kostbarer war, als man es in irgendeinem Hotel, wo man mit Bruch rechnen mußte, hätte benutzen dürfen.

„Auf dein Wohl, Tochter", sagte er. „Du Schöne und

Wunderbare. Weißt du, daß du, abgesehen von anderen Dingen, immer gut riechst? Du riechst wunderbar selbst bei Sturm oder unter einer Decke oder beim Gutenachtkuß. Weißt du, daß das fast niemand tut, und du benutzt kein Parfüm." Sie blickte ihn aus dem Porträt an und sagte nichts. „Zum Teufel damit", sagte er, „ich werde mich doch nicht mit einem Bild unterhalten."

Was wohl nur heute abend schiefgegangen ist? dachte er.

Meine Schuld wahrscheinlich. Na, ich werde versuchen, morgen den ganzen Tag ein guter Junge zu sein – gleich bei Morgengrauen damit anfangen.

„Tochter", sagte er, und er sprach jetzt zu ihr und nicht zu einem Bild. „Bitte, wisse, daß ich dich liebe und daß ich zart und gut sein möchte. Und bleib jetzt bitte immer bei mir."

Das Bild blieb unverändert.

Der Colonel nahm die Smaragde aus der Tasche, und er besah sie sich und fühlte sie kühl und doch warm – als sie Wärme annahmen und wie alle guten Steine Wärme ausstrahlten – aus seiner verkrüppelten Hand in seine gute Hand gleiten.

Ich hätte sie in einen Briefumschlag tun müssen und sie einschließen sollen, dachte er. Aber was für eine Arschsicherheit ist größer als die, die ich ihnen geben kann? Ich muß sie dir schnell zurückgeben, Tochter.

Aber Spaß machte es dennoch. Und sie sind bestimmt nicht mehr als eine Viertelmillion wert. Was ich in vierhundert Jahren verdienen würde. Muß mal genau nachrechnen.

Er steckte die Steine in die Tasche seines Pyjamas und bedeckte sie mit einem Taschentuch. Dann knöpfte er die Tasche zu. Die erste vernünftige Sache, die man in seinem Leben lernt, ist, daß man an all seinen Taschen

Klappen und Knöpfe haben muß. Ich glaube, ich habe das zu früh gelernt.

Die Steine fühlten sich gut an. Er spürte sie hart und warm an seiner flachen, harten, alten und warmen Brust, und er bemerkte, wie der Wind blies, blickte auf das Porträt, goß sich noch ein Glas Valpolicella ein und begann dann die Pariser Ausgabe der „New York Herald Tribune" zu lesen.

Ich sollte meine Pillen nehmen, dachte er. Aber zum Teufel mit den Pillen!

Dann nahm er sie trotzdem und las weiter in der „New York Herald Tribune". Er las was von Red Smith, was ihm sehr gut gefiel.

16

Der Colonel wachte vor Tagesgrauen auf und stellte fest, daß niemand neben ihm schlief.

Der Wind blies noch stark, und er ging an die offenen Fenster, um festzustellen, wie das Wetter war. Im Osten, über dem Canal Grande, war noch kein Licht, aber seine Augen konnten erkennen, wie bewegt das Wasser war. Wird heute eine tolle Flut geben, dachte er. Wird vielleicht den Platz überschwemmen. Das macht immer Spaß. Nur den Tauben nicht.

Er ging ins Badezimmer und nahm die „Herald Tribune" und Red Smith und ein Glas Valpolicella mit. Verflucht noch mal, werde ich froh sein, wenn der Gran Maestro die großen fiascos erst hat, dachte er. Dieser Wein hat scheußlich viel Bodensatz.

Er saß mit seiner Zeitung da und dachte an die Dinge, die der Tag bringen würde.

Sie würde telefonieren. Aber es konnte sehr spät werden, weil sie lange schlafen würde. Die Jungen schlafen lange, dachte er, und die Schönen schlafen noch mal halb so lange. Sehr früh würde sie bestimmt nicht anrufen, und die Geschäfte machen auch erst um neun Uhr oder noch etwas später auf.

Teufel noch mal, dachte er. Ich hab diese verfluchten Steine. Wie konnte nur irgend jemand so etwas tun. Du weißt wie, sagte er zu sich und las die Anzeigen hinten in der Zeitung. Du hast oft genug etwas aufs Spiel gesetzt. Es ist weder verrückt noch verdorben. Sie wollte es einfach darauf ankommen lassen. Nur gut, daß ich es war, dachte er.

Das ist das einzig Gute am Ichsein, erwog er. Na, ich bin ich. Himmelherrgott noch mal! Auf Gedeih oder völligen Verderb. Wie würde es dir gefallen, mit dem da in der Tasche auf dem Klo zu sitzen, wie du's beinah jeden Morgen deines verdammten Lebens getan hast?

Er redete niemanden an, außer vielleicht die Nachwelt.

Wie viele Tage hast du mit all den anderen da in einer Reihe gesessen? Das ist das Schlimmste daran. Das und Rasieren. Oder man geht fort, um allein zu sein, um zu denken, oder auch um nicht zu denken, um eine gute Deckung zu finden, und dann sind dort bereits zwei Infanteristen oder irgendein schlafender Junge.

In der Armee gibt es nicht mehr Privatleben als in einer Scheißfabrik. Ich bin nie in einer Scheißfabrik gewesen, aber ich stelle mir vor, daß es ähnlich aufgezogen ist. Ich könnte lernen, wie man so was betreibt, dachte er.

Dann würde ich alle meine besten Scheißer zu Gesandten machen, und die Erfolglosen könnten Korpskommandeure werden oder im Frieden Wehrkreise befehligen. Sei nicht so verbittert, mein Junge, sagte er zu sich. Dafür ist es zu früh am Morgen. Du hast dein Pensum noch nicht hinter dir.

Was sollte man wohl mit ihren Frauen machen? fragte er sich. Ihnen neue Hüte kaufen oder sie erschießen, sagte er. Es ist alles ein Teil derselben Transaktion.

Er musterte sich im Spiegel, der in der halbgeschlossenen Tür eingelassen war. Er sah sich leicht verzerrt. Es ist ein Querschläger, sagte er zu sich; man hat mir nicht genügend Richtlinien gegeben. „Junge", sagte er, „was bist du nur für ein ramponierter, alt aussehender Hundsfott."

Jetzt mußt du dich rasieren, und während du das tust, mußt du dir dies Gesicht da dauernd ansehen. Dann mußt du dir die Haare schneiden lassen. Das ist kein Problem in dieser Stadt. Du bist ein Colonel der Infanterie, mein Junge. Du kannst nicht rumlaufen und aussehen wie die Jungfrau von Orléans oder General (auf Zeit) George Armstrong Custer. Der wunderbare Reiterführer. Wahrscheinlich ist es fabelhaft, wenn man so ist und eine liebende Frau hat und Sägemehl an Stelle von Gehirnmasse. Aber als sie auf dem Hügel über dem Little Big Horn ihr Ende fanden, als die Ponies in all dem Staub sie umkreisten, und das Salbeigebüsch von den Pferden der anderen niedergebrochen wurde, und ihm für den Rest seines Lebens nichts anderes blieb, als jener wunderbare Schwarzpulvergeruch, und seine eigenen Leute einander und sich selbst erschossen, weil sie Angst davor hatten, was die Squaws mit ihnen machen würden, da hat er wahrscheinlich gewußt, daß er die falsche Laufbahn eingeschlagen hatte.

Die Leiche war unbeschreiblich zugerichtet, pflegte man in dieser selben Zeitung zu lesen. Und auf dem Hügel da, zu wissen, daß man einen richtigen Fehler gemacht hatte, schließlich und endgültig, vollständig, mit allem Zubehör! Armer Reiterführer, dachte er. Das Ende all seiner Träume. Das ist das Gute am Infanteristsein. Man hat niemals Träume, außer Angstträume.

Na, sagte er zu sich, hier sind wir fertig, und sehr bald wird es hell sein, so daß ich das Porträt sehen kann. Der Teufel soll mich holen, wenn ich das zurückgebe. Das behalte ich.

Mein Gott, sagte er, wie sie wohl jetzt im Schlaf aussieht. Ich weiß, wie sie aussieht, sagte er zu sich. Wunderbar. Sie schläft, als ob sie gar nicht schläft. So, als ob sie sich nur ausruht. Hoffentlich tut sie das, dachte er. Hoffentlich ruht sie sich gut aus. Himmel, Herrgott, wie ich sie liebe, und ich hoffe nur, daß ich ihr nie was zuleide tun werde.

17

Als es hell zu werden begann, sah der Colonel das Porträt. Sehr wahrscheinlich sah er es so schnell, wie irgendein zivilisierter Mensch – der Formulare lesen und unterschreiben mußte, von denen er nichts hielt – einen Gegenstand sehen konnte, sobald er sichtbar wurde. Ja, sagte er zu sich, ich habe Augen, die noch ziemlich schnell alles wahrnehmen, und einst waren sie voller Ehrgeiz. Ich habe meine Kerls dorthin geführt, wo man sie ordentlich aufs Korn nahm. Nur drei von den zweihundertfünfzig sind noch am Leben, und sie betteln am Rand der Stadt, den Rest ihrer Tage.

Das ist von Shakespeare, erzählte er dem Porträt. Dem Sieger und dem noch immer unbestrittenen Champion.

Irgendwer mag ihn in einer kurzen Runde werfen. Aber ich möchte ihn lieber verehren. Hast du jemals „König Lear" gelesen, Tochter? Mr. Gene Tunney tat es, und er war Weltchampion. Aber ich habe auch gelesen. Auch Soldaten mögen Mr. Shakespeare, wenn es auch unwahrscheinlich klingen mag. Er schreibt, als wäre er selbst Soldat gewesen.

Hast du irgendwas zu deiner Verteidigung zu sagen, außer den Kopf zurückzuwerfen? fragte er das Porträt. Möchtest du noch mehr Shakespeare hören?

Du brauchst dich nicht zu verteidigen. Ruh dich aus, und laß es dabei. Es taugt nichts. Deine Verteidigung und meine Verteidigung taugen verflucht wenig. Aber wer könnte dir sagen: geh und häng dich auf, so wie's bei uns üblich ist?

Niemand, sagte er zu sich und dem Porträt. Und gewiß nicht ich.

Er ließ seine rechte Hand fallen und bemerkte, daß der Zimmerkellner eine zweite Flasche Valpolicella dort gelassen hatte, wo die erste gestanden hatte.

Wenn man ein Land liebt, dachte der Colonel, kann man es ebensogut zugeben. Aber ja doch, mein Junge, gib's zu.

Ich habe drei geliebt und alle drei verloren. Schreib uns gut; wir haben zwei zurückerobert.

Und das dritte werden wir auch zurückerobern, General Fettsau Franco auf deinem Jagdstuhl, unter ärztlicher Obhut und mit zahmen Enten und einer Schutzwache von maurischer Kavallerie, wenn du auf Jagd gehst.

Ja, sagte er leise zu dem Mädchen, das ihn jetzt im ersten und vollkommensten Licht offen anblickte.

Wir werden es zurückerobern, und man wird sie alle vor irgendwelchen Tankstellen mit dem Kopf nach unten aufhängen. Ihr seid gewarnt, fügte er hinzu.

„Porträt", sagte er. „Warum, zum Teufel noch mal, kannst du nicht einfach zu mir ins Bett kommen, anstatt achtzehn Steinfliesen von mir entfernt zu sein. Vielleicht sogar mehr. Ich bin jetzt nicht so schnell mehr, wie ich war, wenn ich's je war."

„Porträt", sagte er zu dem Mädchen und zu dem Porträt und beides zu dem Mädchen, aber da war kein Mädchen, und das Porträt war so, wie es gemalt war.

„Porträt, halt dein verfluchtes Kinn hoch, damit du mein Herz leichter brechen kannst."

Es war wirklich ein wunderbares Geschenk, dachte der Colonel.

„Kannst du manövrieren?" fragte er das Porträt. „Schnell und gut?" Das Porträt sagte nichts, und der Colonel antwortete: Du weißt scheißgenau, daß sie das kann. Sie könnte dich am besten Tag deines Lebens ausmanövrieren, und sie würde bleiben und kämpfen, wo du ... schweigen wir davon. „Porträt", sagte er, „Sohn oder Tochter, oder meine einzige wirkliche Liebe, oder was immer es ist; du weißt, was es ist, Porträt."

Das Porträt antwortete so wenig wie vorher. Aber der Colonel, der jetzt, früh am Morgen, der einzigen Zeit, in der er sich wirklich auskannte, und mit Valpolicella in sich, wieder ein General war, wußte so bestimmt, als ob er das Ergebnis seines dritten Wassermanns gesehen hatte, daß das Porträt keine ... hatte, und er schämte sich, weil er so häßlich mit dem Porträt gesprochen hatte.

„Heute werde ich der scheißbeste Junge sein, den du je gesehen hast. Und du kannst das deinem Chef sagen."

Das Porträt schwieg, wie es seine Art war.

Mit einem Kavalleristen würde sie vielleicht sprechen, dachte der General, denn jetzt hatte er zwei Sterne, und er spürte sie auf den Schultern, und vorn auf der Plakette auf seinem Jeep konnte man sie weiß auf rotem Feld sehen. Er benutzte niemals Stabswagen noch leicht gepanzerte Fahrzeuge komplett mit Sandsäcken.

„Geh zum Teufel, Porträt", sagte er. „Oder geh und hol dir dein T. S.-Formular von unser aller Universalkaplan mit kombinierten Religionen. Da hast du was zu knabbern."

Zum Teufel mit dir, sagte das Porträt, ohne zu sprechen. Du zehntklassiger Soldat.

„Ja", sagte der Colonel, denn jetzt war er wieder ein Colonel und hatte auf seinen früheren Rang ganz Verzicht geleistet.

„Porträt, ich liebe dich sehr. Aber sei nicht häßlich gegen mich. Ich liebe dich sehr, weil du so schön bist. Aber das Mädchen liebe ich mehr, millionenmal mehr, verstanden?"

Keinerlei Anzeichen, daß es das gehört hatte, und er wurde der Sache überdrüssig.

„Du bist in einer befestigten Stellung, Porträt", sagte er. „Mit oder ohne Rahmen. Und ich werde manövrieren."

Das Porträt war so still, wie es die ganze Zeit über gewesen war, seit der Portier es hereingebracht hatte und es mit Hilfe und Beistand des Kellners dem Colonel und dem Mädchen gezeigt hatte.

Der Colonel blickte es an und sah jetzt, als es hell oder beinahe hell war, daß es sich nicht verteidigen konnte.

Er sah auch, daß es das Porträt seiner einzigen, wirklichen Liebe war, und so sagte er: „Verzeih, daß ich all die Dummheiten gesagt habe. Tatsächlich will ich niemals brutal sein. Vielleicht können wir beide, wenn wir Glück haben, ein bißchen schlafen, und dann wird vielleicht deine Herrin anrufen?"

Vielleicht wird sie sogar vorbeikommen, dachte er.

18

Der Hausdiener steckte den „Gazzettino" unter der Tür durch, und der Colonel griff sie geräuschlos, fast zur gleichen Zeit, als sie durch den Schlitz kam.

Er nahm sie dem Hausdiener beinahe aus der Hand. Er mochte den Hausdiener nicht leiden, seit er ihn eines

Tages dabei ertappt hatte, wie er seine Reisetasche durchwühlte, als er, der Colonel, noch einmal sein Zimmer betreten hatte, nachdem er es aller Voraussicht nach auf einige Zeit verlassen hatte. Er mußte noch mal in sein Zimmer zurück, um seine Medizinflasche, die er vergessen hatte, zu holen, und der Hausdiener war beinahe mit seiner Reisetasche durch.

„Ich glaube nicht, daß man in diesem Hotel ‚Hände hoch' sagt", hatte der Colonel gesagt. „Aber zur Ehre gereichen Sie Ihrer Stadt nicht."

Der Mann in der gestreiften Weste mit dem Faschistengesicht schwieg; er schwieg sich aus, und der Colonel sagte: „Los doch, mein Junge, besieh dir nur auch noch den Rest. Ich habe keine militärischen Geheimnisse zwischen meinen Toilettensachen."

Seitdem bestand nur spärliche Freundschaft zwischen ihnen, und dem Colonel machte der Versuch Spaß, dem Mann mit der gestreiften Weste die Morgenzeitung geräuschlos aus der Hand zu nehmen, sobald er sah oder hörte, daß sie sich unter der Tür bewegte.

„Okay, du hast heute gesiegt, du Laffe", sagte er in bestem venezianischem Dialekt, der ihm zu dieser Stunde zur Verfügung stand. „Geh und häng dich auf."

Aber sie hängen sich nicht auf, dachte er. Die müssen immer weiter Zeitungen unter anderer Leute Türen schieben, von denen sie noch nicht einmal gehaßt werden. Exfaschist sein ist sicher gar kein leichter Beruf. Vielleicht ist er auch gar kein Exfaschist. Woher weiß man das schon?

Ich kann Faschisten nicht hassen, dachte er. Und Krauts auch nicht, da ich leider Soldat bin.

„Hör mal, Porträt", sagte er. „Muß ich die Krauts hassen, weil wir sie töten? Muß ich sie als Soldaten und als menschliche Wesen hassen? Diese Lösung erscheint mir zu einfach.

Na, Porträt, laß man gut sein, laß man gut sein. Du bist nicht alt genug, um davon etwas zu verstehen. Du bist zwei Jahre jünger als das Mädchen, das du darstellst, und sie ist jünger und älter als die Hölle, und die ist ziemlich alt.

Hör mal, Porträt", sagte er, und während er es sagte, wußte er, daß er jetzt, solange er lebte, jemanden haben würde, mit dem er sich in den frühen Morgenstunden, wenn er aufwachte, unterhalten konnte.

„Wie ich schon eben sagte, Porträt, zur Hölle auch damit. Dafür bist du auch noch nicht alt genug. Das gehört zu den Dingen, über die man nicht reden kann, wie wahr sie auch sein mögen. Es gibt vieles, was ich nicht zu dir sagen kann, und vielleicht ist das gut für mich. Es ist immerhin an der Zeit, daß etwas gut für mich wäre. Was glaubst du wohl, was gut für mich wäre, Porträt?

Was ist los, Porträt?" fragte er. „Wirst du hungrig? Ich ja."

Er klingelte nach dem Kellner, der ihm sein Frühstück bringen würde.

Obschon es jetzt so hell war, daß jede Welle auf dem Canal Grande bleifarben und vom Wind massiv gedrungen sichtbar war, und die Flut hoch über den Landungsstufen des „Palace" stand – direkt seinem Zimmer gegenüber –, wußte er, daß noch mehrere Stunden lang kein Telefonanruf kommen würde.

Die Jungen schlafen gut, dachte er. Sie verdienen es.

„Warum müssen wir alt werden?" fragte er den Kellner mit dem Glasauge, der mit der Speisekarte hereingekommen war.

„Ich weiß es nicht, my Colonel. Ich nehme an, daß es ein natürlicher Vorgang ist."

„Ja, das nehme ich auch an. Spiegeleier mit dem Gesicht nach oben, Tee und Toast."

„Wollen Sie nichts Amerikanisches?"

„Zum Teufel mit allem Amerikanischen, mich ausgenommen. Ist der Gran Maestro bereits auf den Beinen?"

„Er hat Ihren Valpolicella in den großen, bastgeflochtenen Zwei-Liter-fiascos bekommen, und ich hab eine Karaffe voll davon mitgebracht."

„Ja, der", sagte der Colonel. „Bei Gott, ich wünschte, ich könnte ihm ein Regiment verleihen."

„Ich glaube nicht, daß er wirklich eines haben möchte."

„Nein", sagte der Colonel. „Ich selbst möchte eigentlich auch keines."

19

Der Colonel frühstückte mit der Gelassenheit eines Boxers, der böse gezeichnet ist, vier hört und noch weitere fünf Sekunden wirklich zu entspannen versteht.

„Porträt", sagte er. „Du solltest auch entspannen. Das wird das einzig Schwierige für dich sein. Das nennt man das statische Element in der Malerei. Weißt du, Porträt, daß sich beinahe kein Bild, kein Gemälde, meine ich, überhaupt bewegt? Ein paar tun's. Aber nicht viele.

Ich wünschte, deine Herrin wäre hier, und es gäbe Bewegung. Woher wissen so verdammt junge Mädchen wie du und sie so viel und sind außerdem so wunderschön?

Wenn bei uns ein Mädchen wirklich schön ist, kommt sie aus Texas, und wenn man Glück hat, kann sie einem vielleicht sagen, welcher Monat es ist. Rechnen können sie jedoch alle.

Man bringt ihnen Rechnen bei und die Beine zusammenhalten und ihr Haar mit Lockenwicklern aufrollen. Eines Tages solltest du, Porträt, für deine Sünden, wenn du welche hast, mit einem Mädchen in einem Bett schlafen, die ihr Haar aufgerollt hat, um morgens schön zu sein. Nicht heute. Die würden niemals heute abend schön sein. Nein, morgen, wenn der Wettbewerb stattfindet.

Das Mädchen Renata, deren Ebenbild du bist, schläft jetzt und hat nie in ihrem Leben etwas mit ihrem Haar gemacht. Sie schläft, und es breitet sich über ihr Kissen aus, und es ist für sie nichts weiter als ein wunderbares, dunkles, seidiges Ärgernis, das sie kaum kämmen würde, wenn es ihr ihre Gouvernante nicht beigebracht hätte.

Ich seh sie vor mir auf der Straße mit ihrem wunderbaren, langbeinigen Schritt, und der Wind tut, was ihm paßt, mit ihrem Haar, und sie hat richtige Brüste unter ihrem Sweater, und dann seh ich die Nächte in Texas vor mir mit den aufgewickelten Locken – von metallischen Instrumenten eingezwängt und beherrscht.

Wickel du mir keine Wickellocken, meine Geliebte", sagte er zu dem Porträt, „und ich will versuchen, es in runden, schweren, harten Silberdollar oder mit dem andern zu bezahlen."

Ich darf nicht gemein werden, dachte er.

Dann sagte er zu dem Porträt, das er jetzt in seinen Gedanken nicht groß schrieb: „Du bist so verdammt schön, daß es stinkt. Außerdem bist du ein Gefängnislockvogel. Renata ist zwei Jahre älter als du. Du bist noch nicht siebzehn."

Und warum kann ich sie nicht haben und sie lieben und sie verwöhnen und niemals häßlich zu ihr sein, noch grob, und die fünf Söhne haben, die an die fünf Enden der Welt gehen, wo immer die sein mögen. Ich weiß es nicht. Wahrscheinlich kriegt man die Karten, die man aufnimmt. Du würdest wohl nicht noch einmal geben, oder doch, Geber?

Nein. Es wird nur einmal gegeben, und dann nimmt man die Karten auf und spielt sie. Ich kann sie spielen, wenn ich auch nur das Geringste bekomme, erzählte er dem Porträt, das unbeeindruckt blieb.

„Porträt", sagte er. „Sieh mal lieber nach der anderen Seite, damit du dich nicht unjungmädchenhaft benimmst. Ich werde jetzt duschen und mich rasieren, etwas, was du niemals zu tun brauchst, und meine Uniform anziehen und ausgehen und durch die Stadt hier schlendern, obschon es noch zu früh ist."

Damit stieg er aus dem Bett und nahm sein schlimmes Bein dabei in acht, das ihm immer weh tat. Er zog mit seiner schlimmen Hand an der Kette der Leselampe. Es war ausreichend hell, und er hatte beinahe eine Stunde lang Elektrizität verschwendet.

Er bereute dies, wie er all seine Fehler bereute. Er ging an dem Porträt vorbei, warf ihm nur einen flüchtigen Blick zu und musterte sich selbst im Spiegel. Er hatte beide Teile seines Pyjamas fallen lassen, und er besah sich kritisch und genau.

„Du ramponierter alter Hundsfott", sagte er zu dem Spiegel. Porträt war ein Ding der Vergangenheit. Spiegel war Wirklichkeit und Gegenwart.

Der Magen war flach, sagte er, ohne es auszusprechen. Die Brust ist in Ordnung, bis auf die Stelle mit dem schadhaften Muskel. Wir sind nun mal gebaut, wie wir eben gebaut sind, auf Gedeih oder Verderb, auf irgendwas oder auf irgendwas Furchtbares.

Du bist ein halbes Jahrhundert alt, du Scheißkerl. Jetzt geh rein und dusche und schrubb dich gut ab, und nachher zieh deine Uniform an. Heute ist wieder ein Tag.

20

Der Colonel blieb vor dem Empfangspult in der Vorhalle stehen, aber der Concierge war noch nicht da. Nur der Nachtportier war da.

„Können Sie etwas für mich in den Safe legen?"

„Nein, my Colonel. Niemand darf den Safe öffnen, bis der zweite Direktor oder der Concierge da ist. Aber ich kann alles, was Sie wünschen, für Sie aufheben."

„Danke. Es ist nicht der Mühe wert", und er steckte den „Gritti"-Briefumschlag, in dem die Steine waren, den an sich selbst adressierten Briefumschlag, in die linke Innentasche seiner Jacke und knöpfte sie zu.

„Wirkliche Verbrechen gibt es hier jetzt gar nicht", sagte der Nachtportier. Die Nacht war lang gewesen, und er war froh, daß er sich mit jemandem unterhalten konnte. „Hat es eigentlich nie hier gegeben, my Colonel. Es gibt nur Meinungsverschiedenheiten und Politik."

„Was für 'ne Politik treiben Sie denn?" fragte der Colonel, der sich auch einsam fühlte.

„Ungefähr die, die Sie erwarten würden."

„Aha. Und wie läuft Ihre Sache?"

„Ich glaube, es geht ganz gut. Vielleicht nicht so gut wie vergangenes Jahr. Aber doch ganz gut. Wir wurden geschlagen und müssen jetzt eine Weile abwarten."

„Arbeiten Sie mit?"

„Nicht viel. Es ist mehr die Politik meines Herzens als meines Kopfes. Ich glaube auch mit dem Kopf daran, aber ich habe sehr wenig politische Schulung gehabt."

„Wenn Sie die erst kriegen, ist es aus mit dem Herzen."

„Vielleicht auch nicht. Wird in der Armee viel Politik getrieben?"

„Reichlich", sagte der Colonel. „Aber nicht so, wie Sie glauben."

„Nun, wir diskutieren es dann wohl lieber nicht. Ich wollte nicht zudringlich sein."

„*Ich* hatte die Frage gestellt, vielmehr die ursprüngliche Frage. Es war nur, um zu reden. Es war keine Ausfragerei."

„Das habe ich auch nicht geglaubt. Sie haben nicht das

Gesicht eines Ausfragers, Colonel, und ich hab von dem Orden gehört, obschon ich kein Mitglied bin."

„Sie sind vielleicht Mitgliedsmaterial. Ich werde es mit dem Gran Maestro besprechen."

„Wir kommen aus derselben Stadt, aber aus verschiedenen Stadtteilen."

„Es ist eine gute Stadt."

„My Colonel, ich habe so wenig politische Schulung, daß ich alle ehrenhaften Leute für ehrenhaft halte."

„Ach, das wird sich schon geben", versicherte ihm der Colonel. „Mach dir keine Sorgen, Junge. Deine Partei ist noch jung. Ganz natürlich, daß ihr Fehler macht."

„Bitte, reden Sie nicht so."

„Das war nur so ein derber frühmorgendlicher Ulk."

„Sagen Sie bitte, Colonel. Aufrichtig, was denken Sie über Tito?"

„Ich denke allerhand. Aber er ist mein unmittelbarer Nachbar. Ich halte es für richtiger, nicht über meinen Nachbarn zu reden."

„Ich hätte es gern erfahren."

„Erfahren Sie's nur in der harten Schule des Lebens. Wissen Sie denn nicht, daß Leute auf solche Fragen keine Antwort geben?"

„Ich hoffe, sie täten's."

„Sie tun's nicht", sagte der Colonel. „Nicht in meiner Position. Alles, was ich Ihnen sagen kann, ist, daß Mr. Tito eine Masse Probleme hat."

„Nun, das weiß ich also jetzt genau", sagte der Nachtportier, der eigentlich noch der reine Junge war.

„Hoffentlich", sagte der Colonel. „Was Wissen anlangt, halte ich es aber nicht für eine besonders kostbare Perle. Also, adieu. Ich muß jetzt zum Besten meiner Leber oder von sonstwas einen Spaziergang machen."

„Adieu, my Colonel. Fa brutto tempo."

„Bruttissimo", sagte der Colonel und zog den Gürtel

seines Regenmantels fest zu, rekelte sich mit den Schultern zurecht, zog die Schöße gut hinunter und trat hinaus in den Wind.

21

Der Colonel fuhr mit der Zehn-Centesimi-Gondel über den Kanal, bezahlte mit dem üblichen schmutzigen Geldschein und stand in der Menge derer, die zum frühen Aufstehen verdammt sind.

Er blickte aufs „Gritti" zurück und sah die Fenster seines Zimmers; sie standen noch auf. Weder versprach es noch drohte es zu regnen; es blies nur der gleiche starke, wilde, kalte Wind von den Bergen. Alle in der Gondel sahen verfroren aus, und der Colonel dachte: Ich wünschte, ich könnte an alle hier an Bord diese winddichten Mäntel ausgeben. Gott und jeder Offizier, der mal einen getragen hat, weiß, daß sie nicht wasserdicht sind, und wer hat wohl daran verdient?

Durch einen Burberry geht kein Wasser. Aber ich nehme an, irgendein geriebener Laffe hat jetzt seinen Jungen in Groton oder Canterbury, wo die Söhne der großen Armeelieferanten hinfahren können, weil unsere Mäntel nicht wasserdicht sind.

Und wie steht's mit irgendeinem meiner Kameraden, der mit ihm halb und halb gemacht hat? Wer wohl die Benny Meyers der regulären Armee waren? Wahrscheinlich war es nicht nur einer. Wahrscheinlich, dachte er, müssen es eine ganze Menge gewesen sein. Du bist wohl noch nicht richtig wach, so simpel einherzureden? Aber den Wind halten sie ab. Die Regenmäntel. Regenmäntel, leck mich am Arsch!

Die Gondel legte zwischen den Pfählen am anderen Ufer des Kanals an, und der Colonel beobachtete die schwarz gekleideten Leute, die aus dem schwarz gestrichenen Fahrzeug hinauskletterten. Ist das ein Fahrzeug? dachte er. Oder muß ein Fahrzeug Räder haben oder auf Schienen laufen?

Keiner würde dir auch nur einen Groschen für deine Gedanken geben, dachte er. Heute morgen nicht. Aber sie sind auch schon eine gewisse Summe Geld wert gewesen, wenn es darauf ankam.

Er drang in das äußere Ende der Stadt ein, das Ende, das schließlich an die Adria grenzt und das er am liebsten hatte. Er ging zuerst durch eine sehr enge Gasse; er beabsichtigte weder die Anzahl der mehr oder weniger von Norden nach Süden laufenden Straßen im Geist zu vermerken noch die Brücken zu zählen, sondern wollte versuchen, sich zu orientieren, um, ohne in irgendwelche Sackgassen zu geraten, am Markt herauszukommen.

Es war ein Spiel, das er spielte, wie manche Leute „Double Canfield" spielten oder allein eine Patience legten. Aber es hatte den Vorzug, daß man sich bewegte, während man es spielte, und daß man sich, während man spazierenging, die Häuser ansah, die unbedeutenderen Aussichten, die Geschäfte und die trattorias und die alten Paläste der Stadt Venedig. Wenn man Venedig liebte, war es ein ausgezeichnetes Spiel.

Es ist eine Art von solitaire ambulante, und was man gewinnt, ist Beglückung für Auge und Herz. Wenn man auf dieser Stadtseite zum Markt gelangte, ohne je steckenzubleiben, hatte man das Spiel gewonnen. Aber man darf sich's nicht zu leicht machen. Man darf nicht zählen.

Auf der anderen Seite der Stadt bestand das Spiel darin, vom „Gritti" aus über das Fondamente Nuove ohne Fehler an den Rialto zu gelangen.

Dann konnte man die Brücke erklimmen, sie überqueren und auf den Markt hinuntergehen. Den Markt mochte er am liebsten. In jeder Stadt war sein erster Weg dahin.

Gerade in diesem Augenblick hörte er die beiden jungen Leute, die hinter ihm gingen, über ihn reden. Ihre Stimmen verrieten ihm, daß es junge Leute waren, und er sah sich nicht um, sondern lauschte sorgfältig auf den Abstand und wartete auf die nächste Biegung, um sie sich anzusehen, während er einbog.

Die sind sicher unterwegs zur Arbeit, dachte er. Vielleicht sind es frühere Faschisten, oder vielleicht sind sie etwas anderes, oder vielleicht ist es einfach ihre Art, sich zu unterhalten. Aber sie werden jetzt reichlich persönlich. Es geht jetzt nicht einfach gegen Amerikaner im allgemeinen, sondern gegen mich, meine grauen Haare, meine etwas verkorkste Art zu gehen, die Felddienststiefel (diese Sorte hatte eine Abneigung gegen die Brauchbarkeit von Felddienststiefeln. Sie mochten Stiefel, die auf den Steinplatten hallten und die sich auf Hochglanz polieren ließen).

Meine Uniform finden sie geschmacklos. Jetzt ist es – was ich zu dieser Stunde hier zu suchen habe, und jetzt ihre felsenfeste Überzeugung, daß ich nicht mehr vögeln kann.

Der Colonel bog an der nächsten Ecke scharf links ein und sah, womit er es zu tun hatte, und schätzte den genauen Abstand, und als die beiden jungen Leute um die Ecke kamen, die durch die Apsis der Frari-Kirche gebildet wird, war da kein Colonel. Er stand in dem toten Winkel hinter der Apsis der alten Kirche, und als sie vorbeikamen – er hörte, wie sie sich im Näherkommen unterhielten –, machte er – mit beiden Händen in den tiefen Taschen seines Regenmantels – einen Schritt vorwärts und wandte sich und den Regenmantel mit beiden Händen in den Taschen ihnen zu.

Sie blieben stehen, und er sah beiden ins Gesicht und

lächelte sein altes und verbrauchtes Todeslächeln. Dann sah er auf ihre Füße hinab, wie man immer auf die Füße solcher Leute sehen soll, da sie immer viel zu enge Schuhe tragen, und wenn man ihnen die Schuhe auszieht, sieht man ihre Hammerzehen. Der Colonel spuckte aufs Pflaster und sagte gar nichts.

Die beiden, sie waren das, was er zuerst vermutet hatte, sahen ihn haßerfüllt an, und da war noch jenes andere in ihrem Blick. Dann entfernten sie sich wie Marschvögel. Sie hatten auch etwas von dem weiten Ausschreiten von Reihern, dachte der Colonel, und etwas von dem Flug von Brachvögeln an sich, blickten mit Haß zurück und warteten nur darauf, das letzte Wort zu haben, sollte der Abstand ihnen je Sicherheit verbürgen.

Schade, daß sie nicht zehn zu eins waren, dachte der Colonel. Vielleicht hätten sie sich gestellt. Man sollte es ihnen aber nicht verübeln; sie sind besiegt worden.

Aber ihre Manieren ließen in Anbetracht eines Mannes meines Alters und Ranges zu wünschen übrig. War auch nicht sehr klug, zu glauben, daß kein fünfzigjähriger Colonel ihre Sprache verstehen konnte. Auch nicht klug, zu glauben, daß sich alte Infanteristen so früh am Morgen nicht gegen die einfache Vorgabe von zwei zu eins schlagen würden.

Wäre mir sehr zuwider, mich in dieser Stadt, wo ich die Menschen liebe, zu prügeln. Würde es zu vermeiden suchen. Aber konnten diese schlecht erzogenen Jüngelchen denn nicht sehen, mit was für einer Art Tier sie es zu tun hatten? Wissen die denn nicht, woher es kommt, wenn man so geht? Noch von all den anderen Merkmalen, die Frontsoldaten aufweisen, und zwar so sicher, wie die Hände eines Fischers einem durch die Furchen von den Taueinschnitten sagen, ob er ein Fischer ist oder nicht.

Stimmt, sie haben nur meinen Rücken gesehen und

meinen Hintern und die Beine und Stiefel. Aber man würde denken, sie hätten's an der Art, wie sie sich bewegen, merken müssen. Vielleicht sagt es ihnen aber nichts. Aber als sich mir die Chance bot, sie anzusehen und zu denken: Beide abführen! Aufhängen! glaube ich, haben sie's verstanden. Klar, haben sie's verstanden.

Was ist das Leben eines Menschen überhaupt schon wert? Zehntausend Dollar, falls seine Armeeversicherung voll bezahlt ist. Was, zum Teufel noch mal, hat das damit zu tun? Ach doch, daran dachte ich ja gerade, bevor diese Laffen da auftauchten, wieviel Geld ich meiner Regierung damals gespart habe, als Leute wie Benny Meyers sich auf ihre Kosten dumm und dämlich verdienten.

Ja, sagte er, und wieviel haben sie durch dies damals in dem Château zu zehn Mille per Kopf eingebüßt? Na, außer mir hat's wahrscheinlich niemand wirklich je kapiert. Es besteht kein Grund, sie jetzt aufzuklären. Dein Kommandierender General hat manches der Kriegsgöttin in die Schuhe geschoben. Hinten beim Stab wissen sie, daß so was zwangsläufig passiert. Du machst, was befohlen ist, mit einer großen Schlachterrechnung, und bist ein Held.

Gott, bin ich gegen die übermäßige Schlachterrechnung, dachte er. Aber man kriegt die Befehle, und man hat sie auszuführen. Mit derartigen Fehlleistungen läßt sich aber schlecht schlafen. Aber wozu in drei Teufels Namen soll man denn mit ihnen schlafen? Hat nie zu was geführt. Aber und ob die manchmal in einen Schlafsack kriechen können! Können reinkriechen und bei dir drinbleiben.

Kopf hoch, Junge, sagte er. Erinner dich, du hattest eine Menge Geld bei dir, als du dir den gelangt hast, und wärst du unterlegen, hätte er dich bis auf die Haut ausziehen können. Heute kannst du nicht mehr mit bloßen

Händen einen Raufbold unterkriegen, und du hattest keine Waffe bei dir.

Also sei nicht trübselig, Junge oder Mensch oder Colonel oder degradierter General. Wir sind beinahe auf dem Markt, und du hast es geschafft, fast ohne es zu merken.

Fast ohne es zu merken ist schlimm, fügte er hinzu.

22

Er liebte den Markt. Ein großer Teil davon war in mehreren Seitenstraßen zusammengedrängt und gepreßt, und zwar so dicht, daß es schwierig war, nicht unbeabsichtigt jemanden anzurempeln, und jedesmal, wenn man stehenblieb, um etwas anzusehen oder zu kaufen oder zu bewundern, bildete man ein îlot de résistance in der anflutenden Morgenattacke der Käufer.

Dem Colonel machte es Vergnügen, die ausgebreiteten und hoch aufeinandergetürmten Käse und großen Würste zu betrachten. Er dachte, die Leute zu Hause denken, daß mortadella eine Wurst ist.

Dann sagte er zu der Frau am Stand: „Lassen Sie mich bitte etwas von der Wurst versuchen. Nur einen Happen."

Sie schnitt eifrig und zärtlich ein dünnes, papierdünnes Scheibchen für ihn ab, und als der Colonel es kostete, schmeckte er den leicht rauchigen und schwarzpfeffrigen, unverkennbaren Geschmack vom Fleisch der Schweine, die Eicheln im Gebirge fressen.

„Ich nehme ein halbes Pfund."

Der Proviant, den der Barone auf die Jagd mitzunehmen pflegte, war von spartanischer Frugalität, was der Colonel respektierte, weil er wußte, daß niemand auf der Jagd viel essen soll. Er fand aber, daß er das Essen um diese Wurst bereichern und sie mit dem Staker und dem Aufheber teilen könne. Vielleicht würde er auch Bobby, dem Apportierhund, eine Scheibe abgeben, der viele Male bis auf die Haut durchnäßt sein würde – immer noch begeistert, aber zitternd vor Kälte.

„Ist dies die beste Wurst, die Sie haben?“ fragte er die Frau. „Haben Sie nicht etwas, was nicht zur Schau steht und für die besseren und ständigen Kunden reserviert ist?“

„Dies ist die beste Wurst. Es gibt viele andere Würste, das wissen Sie ja. Aber dies ist die beste.“

„Dann geben Sie mir noch ein Viertelpfund von einer Wurst, die sehr nahrhaft, aber nicht sehr stark gewürzt ist.“

„Die habe ich da“, sagte sie. „Sie ist ein bißchen frisch, aber genau das, was Sie wollen.“

Diese Wurst war für Bobby.

Aber in Italien, wo es das größte Verbrechen ist, als Narr zu gelten, und viele Leute hungern, sagt man nicht, daß man Wurst für einen Hund kauft. Man kann hingegen ruhig einem Hund vor einem Mann, der für seine Lebensnotdurft arbeitet und weiß, was ein Hund bei kaltem Wetter im Wasser aussteht, teure Wurst zu fressen geben. Aber wenn man sie kauft, gibt man den Zweck nicht an, außer man ist ein Narr oder ein Kriegs- oder Nachkriegsmillionär.

Der Colonel bezahlte für das eingewickelte Paket und durchwanderte den Markt und atmete den Geruch von geröstetem Kaffee ein und besah sich die Fettschicht an jedem Tierrumpf in den Fleischständen genauso, als ob er sich an jenen holländischen Malern ergötzte, an deren Namen sich niemand erinnert, die alles, was man jagte oder was eßbar war, mit allen Einzelheiten gemalt haben.

Ein Markt kommt einem guten Museum wie dem

Prado oder der Accademia, wie sie jetzt ist, am nächsten, dachte der Colonel.

Er ging durch eine Gasse und war auf dem Fischmarkt.

Auf dem Markt lagen die schweren graugrünen Hummer mit den magentaroten Obertönen, die bereits ihren Tod im siedenden Wasser ankündeten, auf dem glitschigen Steinboden ausgebreitet oder in Körben oder in Kisten, die mit Henkeln aus Tauen versehen waren. Sie sind alle durch Hinterlist zu Gefangenen gemacht worden, dachte der Colonel, und ihre Scheren sind geknebelt.

Dort lagen die kleinen Seezungen und ein paar Albacore und Bonitos. Die sehen wie Kugeln aus mit 'nem Schiffsheck daran, dachte der Colonel, irgendwie würdevoll im Tod und mit dem riesigen Auge der Hochseefische.

Es war nicht ihre Bestimmung, gefangen zu werden; wären sie nur nicht so gefräßig gewesen! Die arme Seezunge lebt in seichtem Wasser den Menschen zur Nahrung. Aber diese anderen umherschweifenden Kugeln leben in großen Zügen im blauen Wasser und ziehen durch alle Ozeane und Meere.

Einen Nickel geb ich dir jetzt für deine Gedanken, dachte er. Wollen mal sehen, was es sonst gibt.

Da gab es viele Aale, die noch lebten, aber nicht mehr dreist auf ihr Aaltum vertrauten. Es gab schöne Garnelen, aus denen sich ein scampi brochetto machen ließ, aufgespießt und geröstet auf einem degenartigen Instrument, das man wie einen Brooklyner Eisspieß benutzen konnte. Es gab mittelgroße Krebse, grau und schillernd, die auch ihrerseits auf das siedende Wasser und ihre Unsterblichkeit warteten und deren ausgepulte Schalen bei Ebbe leicht auf dem Canal Grande hinausschwemmten.

Der behende Krebs mit Fühlern, länger als der

Schnurrbart von jenem alten japanischen Admiral, da ist er, um zu unserem Wohl zu sterben, dachte der Colonel. Ach, du christlicher Krebs, dachte er, Meister des Rückzugs, mit deinem wunderbaren Sicherheitsdienst in jenen zwei leichten Antennen, warum hat man dich nicht über Netze belehrt und über die Gefährlichkeit von Lichtern aufgeklärt?

Muß irgendwas versagt haben, dachte er.

Jetzt musterte er all die vielen kleinen Schalentiere, die scharfrandigen Venusmuscheln, die man nur roh essen sollte, wenn man mit seinen Typhusinjektionen nicht im Rückstand war, und all die kleinen Köstlichkeiten.

Er ging an diesen vorbei und blieb stehen, um einen Händler zu fragen, wo er seine Muscheln herbekäme. Sie kamen von einer guten Stelle, wo keine Abwässer waren, und der Colonel ließ sich sechs öffnen.

Er trank den Saft und schnitt das Fleisch heraus; er schnitt mit dem gebogenen Messer, das ihm der Mann gereicht hatte, ganz dicht an der Muschel entlang. Der Mann hatte ihm das Messer gereicht, weil er aus Erfahrung wußte, daß der Colonel dichter an der Muschel entlangschnitt, als man es ihm selbst beigebracht hatte.

Der Colonel bezahlte ihm den Hungerlohn, den sie kosteten, der viel mehr betragen mußte als der Hungerlohn, den die erhielten, die sie fingen, und er dachte: Jetzt muß ich mir noch die Fluß- und Kanalfische ansehen und dann ins Hotel zurückgehen.

23

Der Colonel betrat das Vestibül des „Gritti Palace Hotel", nachdem er die Gondolieri entlohnt hatte. Hier drinnen im Hotel war kein Wind.

Es hatte zweier Männer bedurft, um die Gondel vom Markt aus den Canal Grande heraufzurudern. Sie hatten beide schwer gearbeitet, und er hatte ihnen bezahlt, was es wert war und noch etwas mehr.

„Waren irgendwelche Anrufe für mich?" fragte er den Concierge, der jetzt Dienst tat.

Der Concierge war schmächtig und fix; er hatte scharfe Züge; er war intelligent und immer höflich, ohne unterwürfig zu sein. Er trug die gekreuzten Schlüssel seines Amts auf den Aufschlägen seiner blauen Uniform ohne Wichtigtuerei. Er war der Concierge. Es ist ein Rang, der ungefähr dem eines Captain entspricht, dachte der Colonel. Ein Offizier, aber kein Gentleman. Früher, in den guten alten Zeiten, hätte man Master Sergeant gesagt, nur daß er immer mit den Bonzen zu tun hat.

„Die Contessa hat zweimal angerufen", sagte der Concierge auf englisch. Oder wie man die Sprache, die wir alle sprechen, benennen soll, dachte der Colonel. Lassen wir es bei Englisch. Das ist ja ungefähr alles, was man ihnen gelassen hat. Man sollte ihnen gestatten, den Namen der Sprache zu behalten. Cripps wird sie wahrscheinlich sowieso sehr bald rationieren.

„Bitte, verbinden Sie mich sofort mit ihr", sagte der Colonel.

Der Concierge begann die Nummer zu wählen.

„Sie können da drüben sprechen, Colonel", sagte er. „Ich habe die Verbindung hergestellt."

„Sie sind fix."

„Dort drüben", sagte der Concierge.

In der Zelle hob der Colonel den Hörer ab und sagte automatisch: „Hier Colonel Cantwell."

„Ich habe zweimal angerufen, Richard", sagte das Mädchen. „Aber man hat mir gesagt, daß du ausgegangen wärst. Wo warst du?"

„Auf dem Markt. Wie geht's dir, meine Schöne?"

„Um diese Zeit hört niemand mit am Telefon. Ich bin deine Schöne. Wer immer das auch ist."

„Du. Hast du gut geschlafen?"

„Es war wie Skilaufen im Dunkeln. Nicht wirklich Skilaufen, aber wirklich dunkel."

„So soll es auch sein. Wieso bist du so früh aufgewacht? Du hast den Concierge hier erschreckt."

„Wenn es nicht unjungmädchenhaft ist: wie bald können wir uns treffen und wo?"

„Wo du willst, und wann du willst."

„Hast du die Steine noch, und hat dir Miss Porträt etwas geholfen?"

„Ja, auf beide Fragen. Die Steine sind in meiner zugeknöpften, oberen Tasche links, und Miss Porträt und ich haben uns spät und früh unterhalten, und alles war dadurch viel leichter."

„Liebst du sie mehr als mich?"

„Ich bin doch noch nicht anomal. Vielleicht ist das Prahlerei. Aber schön ist sie."

„Wo wollen wir uns treffen?"

„Wollen wir bei ‚Florian', auf der rechten Seite des Platzes, frühstücken? Der Platz wird überschwemmt sein. Es wird Spaß machen, es zu beobachten."

„Ich werde in zwanzig Minuten da sein, wenn du mich haben willst."

„Ich will dich haben", sagte der Colonel und hängte an.

Als er aus der Telefonzelle trat, fühlte er sich plötzlich nicht wohl, und dann war es ein Gefühl, als ob ihn der Teufel in einem eisernen Käfig hielt, der wie eine eiserne Lunge oder wie eine eiserne Jungfrau gebaut war, und er ging – grau im Gesicht – zum Pult des Concierge und sagte auf italienisch: „Domenico, Ico, könnten Sie mir bitte ein Glas Wasser holen?"

Der Concierge verschwand, und er stützte sich auf das Pult, um sich zu erholen. Er lehnte leicht dagegen, ohne sich etwas vorzumachen. Dann kam der Concierge mit dem Glas Wasser zurück, und er nahm vier Tabletten von der Sorte, von denen man eigentlich zwei nimmt, und er lehnte weiter so leicht auf dem Pult wie ein Habicht.

„Domenico“, sagte er.

„Jawohl.“

„Ich habe hier etwas in einem Umschlag, was Sie in den Safe legen können. Entweder werde ich es selbst holen oder es schriftlich abrufen, oder es wird von der Dame, mit der Sie mich eben telefonisch verbunden haben, abgeholt. Möchten Sie, daß ich Ihnen das schriftlich gebe?“

„Nein, das ist überflüssig.“

„Aber wie steht's mit Ihnen, mein Junge? Sie sind nicht unsterblich oder doch?“

„Doch, ziemlich“, sagte der Concierge. „Aber ich werde es zu Papier geben, und nach mir kommen der Direktor und der stellvertretende Direktor an die Reihe.“

„Beides gute Leute“, stimmte der Colonel zu.

„Wollen Sie sich nicht setzen, Colonel?“

„Nein. Wer setzt sich schon, außer Männer und Frauen in Wechseljahr-Hotels? Setzen Sie sich denn?“

„Nein.“

„Ich kann mich im Stehen ausruhen oder gegen einen verfluchten Baum gelehnt. Meine Landsleute setzen sich hin oder legen sich hin oder fallen hin. Geben Sie Ihnen ein paar Kraftkekse, damit sie mit dem Gewinsel aufhören.“

Er redete zuviel, um sein Selbstvertrauen schnell wiederzuerlangen.

„Gibt es denn wirklich Kraftkekse?“

„Gewiß. In denen ist was drin, das einen vor Erektionen bewahrt. Es ist wie die Atombombe, nur rückwärts gespielt.“

„Das kann ich mir nicht vorstellen.“

„Wir haben die fabelhaftesten militärischen Geheimnisse, die je eine Generalsfrau einer anderen mitgeteilt hat. Kraftkekse sind das wenigste. Nächstes Mal werden wir aus einer Höhe von zwanzigtausend Metern ganz Venedig mit Wurstvergiftung infizieren“, erklärte der Colonel. „Kommt nicht viel bei raus. Sie geben euch Wurstvergiftung, und ihr gebt ihnen Karbunkel.“

„Aber das wird ja grauenhaft sein.“

„Es wird noch schlimmer sein“, versicherte ihm der Colonel. „Dies ist nicht in den Geheimakten. Es ist alles veröffentlicht. Und während es vor sich geht, können Sie, falls Sie das Radio richtig einstellen, Margaret Truman das ‚Star Spangled Banner‘ singen hören. Ich glaube, das ließe sich arrangieren. Ich möchte die Stimme nicht als groß bezeichnen. Nicht was wir unter einer Stimme verstehen, wie wir früher die guten gehört haben. Aber alles ist heutzutage ein Trick. Eine Stimme kann beinahe vom Radio gemacht werden, und das ‚Star Spangled Banner‘ ist bis zum Schluß hin nicht umzubringen.“

„Glauben Sie, daß man hier was abwerfen wird?“

„Nein, das hat man nie getan.“

Der Colonel war jetzt ein General mit vier Sternen, voller Grimm und in Todesqual und mit dem Bedürfnis nach Selbstvertrauen, das er für den Moment durch das Einnehmen der Tabletten wiedererlangt hatte, und sagte: „Ciao, Domenico“, und verließ das „Gritti“.

Er rechnete damit, daß er zwölf und eine halbe Minute benötigen würde, um zu dem Platz zu gelangen, wo seine einzig wahre Liebe wahrscheinlich ein wenig verspätet eintreffen würde. Er ging behutsam und im richtigen Tempo. Auf den Brücken war es immer dasselbe.

24

Seine Liebste war genau zu der Zeit da, die sie angegeben hatte. Sie war in dem harten Morgenlicht, das auf den überschwemmten Platz fiel, so schön wie immer und sagte: „Bitte, Richard, geht es dir auch wirklich gut? Bitte."

„Gewiß", sagte der Colonel. „Meine neugierige Schöne."

„Bist du auf dem Markt zu all unseren Ständen gegangen?"

„Nur zu einigen. Ich bin nicht dahin gegangen, wo sie die Wildenten haben."

„Danke."

„Wofür denn?" fragte der Colonel. „Ich gehe nie dorthin, wenn wir nicht zusammen sind."

„Glaubst du nicht, daß ich auf die Jagd mitkommen sollte?"

„Nein. Ich bin ganz sicher, Alvarito hätte dich aufgefordert, wenn er dich gern dabei gehabt hätte."

„Vielleicht hat er mich nicht aufgefordert, weil er mich gern dabei gehabt hätte?"

„Das kann sein", sagte der Colonel und erwog dies zwei Sekunden lang. „Was willst du zum Frühstück?"

„Das Frühstück hier taugt nichts, und ich mag die Piazza nicht, wenn sie überschwemmt ist. Es ist traurig hier, und die Tauben haben keinen Platz, wo sie sich hinsetzen können. Es ist eigentlich nur zum Schluß nett, wenn die Kinder darauf spielen. Wollen wir gehen und im ‚Gritti' frühstücken?"

„Möchtest du gern?"

„Ja."

„Schön, dann wollen wir dort frühstücken. Ich hab meines bereits gehabt."

„Wirklich?"

„Ich werde mir Kaffee und warme Brötchen bestellen und mit ihnen herumspielen. Bist du furchtbar hungrig?"

„Furchtbar", sagte sie ehrlich.

„Wir werden mit allen Schikanen frühstücken", sagte der Colonel. „Du wirst nachher wünschen, du hättest niemals was von Frühstück gehört."

Als sie mit dem Wind im Rücken gingen und ihr Haar herrlicher wehte als irgendein Banner, fragte sie ihn und schmiegte sich dicht an ihn: „Liebst du mich noch in dem kalten, harten venezianischen Morgenlicht? Es ist wirklich kalt und hart, nicht?"

„Ich liebe dich, und es ist kalt und hart."

„Ich hab dich die ganze Nacht durch geliebt, als ich im Dunkeln Ski lief."

„Wie machst du denn das?"

„Die Abfahrten sind die gleichen, nur daß es dunkel ist, und der Schnee ist dunkel statt hell. Man läuft Ski wie sonst, beherrscht und gut."

„Bist du die ganze Nacht über Ski gelaufen? Das wären eine Menge Abfahrten."

„Nein. Nachher hab ich ganz tief und fest geschlafen, und ich bin vergnügt aufgewacht. Du warst bei mir, und du hast wie ein Baby geschlafen."

„Ich war nicht bei dir, und ich hab nicht geschlafen."

„Jetzt bist du bei mir", sagte sie und drängte sich dicht an ihn.

„Und wir sind beinah dort."

„Ja."

„Hab ich dir schon richtig gesagt, daß ich dich liebe?"

„Du hast es mir gesagt. Aber sag es mir noch mal."

„Ich liebe dich", sagte er. „Akzeptier es bitte frontal und formell."

„Ich akzeptiere es, wie du möchtest, solange es wahr ist."

„Das ist die rechte Einstellung“, sagte er. „Du Gute, Tapfere, Schöne. Wende dein Haar ganz zur Seite, wenn wir oben auf der Brücke sind, so daß es schräg davonweht.“

„Das ist leicht getan“, sagte sie. „Magst du's?“

Er blickte sie an und sah ihr Profil und ihre zauberhafte Frühmorgenfarbe und ihre schwellende Brust unter dem schwarzen Sweater und ihre Augen im Wind, und er sagte: „Ja, ich mag's.“

„Das freut mich sehr“, sagte sie.

25

Im „Gritti“ wies ihnen der Gran Maestro den Tisch an, der neben dem Fenster war, das auf den Canal Grande hinausging. Außer ihnen war niemand im Speisesaal.

Der Gran Maestro war fröhlich und morgendlich frisch. Er fand sich Tag für Tag mit seinen Geschwüren ab und mit seinem Herzen auf dieselbe Art. Wenn sie ihm nicht weh taten, tat auch ihm nichts weh.

„Ihr pockennarbiger Landsmann frühstückt im Bett in seinem Hotel, hat mir mein Kollege erzählt“, vertraute er dem Colonel an. „Vielleicht kommen ein paar Belgier. ‚Die Tapfersten unter ihnen aber sind die Belgier‘“, zitierte er. „Wir haben ein Pärchen pescecani. Nun, Sie wissen schon woher. Aber sie sind erschöpft, und ich glaube, sie werden wie Schweine in ihrem Zimmer frühstücken.“

„Ein ausgezeichneter Lagebericht“, sagte der Colonel. „Unser Problem, Gran Maestro, besteht darin, daß ich bereits auf dem Zimmer gefrühstückt habe, wie mein pockennarbiger Landsmann es tut und wie die pescecani es tun werden. Aber diese Dame ...“

„Dieses junge Mädchen“, unterbrach ihn der Gran Maestro mit einem Lächeln auf dem ganzen Gesicht. Er fühlte sich sehr wohl, da es ein völlig neuer Tag war.

„Diese sehr junge Dame wünscht so zu frühstücken, daß das Frühstück ein für allemal ein Ende hat."

„Ich verstehe", sagte der Gran Maestro, und er blickte Renata an, und sein Herz drehte sich um wie eine Schildkröte im Meer. Es ist eine wunderbare Bewegung, und nur ganz wenige Menschen auf dieser Welt können sie fühlen und ausführen.

„Was willst du essen, Tochter?" fragte der Colonel und blickte ihre frühmorgendliche, unretuschierte dunkle Schönheit an.

„Alles."

„Könntest du irgendwelche Vorschläge machen?"

„Tee an Stelle von Kaffee, und sonst, was immer der Gran Maestro an Resten übrig hat."

„Es werden keine Reste sein, Tochter", sagte der Gran Maestro.

„Ich bin derjenige, der Tochter zu ihr sagt."

„Ich habe es so gemeint, wie ich's gesagt habe", sagte der Gran Maestro. „Wir können rognons mit gegrillten Champignons machen oder fabricar, die von Leuten, die ich kenne, gesammelt worden sind, oder in feuchten Kellern gezogen wurden. Es kann ein Omelett mit Trüffeln geben, die von ganz vornehmen Schweinen ausgegraben worden sind. Wir haben echten kanadischen Speck, der vielleicht sogar aus Kanada kommt."

„Wo immer das ist", sagte das Mädchen vergnügt und ohne ihre Illusionen einzubüßen.

„Wo immer das ist", sagte der Colonel ernsthaft. „Und ich weiß verdammt gut, wo das ist."

„Ich finde, wir sollten mit dem Ulk aufhören und mit dem Frückstück Ernst machen."

„Wenn es nicht unjungmädchenhaft ist, ist das auch meine Meinung."

„Für mich eine abgefüllte Flasche Valpolicella."

„Sonst nichts?"

„Bringen Sie mir eine Portion von dem sogenannten kanadischen Speck", sagte der Colonel.

Er blickte das Mädchen an, und da sie jetzt allein waren, sagte er: „Wie geht's dir, meine Liebste?"

„Sehr hungrig, glaube ich", sagte das Mädchen. „Aber ich dank dir schön, daß du so lange hintereinander freundlich gewesen bist."

„Das war leicht", sagte der Colonel zu ihr auf italienisch.

26

Sie saßen an ihrem Tisch und beobachteten die stürmische Helligkeit über dem Kanal. Das Grau hatte sich jetzt durch die Sonne in ein Gelbgrau verwandelt, und die Wellen arbeiteten der Ebbe entgegen.

„Mammi sagt, sie kann nicht zu lange Zeit hintereinander hier leben, weil es keine Bäume gibt", sagte das Mädchen. „Deswegen geht sie aufs Land."

„Aus dem Grund gehen alle aufs Land", sagte der Colonel. „Wir könnten ein paar Bäume pflanzen, wenn wir ein Haus mit einem ausreichend großen Garten fänden."

„Ich habe lombardische Pappeln und Platanen am liebsten, aber ich verstehe sehr wenig davon."

„Die mag ich auch und dann Zypressen und Kastanien. Echte Kastanien und die anderen. Aber du wirst niemals richtige Bäume sehen, Tochter, bevor wir nach Amerika kommen. Warte mal ab, bis du eine Weißfichte oder eine Ponderosafichte gesehen hast."

„Werden wir welche sehen, wenn wir unsere große Reise machen und an all den Tankstellen oder Aborten, oder wie immer sie heißen, haltmachen?"

„Bungalows und Touristenlager", sagte der Colonel. „Bei den anderen halten wir an, aber wir bleiben nicht über Nacht."

„Ich möchte so gern, daß wir an einem Abort vorfahren, und ich mein Geld hineinschmeiße und ihnen sage, daß sie auffüllen sollen, und: ‚Kontrollier den Ölstand, Mac', so wie es in amerikanischen Büchern und Filmen ist."

„Das ist eine Tankstelle."

„Und was ist ein Abort?"

„Weißt du, wo man ..."

„Oh", sagte das Mädchen und errötete. „Verzeih. Ich möchte so gern Amerikanisch lernen. Aber ich fürchte, ich werde barbarische Dinge sagen, so wie du manchmal auf italienisch."

„Es ist eine leichte Sprache. Je weiter westlich man kommt, desto selbstverständlicher und leichter wird es."

Der Gran Maestro brachte das Frühstück, und der Duft davon kam ihnen als gerösteter Speck und Nieren entgegen, zu dem sich der matte Geruch von gegrillten Pilzen gesellte, obgleich er sich dank der silbernen Deckel auf den Schüsseln nicht im Zimmer verbreitete. „Es sieht wunderbar aus", sagte das Mädchen. „Danke vielmals, Gran Maestro. Soll ich mal amerikanisch reden?" fragte sie den Colonel.

Sie schnellte ihre Hand dem Gran Maestro leicht und geschwind wie ein Rapier entgegen und sagte: „Gratuliere, Freund. Der Fraß ist einmalig."

Der Gran Maestro sagte: „Danke, my Lady."

„Hätte ich Fressen statt Fraß sagen sollen?" fragte das Mädchen den Colonel.

„Die beiden sind auswechselbar."

„Haben sie im Westen, als du ein Junge warst, so gesprochen? Was würdest du beim Frühstück sagen?"

„Das Frühstück wurde vom Koch angerichtet oder angeboten. Er würde sagen: Kommt's und holt's euch, ihr Schweinehunde, oder ich schmeiß es weg."

„Das muß ich für unseren Landaufenthalt lernen. Wenn wir mal den englischen Gesandten und seine langweilige Frau zum Essen da haben, werde ich dem Diener, der das Essen ankündigt, beibringen, daß er sagt: Kommt's und holt's euch, ihr Schweinehunde, sonst schmeißen wir's weg."

„Der wird abwerten", sagte der Colonel. „Auf jeden Fall wär's ein interessantes Experiment."

„Sag mir was auf echt amerikanisch, was ich zu dem Pokkennarbigen sagen kann, wenn er reinkommt. Ich werde es ihm ins Ohr flüstern, als ob ich mit ihm ein Rendezvous verabreden wollte, so, wie man's früher machte."

„Es hängt davon ab, wie er aussieht. Wenn er sehr übernächtig aussieht, könntest du ihm zuflüstern: ‚Hör mal, Mac, du hast dich doch als starker Mann verdingt, was?'"

„Das ist wunderbar", sagte sie und wiederholte es mit einer Stimme, die sie Ida Lupino abgelauscht hatte. „Kann ich das zu dem Gran Maestro sagen?"

„Gewiß. Warum nicht? Gran Maestro!"

Der Gran Maestro kam heran und neigte sich aufmerksam vor.

„Hör mal, Mac. Du hast dich doch als starker Mann verdingt, was?" schnauzte ihn das Mädchen an.

„Das hab ich wahrhaftig", sagte der Gran Maestro. „Ergebensten Dank, daß Sie es so genau formulieren."

„Wenn der da reinkommt und du mit ihm sprechen willst, nachdem er gegessen hat, flüster ihm einfach ins Ohr: ‚Wisch dir das Ei vom Kinn, Jack. Brust raus und hau ab.'"

„Das werde ich mir merken und es zu Hause üben."

„Was wollen wir nach dem Frühstück machen?"

„Wollen wir raufgehen und das Bild betrachten und

sehen, ob es bei Tageslicht Wert hat, ich meine, etwas taugt?"

„Ja", sagte der Colonel.

27

Sein Zimmer oben war bereits aufgeräumt, was den Colonel freute, da er befürchtet hatte, den Schauplatz möglicherweise in großer Unordnung zu finden.

„Stell dich mal daneben", sagte er. Dann fiel ihm ein, „bitte" hinzuzusetzen.

„Es ist natürlich gar kein Vergleich", sagte er. „Ich habe nicht Ähnlichkeit gemeint. Die Ähnlichkeit ist frappant."

„Sollte denn überhaupt ein Vergleich sein?" fragte das Mädchen und warf den Kopf zurück und stand da in dem schwarzen Sweater des Porträts.

„Natürlich nicht. Aber gestern abend und bei Morgengrauen habe ich mit deinem Porträt gesprochen, als ob du's wärst."

„Das war nett von dir und zeigt, daß es seinem Zweck gedient hat."

Sie lagen jetzt auf dem Bett, und das Mädchen sagte zu ihm: „Machst du eigentlich nie die Fenster zu?"

„Nein. Du?"

„Nur wenn's regnet. Wie ähnlich sind wir einander?"

„Ich weiß es nicht. Wir hatten noch nie recht Gelegenheit, um das festzustellen."

„Wir haben noch nie eine richtige Gelegenheit gehabt, aber ausreichend für mich, um es zu wissen."

„Und wenn du's weißt, was, zum Teufel noch mal, hast du dann schon?" fragte der Colonel.

„Ich weiß es nicht. Wahrscheinlich etwas mehr als vorher."

„Gewiß. Danach sollten wir streben. Ich halte nichts von begrenzten Zielen. Manchmal ist man jedoch dazu gezwungen."

„Was ist deine schwerste Sorge?"

„Die Befehle von anderen zu befolgen, und deine?"

„Du."

„Ich will nicht deine Sorge sein. Ich bin oft genug ein armseliger Hundsfott gewesen. Aber ich war nie die Sorge eines anderen Menschen."

„Und jetzt bist du meine."

„In Ordnung", sagte er. „Lassen wir's dabei."

„Es ist nett von dir, daß du es dabei läßt. Du bist sehr lieb heute morgen. Ich schäme mich so, daß alles so ist. Bitte halt mich sehr fest, und laß uns nicht reden und nicht daran denken, daß alles anders hätte sein können."

„Tochter, das gehört zu den wenigen Dingen, in denen ich mich auskenne."

„Du weißt von vielen, vielen Dingen. Sag doch nicht so was."

„Gewiß", sagte der Colonel. „Ich weiß, wie man beim Angriff kämpft, und wie man auf dem Rückzug kämpft und was sonst noch?"

„Über Bilder und über Bücher und über das Leben."

„Das ist leicht. Man sieht ein Bild einfach ohne Vorurteil an, und man liest Bücher mit einem so offenen Sinn, wie er einem zur Verfügung steht, und man lebt das Leben."

„Bitte, zieh deinen Rock nicht aus."

„In Ordnung."

„Du tust alles, wenn ich ‚bitte' sage."

„Ich hab auch manches ohne ‚bitte' getan."

„Nicht sehr vieles."

„Nein", stimmte der Colonel zu. „‚Bitte' ist ein hübsches Wort."

„Bitte, bitte, bitte."

„Per piacere. Es bedeutet zum Vergnügen. Ich wünschte, wir sprächen immer italienisch."

„Das könnten wir im Dunkeln. Obschon es Dinge gibt, die sich besser auf englisch sagen lassen." Sie zitierte: „‚Ich liebe dich, meine letzte, wahrhafte und einzige Liebe.' – ‚Als der Flieder im Torweg in Blüte stand.' – ‚Und aus der Wiege, die ständig im Schwunge.' – ‚Und kommt's und holt's euch, ihr Schweinehunde, oder ich schmeiß es weg.' All das würdest du doch nicht in einer anderen Sprache hören wollen, oder doch, Richard?"

„Nein."

„Bitte, küß mich noch mal."

„Überflüssige Bitte."

„Ich würde wahrscheinlich selbst als überflüssige Bitte enden. Das ist das Gute an deinem baldigen Tod, daß du mich nicht verlassen kannst."

„Das ist etwas derb", sagte der Colonel „Bei diesem Thema muß dein wunderschöner Mund aufpassen, daß deine Zunge dir nicht durchgeht."

„Ich bin derb wie du auch", sagte sie. „Du möchtest mich doch nicht völlig anders haben, oder doch?"

„Ich möchte dich in keiner Weise anders haben, als du bist, und ich liebe dich wahrhaft, endgültig und ein für allemal."

„Du sagst manchmal so nette Sachen und auf ganz präzise Art. Was ist eigentlich mit dir und deiner Frau passiert, wenn ich's wissen darf?"

„Sie war eine ehrgeizige Frau, und ich war zuviel fort."

„Meinst du damit, daß sie aus Ehrgeiz fort war, wenn du nur fort warst, um deinen Pflichten nachzukommen?"

„Jawohl", sagte der Colonel und suchte sich so wenig verbittert wie nur möglich an alles zu erinnern. „Sie hatte mehr Ehrgeiz als Napoleon und ungefähr so viel Begabung wie die Durchschnittsabiturientin."

„Was immer das ist“, sagte das Mädchen. „Aber wir wollen nicht von ihr sprechen. Verzeih, daß ich gefragt habe. Sicher ist sie traurig, weil sie nicht mit dir zusammen sein kann.“

„Nein. Sie ist zu eingebildet, um je traurig zu sein, und sie hat mich damals geheiratet, um in Militärkreisen zu avancieren und bessere Beziehungen anknüpfen zu können für das, was sie für ihren Beruf oder ihre Kunst hielt. Sie war Journalistin.“

„Aber die sind doch entsetzlich“, sagte das Mädchen.

„Ja, ich bin deiner Meinung.“

„Aber wie konntest du nur eine Journalistin heiraten, die dann Journalistin geblieben ist?“

„Ich hab dir doch erzählt, daß ich Fehler gemacht habe“, sagte der Colonel.

„Wir wollen über was Hübsches reden.“

„Das wollen wir.“

„Aber das war ja entsetzlich. Wie konntest du nur so etwas tun?“

„Ich weiß es nicht. Ich könnte es dir ausführlich erzählen, aber wir wollen das Thema lieber fallenlassen.“

„Ja, bitte, wir wollen es fallenlassen. Aber ich hatte keine Ahnung, daß es etwas so Schreckliches war. Jetzt würdest du doch so etwas nicht tun, nicht wahr?“

„Das verspreche ich dir, meine Süße.“

„Aber schreibst du ihr nie?“

„Natürlich nicht.“

„Du würdest ihr doch nichts über uns erzählen, sonst könnte sie darüber schreiben.“

„Nein. Früher hab ich ihr manches erzählt, und sie hat darüber geschrieben. Aber das war in einem andern Land, und außerdem ist die Dirne tot.“

„Ist sie wirklich tot?“

„Toter als Phöbus der Phönizier. Aber sie weiß es noch nicht.“

„Aber was würdest du tun, wenn wir zusammen auf der Piazza wären und du sie sehen würdest?“

„Ich würde glatt durch sie hindurchsehen, um ihr zu zeigen, wie tot sie ist.“

„Ich danke dir sehr“, sagte das Mädchen. „Weißt du, es ist eine entsetzliche Sache, wenn man als junges Mädchen, wenn man noch keine Erfahrung hat, mit einer anderen Frau oder der Erinnerung an eine Frau fertig werden soll.“

„Es gibt keine andere Frau“, sagte der Colonel zu ihr, und seine Augen waren böse und voller Erinnerungen. „Und es gibt auch keine Frau in meinem Gedächtnis.“

„Danke sehr“, sagte das Mädchen. „Wenn ich dich ansehe, glaube ich es wirklich. Aber bitte, sieh mich niemals so an und denk auch nie so an mich.“

„Wollen wir sie zu Tode hetzen und an einem hohen Baum aufhängen?“ sagte der Colonel voller Erwartung.

„Nein. Wir wollen sie vergessen.“

„Sie ist vergessen“, sagte der Colonel. Und sonderbar genug war sie's. Es war sonderbar, weil sie einen Augenblick leibhaftig im Zimmer gewesen war und beinahe eine Panik hervorgerufen hatte, mit das Sonderbarste, was es gibt, dachte der Colonel. Über Panik wußte er Bescheid.

Aber sie war jetzt fort, ein für allemal, kauterisiert und exorziert; mit den elf Durchschlägen ihrer Reklassifizierungspapiere, denen die formelle vorm Notar beglaubigte Akte ihrer Ehescheidung in dreifacher Ausführung beigefügt war.

„Sie ist vergessen“, sagte der Colonel. Es war wirklich wahr.

„Ich bin so froh darüber“, sagte das Mädchen. „Ich weiß gar nicht, warum man sie überhaupt hier ins Hotel hereingelassen hat.“

„Wir sind einander ähnlich genug“, sagte der Colonel.

„Verflucht noch mal, wir wollen es lieber nicht zu weit treiben."

„Du kannst sie aufhängen, wenn du möchtest, weil wir ihretwegen nicht heiraten können."

„Sie ist vergessen", sagte der Colonel zu ihr. „Vielleicht wird sie sich einmal richtig im Spiegel besehen und sich selber aufhängen."

„Jetzt, wo sie aus dem Zimmer raus ist, sollten wir ihr nichts Böses wünschen. Aber als gute Venezianerin wünschte ich, sie wäre tot."

„Ich auch", sagte der Colonel. „Und jetzt, da sie's nicht ist, wollen wir sie auf immer vergessen."

„Auf immer und ewig", sagte das Mädchen. „Hoffentlich ist das die korrekte Redewendung. Oder auf spanisch para sempre."

„Para sempre und sein Bruder", sagte der Colonel.

28

Sie lagen jetzt beieinander und sprachen kein Wort, und der Colonel fühlte ihren Herzschlag. Es ist leicht, ein Herz unter einem schwarzen Sweater, der von einem in der Familie gestrickt worden ist, schlagen zu hören, und ihr dunkles Haar lag lang und schwer auf seinem guten Arm. Es ist nicht schwer, dachte er. Es ist leichter als irgendwas sonst auf der Welt. Sie lag ruhig und zärtlich da, und was immer sie auch besaßen war in völliger Übereinstimmung. Er küßte sie auf den Mund, sanft und hungrig, und dann, als ihr Eins-Sein vollkommen war, war es plötzlich, als sei ein Zustand der Bewegungslosigkeit entstanden.

„Richard", sagte sie. „Es tut mir so leid wegen allem."

„Es soll dir nichts je leid tun", sagte der Colonel. „Niemals Verluste diskutieren, Tochter."

„Sag es noch einmal."

„Tochter."

„Willst du mir etwas Schönes erzählen, das ich dann für die ganze Woche habe, und noch etwas vom Krieg – für meine Bildung?"

„Wir wollen das Thema Krieg fallenlassen."

„Nein, es ist für meine Bildung notwendig."

„Für meine auch", sagte der Colonel. „Nicht die Manöver. Weißt du, in unserer Armee hat sich einmal ein Generalstabsoffizier durch alle möglichen Schliche den Plan für ein Manöver verschafft. Er sah jeden Zug der feindlichen Streitkräfte voraus und machte einen so genialen Eindruck, daß er über den Kopf von einer Reihe viel besserer Leute hinweg befördert wurde. Und das war der Grund, warum wir einmal geschlagen wurden. Das und das Überhandnehmen von Weekends."

„Wir sind doch jetzt auch auf Weekend."

„Das weiß ich", sagte der Colonel. „Ich kann immer noch bis sieben zählen."

„Aber warum bist du denn über alles so erbittert?"

„Bin ich nicht. Ich bin aber ein halbes Jahrhundert alt und weiß manches."

„Erzähl mir doch noch ein bißchen über Paris; ich möchte so gern die Woche über an dich und Paris denken."

„Tochter, warum läßt du Paris nicht aus dem Spiel?"

„Aber ich bin doch in Paris gewesen, und ich werde wieder dorthin fahren, und ich möchte etwas darüber wissen. Es ist die schönste Stadt der Welt außer unserer Stadt, und ich möchte ein paar Dinge wirklich und wahrhaftig darüber wissen, die ich später dorthin mitnehmen kann."

„Wir werden zusammen hinfahren, und ich werde sie dir dort erzählen."

„Danke, aber erzähl mir jetzt ein bißchen davon, gerade genug für diese Woche."

„Leclerc war ein hochwohlgeborener Laffe, wie ich dir, glaube ich, schon erklärt habe. Sehr tapfer, sehr arrogant und außerordentlich ehrgeizig. Er ist tot, wie ich schon sagte."

„Ja, das hast du mir erzählt."

„Es heißt, daß man Toten nichts Böses nachsagen soll. Aber ich finde, es ist der beste Zeitpunkt, um die Wahrheit über sie zu sagen. Ich habe niemals etwas über einen Toten gesagt, was ich ihm nicht ins Gesicht gesagt hätte", und er fügte hinzu: „Ohne ein Blatt vor den Mund zu nehmen."

„Laß uns nicht weiter von ihm reden. Ich habe ihn im Geist degradiert."

„Was möchtest du denn hören, etwas Malerisches?"

„Ja, bitte. Ich habe einen schrecklich schlechten Geschmack durch die illustrierten Zeitungen. Aber ich werde die ganze Woche über, während du fort bist, Dante lesen. Und ich werde jeden Morgen zur Messe gehen. Das sollte genügen."

„Geh auch vor dem Lunch zu ‚Harry'."

„Das werde ich", sagte sie. „Bitte, erzähl mir etwas Malerisches."

„Findest du nicht, daß wir lieber ein bißchen schlafen sollten?"

„Wie können wir jetzt schlafen, wo wir so wenig Zeit haben? Fühl dies", sagte sie und drängte mit ihrem ganzen Kopf unter sein Kinn, bis sie seinen Kopf hintenüber gezwängt hatte.

„In Ordnung. Ich werde erzählen."

„Erst gib mir noch deine Hand zu halten. Ich werde sie dann in meiner Hand halten, wenn ich Dante lese und die anderen Dinge tue."

„Dante war ein abscheulicher Mensch. Noch eingebildeter als Leclerc."

„Ich weiß, aber er schrieb nicht abscheulich."

„Nein, und Leclerc kämpfte vorzüglich."

„Jetzt erzähl mir."

Ihr Kopf lag jetzt auf seiner Brust, und der Colonel sagte: „Warum wolltest du denn nicht, daß ich meinen Rock ausziehe?"

„Ich fühle die Knöpfe so gern. Ist das unrecht?"

„Ich bin ein armseliger Hundsfott", sagte der Colonel. „Wie viele in deiner Familie waren Soldaten?"

„Alle", sagte sie. „Immer. Außerdem waren sie Kaufleute, und einige waren Dogen dieser Stadt, wie du ja weißt."

„Aber sie haben alle gekämpft?"

„Alle", sagte sie. „Soweit ich weiß."

„Okay", sagte der Colonel. „Ich werde dir alles erzählen, was du wissen willst."

„Einfach etwas Malerisches. So schlimm oder noch schlimmer als was in den Illustrierten steht."

„In der ‚Domenica del Corriere' oder der ‚Tribuna Illustrata'?"

„Noch schlimmer, wenn möglich."

„Gib mir zuerst einen Kuß."

Sie küßte ihn zärtlich und heftig und verzweifelt, und der Colonel konnte weder an seine Kämpfe noch an malerische oder seltsame Ereignisse denken. Er dachte nur an sie, und wie sie sich anfühlte, und wie nah das Leben in der Ekstase dem Tode kommt. Und verflucht noch mal, was ist Ekstase? Und was ist die Rang- und Seriennummer von Ekstase? Und wie fühlt sich ihr schwarzer Sweater an? Und wer schuf all ihre Weichheit und Köstlichkeit und ihren seltsamen Stolz und ihre Hingabe und ihre Kinderweisheit? Ja, vielleicht hättest du Ekstase haben können, und statt dessen ist dein Los der Bruder des Schlafs.

Der Tod ist beschissen, dachte er. Er kommt in lauter kleinen Bruchstücken zu dir, und man sieht kaum, wo er eingedrungen ist. Manchmal kommt er auf schauderhafte Art. Er kann von ungekochtem Wasser herrühren oder einem nicht hinaufgezogenen Moskitostiefel, oder er kann mit dem ungeheuren, weißglühenden, tosenden Heulen kommen, in dem wir gelebt haben. Er kommt im schwachen, knisternden Rascheln, das dem Geräusch der automatischen Waffen vorangeht. Er kann im rauchausströmenden Bogen der Granaten oder dem scharfen, krachenden Aufschlag aus einem Mörser kommen.

Ich habe ihn kommen sehen, wie er sich vom Bombengestell loslöste und in jener eigentümlichen Kurve fiel. Er kommt in dem rasselnden, berstenden Zusammenkrachen von Fahrzeugen oder dem einfachen Mangel an Zugkraft auf einer glitschigen Straße.

Die meisten Leute trifft er im Bett an, ich weiß, wie sein Gegenspieler, die Liebe. Ich habe beinahe mein ganzes Leben mit ihm verlebt, und mein Beruf war, ihn auszuteilen. Aber was kann ich diesem Mädchen jetzt an diesem kalten, windigen Morgen im „Gritti Palace Hotel“ erzählen?

„Was möchtest du gern wissen, Tochter?“ fragte er sie.

„Alles.“

„In Ordnung“, sagte der Colonel. „Jetzt geht's los.“

29

Sie lagen auf dem angenehm harten, frisch gemachten Bett, mit den Beinen fest aneinander gepreßt, und ihr Kopf ruhte auf seiner Brust, und ihr Haar fiel über seinen alten, sehnigen Hals, und er erzählte ihr.

„Wir landeten ohne viel Widerstand. Der richtige Widerstand war an dem anderen Strand. Dann mußten wir mit den Leuten, die mit Fallschirmen abgesprungen waren, Verbindung herstellen und verschiedene Städte nehmen und sichern, und dann nahmen wir Cherbourg. Das war schwierig und mußte sehr schnell gehen, und die Befehle kamen von einem General, den man Blitz-Joe nannte, und von dem du niemals gehört haben wirst. Ein guter General."

„Bitte, erzähl weiter. Du hast mir schon mal von Blitz-Joe erzählt."

„Nach Cherbourg gehörte uns alles. Ich nahm nichts außer einem Admiralskompaß, weil ich damals ein kleines Boot in der Chesapeake Bay hatte. Aber wir tranken all den mit dem Stempel der Wehrmacht versehenen Martell, und manche Leute hatten an die sechs Millionen von den Deutschen gedruckte französische Francs. Sie waren bis letztes Jahr gültig, und damals standen sie fünfzig zu einem Dollar, und manch einer, der wußte, wie man sie durch seine S. oder manchmal auch durch seine Gs nach Hause schicken konnte, hat heute einen Traktor an Stelle von einfach einem Maultier.

Ich stahl nichts bis auf den Kompaß, weil ich glaubte, daß Stehlen Pech bringt, und das hat man im Krieg nicht nötig. Aber ich trank den Cognac, und ich pflegte, wenn ich Zeit hatte, die verschiedenen Verbesserungen auf dem Kompaß nachzuprüfen. Der Kompaß war der einzige Freund, den ich besaß, und das Telefon war mein Leben. Wir hatten mehr Drähte gelegt, als es in Texas Votzen gibt."

„Bitte, erzähl mir weiter und benutz so wenig grobe Worte, wie du kannst. Ich weiß nicht, was das Wort bedeutet, und ich will es auch nicht wissen."

„Texas ist ein großer Staat", sagte der Colonel. „Deswegen habe ich ihn und seine weibliche Bevölkerung als Sinnbild benutzt. Man kann nicht sagen, mehr Votzen als in Wyoming, weil es dort weniger als dreißigtausend gibt, vielleicht, zum Teufel noch mal, sagen wir selbst fünfzig, und es gab eine Menge Draht, und man legte ihn, und man rollte ihn wieder auf und legte ihn von neuem."

„Erzähl weiter."

„Wir wollen alles bis zum Durchbruch auslassen", sagte der Colonel. „Bitte, sag mir, wenn es dich langweilt."

„Nein."

„Also wir machten den mistigen Durchbruch", sagte der Colonel, und jetzt hatte er seinen Kopf ihrem Kopf zugewandt, und er hielt keinen Vortrag; er legte eine Beichte ab.

„Am ersten Tag kamen die meisten durch und warfen den Weihnachtsbaumschmuck ab, der den Radar der anderen stört, und es wurde abgeblasen. Wir waren marschbereit, aber es wurde abgeblasen. Ganz korrekt, davon bin ich überzeugt. Weißt du, ich liebe die allerobersten Bonzen gerade so, wie ich die anderen Schweine liebe."

„Erzähl mir's und sei nicht so böse."

„Die Lage war nicht günstig", sagte der Colonel. „Also am zweiten Tag waren wir dran, wie unsere englischen Vettern sagen, die sich nicht aus der kleinsten Klemme rausarbeiten können, und herüber kamen die Leute aus der wilden blauen Ferne.

Sie stiegen immer noch auf von den Flugplätzen, auf dem grüngrasigen Flugzeugträger, den sie England nannten, auf dem sie lebten, als wir die ersten von ihnen sahen.

Strahlend hell und wunderschön, weil sie inzwischen die Landungsfarbe abgekratzt hatten oder vielleicht auch nicht.

Mein Gedächtnis läßt mich hierbei ein wenig im Stich.

Wie dem auch war, Tochter, ihre Linie dehnte sich weiter ostwärts aus, als man sehen konnte. Es war wie ein langer Eisenbahnzug. Sie flogen hoch am Himmel und waren niemals schöner. Ich sagte zu meinem S-2, wir wollten sie den Walhalla-Express nennen. Hast du genug hiervon?"

„Nein. Ich kann den Walhalla-Express sehen. Wir haben ihn nie in solchen Mengen gesehen. Aber wir haben ihn gesehen. Viele Male."

„Wir waren achtzehnhundert Meter hinter der Stellung, von der wir angreifen sollten, Tochter. Weißt du, was achtzehnhundert Meter im Krieg, wenn man angreift, bedeuten?"

„Nein. Wie könnte ich?"

„Dann ließ die Spitze vom Walhalla-Express farbigen Rauch fallen und machte kehrt und flog heimwärts. Man ließ diesen Rauch vorsichtig niedergehen, und er gab genau das Ziel an, nämlich die Stellungen der Krauts. Es waren gute Stellungen, und vielleicht war es wirklich unmöglich, sie ohne irgendwas Kolossales oder Malerisches, wie wir es da erlebten, aus ihnen rauszukriegen. Dann, Tochter, schmissen die nächsten Sektionen des Walhalla-Express alles in der Welt auf die Krauts ab und dorthin, wo sie wohnten und arbeiteten, um uns aufzuhalten. Später sah es aus, als ob die ganze Erde wie ein Vulkan ausgebrochen war, und die Gefangenen, die wir machten, schlotterten wie ein Mann schlottert, wenn er einen Malariaanfall hat. Es waren sehr tapfere Jungen von der Sechsten Fallschirmjägerdivision, und sie schlotterten alle und konnten sich nicht beherrschen, obschon sie's versuchten.

Daraus kannst du sehen, daß das Bombardement gut war. Genau das, was wir dauernd in diesem Leben brauchen. Laß sie zittern in der Angst vor der Gerechtigkeit und der Macht.

Also, Tochter, um dich nicht zu langweilen, der Wind kam von Osten, und der Rauch begann in unserer Richtung zurückzuwehen. Die Schweren belegten die Rauchlinien mit Bomben, und die Rauchlinie war jetzt über uns. Darum bombten sie uns jetzt genauso, wie sie die Krauts gebombt hatten. Zuerst waren es die Schweren, und keiner, der an dem Tag mit dabei war, brauchte sich vor der Hölle zu fürchten. Dann, damit der Durchbruch ein wirklicher Erfolg würde, und um auf beiden Seiten möglichst wenig Leute übrigzulassen, kamen die Mittelschweren rüber und bombten die, die übrig waren. Dann machten wir den Durchbruch, sobald der Walhalla-Express nach Hause abgedampft war. Er erstreckte sich in seiner Schönheit und Majestät von jenem Teil Frankreichs bis über ganz England."

Falls ein Mann ein Gewissen besitzt, dachte der Colonel, könnte er mal über Luftkrieg etwas nachdenken.

„Gib mir ein Glas Valpolicella", sagte der Colonel, und vergaß nicht, ‚bitte' hinzuzufügen.

„Entschuldige", sagte er. „Bitte, mach's dir behaglich, mein süßes Tierchen. Du wolltest, daß ich's dir erzähle."

„Ich bin nicht dein süßes Tierchen. Das muß jemand anders gewesen sein."

„Richtig. Du bist meine letzte und wahrhaftige und einzige Liebe. Das stimmt, nicht? Aber du wolltest, daß ich's dir erzähle."

„Bitte, erzähl's mir", sagte das Mädchen. „Ich würde gern dein süßes Tierchen sein, wenn ich wüßte, wie man das macht. Aber ich bin einfach ein Mädchen aus dieser Stadt, das dich lieb hat."

„Davon wollen wir ausgehen", sagte der Colonel. „Und ich liebe dich. Wahrscheinlich habe ich den Ausdruck auf den Philippinen aufgelesen."

„Wahrscheinlich", sagte das Mädchen. „Aber ich wäre lieber einfach dein Mädchen."

„Das bist du", sagte der Colonel. „Komplett mit allem Zubehör und mit 'ner Fahne obendrauf."

„Bitte, sei nicht so derb", sagte sie. „Bitte, hab mich

wahrhaft lieb und erzähl mir alles so wahrhaftig, wie du kannst, ohne dir dabei zu schaden."

„Ich werd's dir wahrheitsgetreu erzählen. So wahrheitsgetreu, wie ich's erzählen kann, und laß es schaden, wem's schadet. Es ist besser, du hörst es von mir, wenn du neugierig bist, was diesen Gegenstand anlangt, als du liest es in irgendeinem Buch mit steifen Deckeln."

„Bitte, sei nicht so derb. Erzähl mir wahrheitsgetreu und halt mich dicht an dich, und erzähl mir wahrheitsgetreu, bis du dich davon befreit hast, wenn das möglich ist."

„Ich brauch mich nicht davon zu befreien", sagte er. „Nur von den Schweren, die aus strategischen Gründen benutzt werden. Ich habe nichts gegen sie, wenn man sie vernünftig anwendet, selbst wenn sie einen töten. Aber was Artillerieunterstützung für das hohe Gelände anlangt, gib mir einen Mann wie Pete Quesada. Das ist ein Mann, der sie einstampfen wird."

„Bitte."

„Wenn du je eine ramponierte Type wie mich verlassen willst, dann wende dich an den Jungen wegen Geländeunterstützung."

„Du bist nicht ramponiert, was immer das ist, und ich liebe dich."

„Bitte, gib mir zwei Tabletten aus der Flasche und gieß das Glas Valpolicella ein; du hattest versäumt, es einzugießen, und ich werde dir von dem Restlichen erzählen."

„Du brauchst nicht. Du brauchst mir nichts zu erzählen, und ich weiß jetzt, daß es nicht gut für dich ist. Besonders nicht der Walhalla-Express-Tag. Ich bin kein Inquisitor, oder was immer das Weibliche von Inquisitor ist. Weißt du, wir wollen ruhig hier liegen und aus dem Fenster sehen und beobachten und sehen, was auf unserem Canal Grande vor sich geht."

„Vielleicht wär's besser. Wer schert sich schon den Teufel um den Krieg?"

„Du und ich vielleicht", sagte sie und streichelte seinen Kopf. „Hier sind die beiden Dinger aus der viereckigen Flasche. Hier ist das Glas mit abgefülltem vino. Ich laß dir von unseren Weingütern besseren schicken. Bitte, laß uns ein bißchen schlafen. Bitte, sei ein Guter; wir wollen einfach zusammen liegen und uns lieben. Bitte, tu deine Hand hierhin."

„Meine gute oder meine schlechte?"

„Deine schlechte", sagte das Mädchen. „Die, die ich liebe und an die ich die ganze Woche lang denken muß. Ich kann sie nicht behalten, wie du die Steine behalten kannst."

„Sie sind im Safe", sagte der Colonel. „Auf deinen Namen", fügte er hinzu.

„Wir wollen einfach schlafen und nicht von irgendwelchen materiellen Dingen reden, noch von irgendwelchem Kummer."

„Zum Teufel mit dem Kummer", sagte der Colonel mit geschlossenen Augen. Sein Kopf ruhte leicht auf dem schwarzen Sweater, der sein Vaterland war. Man muß ja irgendein Vaterland haben, verflucht noch mal. Meins ist hier.

„Warum bist du nicht Präsident?" fragte das Mädchen. „Du könntest ein ausgezeichneter Präsident sein."

„Ich Präsident? Als ich sechzehn war, habe ich bei der National Guard von Montana gedient. Aber ich habe nie in meinem Leben eine Fliege getragen, und ich bin kein erfolgloser Herrenmodenkonfektionär und bin auch nie einer gewesen. Ich habe keinerlei Eignung für die Präsidentschaft. Ich könnte nicht einmal die Opposition führen, obschon ich nicht auf Telefonbüchern sitzen müßte, um fotografiert zu werden. Ich bin auch kein ‚Nie-wieder-Krieg-General'. Zum Teufel, ich war noch nicht einmal beim SHAEF. Es langt noch nicht einmal zum elder statesman. Dazu bin ich nicht alt genug. Jetzt werden wir auf irgendeine Art von der Hefe regiert. Wir werden regiert von etwas, was man in dem schalen Bodensatz von Biergläsern findet, wo die Huren ihre Zigaretten reingestippt haben. Das Lokal ist noch nicht mal ausgefegt worden, und sie haben einen Amateurpianisten, der auf den Kasten haut."

„Das versteh ich nicht, weil mein Amerikanisch so mangelhaft ist. Aber es klingt furchtbar. Bitte, ärgere dich nicht darüber. Kann ich mich nicht für dich ärgern?"

„Weißt du, was ein erfolgloser Herrenmodenkonfektionär ist?"

„Nein."

„Es ist nichts Ehrenrühriges. Es gibt viele von der Sorte in unserem Land. Es gibt mindestens einen in jeder Stadt. Nein, Tochter. Ich bin nur ein Soldat bei der Kampftruppe, und das ist wohl das letzte auf der Welt. Damit kommst du eventuell nach Arlington, wenn sie deine Leiche zurückschicken. Die Familie hat die Wahl."

„Ist Arlington hübsch?"

„Ich weiß es nicht", sagte der Colonel. „Ich war niemals dort beerdigt."

„Wo möchtest du gern beerdigt werden?"

„Oben in den Hügeln", sagte er mit schnellem Entschluß. „Auf irgendeinem Teil der Hochebene, wo wir sie besiegt haben."

„Wahrscheinlich solltest du an der Grappa beerdigt werden."

„Im toten Winkel von irgendeinem granatpockigen Abhang, auf dem man im Sommer das Vieh über mir weiden wird."

„Gibt es denn dort Vieh?"

„Gewiß. Es gibt überall Vieh, wo's im Sommer gutes

Gras gibt, und die Mädchen von den höchstgelegenen Häusern, die stabil gebaut sind – die Häuser *und* die Mädchen –, die im Winter dem Schnee standhalten, stellen im Herbst Fuchsfallen, nachdem sie das Vieh hinuntergebracht haben, das sich von dem aufgestapelten Heu ernährt."

„Und du willst nicht lieber nach Arlington oder auf den Père Lachaise oder unsern hier?"

„Auf euern jämmerlichen Knochenhof!"

„Ich weiß, es ist das Unwürdigste an dem ganzen Ort. Nein, der Stadt. Ich hab von dir gelernt, für Stadt Ort zu sagen. Aber ich werde dafür sorgen, daß du dahin kommst, wo du hin willst, und ich werde mit dir gehen, wenn du willst."

„Das würde ich nicht wollen. Das ist eine der Sachen, die man allein tut. Wie ins Badezimmer gehen."

„Bitte, sei nicht so derb."

„Ich meinte, daß ich dich natürlich sehr gern dabei haben würde. Aber es ist sehr egozentrisch; es ist ein häßlicher Vorgang."

Er hielt an und dachte wahrheitsgetreu, aber ohne es zu äußern, und dann sagte er. „Nein. Du wirst dich verheiraten und fünf Söhne haben und sie alle Richard nennen."

„Löwenherz", sagte das Mädchen und akzeptierte die Situation, ohne mit der Wimper zu zucken, und spielte, was sie in der Hand hielt, und legte die Karten alle hin, nachdem sie genau gezählt hatte.

„Lauseherz", sagte der Colonel. „Der ungerechte, verbitterte Kritiker, der von allen schlecht spricht."

„Bitte, sag nichts Häßliches", sagte das Mädchen. „Und vergiß nicht: am schlimmsten sprichst du über dich selbst. Aber halt mich so eng an dich, wie es geht, und laß uns an nichts denken."

Er hielt sie so eng an sich, wie er konnte, und er versuchte, an nichts zu denken.

30

Der Colonel und das Mädchen lagen ruhig auf dem Bett, und der Colonel versuchte an nichts zu denken, so, wie er so viele Male, an so vielen Orten an nichts gedacht hatte. Aber jetzt nutzte es ihm nichts. Es wollte ihm nicht mehr gelingen, weil es zu spät war.

Sie waren nicht Othello und Desdemona, Gott sei Dank, obschon es dieselbe Stadt war und das Mädchen fraglos besser aussah als die Shakespearische Dramenfigur und der Colonel so oft oder noch öfter gekämpft hatte als der streitsüchtige Mohr.

Es sind ausgezeichnete Soldaten, dachte er. Die verdammten Schwarzen. Wie viele haben wir zu meiner Zeit getötet? Ich glaube, wir haben mehr als eine Generation getötet, wenn man den letzten marokkanischen Feldzug gegen Abd el-Krim mitrechnet. Und jeden muß man einzeln töten. Niemand hat sie je in Massen getötet, so wie wir die Krauts töteten, bevor sie die „Einheit" entdeckten.

„Tochter", sagte er. „Willst du, daß ich es dir wahrheitsgetreu erzähle, damit du davon weißt – wenn ich dabei nicht zu grob bin?"

„Ich möchte nichts lieber, als daß du's mir erzählst. Dann können wir es teilen."

„Zum Teilen reicht es nicht", sagte der Colonel. „Es gehört dir ganz, Tochter. Und es sind nur die Glanzlichter. Du würdest den Feldzug im einzelnen nicht verstehen; nur wenige würden es verstehen. Rommel vielleicht. Aber sie hielten ihn in Frankreich immer im Hintertreffen, und außerdem hatten wir seine Verbindungslinien zerstört. Die beiden strategischen Luftwaffen hatten das getan, unsere und die RAF. Aber ich wünschte, ich könnte mich mit ihm über einiges unterhalten. Ich würde mich gern mit ihm und Ernst Udet unterhalten."

„Erzähl mir nur, was du willst, und trink dies Glas Valpolicella und hör auf, wenn es dich krank macht. Oder erzähl es lieber gar nicht."

„Zu Anfang war ich ein Ersatz-Colonel", erklärte der Colonel behutsam. „Das sind Colonels, die sich so herumdrücken, die man Divisionskommandeuren zuteilt, um einen zu ersetzen, der getötet worden ist oder der abgelöst werden soll. Es werden nur selten welche getötet, aber viele werden abgelöst. Alle guten werden befördert. Ziemlich schnell, sobald es losgeht, so in der Art wie ein Waldbrand."

„Bitte erzähl weiter. Solltest du deine Medizin nehmen?"

„Zum Teufel mit meiner Medizin", sagte der Colonel. „Und zum Teufel mit SHAEF."

„Das hast du mir erklärt", sagte das Mädchen.

„Ich wünschte, in drei Teufels Namen, du wärst ein Soldat mit deinem logischen, zuverlässigen Verstand und deinem Prachtgedächtnis."

„Ich wär gern ein Soldat, wenn ich unter dir kämpfen könnte."

„Kämpfe niemals unter mir", sagte der Colonel. „Ich bin tüchtig, aber ich habe kein Glück. Napoleon verlangte, daß man Glück hatte, und recht hat er gehabt."

„Wir haben doch auch Glück gehabt."

„Ja, Glück und Pech", sagte der Colonel. „Aber Glück allein genügt im Krieg auch nicht. Das ist einfach etwas, was man braucht. Die Leute, die nur auf ihr Glück vertrauten, sind alle so ruhmreich tot wie Napoleons berittene Kavallerie."

„Warum haßt du die Kavallerie? Fast alle netten jungen Leute, die ich kannte, waren in unseren drei guten Kavallerieregimentern oder bei der Marine."

„Ich hasse gar nichts, Tochter", sagte der Colonel und trank ein bißchen von dem leichten, trockenen Rotwein, der so anheimelnd war wie das Haus deines Bruders, wenn du mit deinem Bruder gut Freund bist. „Das ist einfach mein Standpunkt, zu dem ich durch sorgfältige Erwägungen und eine Veranschlagung ihrer Fähigkeiten gelangt bin."

„Ist sie wirklich nicht gut?"

„Sie ist wertlos", sagte der Colonel. Dann fügte er, eingedenk, daß er freundlich sein wollte, hinzu: „Heutzutage."

„Jeder Tag bringt eine Desillusion."

„Nein. Jeder Tag bringt eine neue und schöne Illusion. Aber man kann alles Zweifelhafte an der Illusion herausschneiden wie mit der scharfen Schneide eines Rasiermessers."

„Bitte, schneide mich nie."

„Du bist nicht schneidbar."

„Willst du mich küssen und mich festhalten, und wollen wir beide auf den Canal Grande hinaussehen, wo das Licht jetzt wunderbar ist, und du erzählst mir weiter?"

Als sie auf den Canal Grande hinausblickten, wo die Beleuchtung tatsächlich wunderbar war, fuhr der Colonel fort: „Ich bekam ein Regiment, weil der Kommandierende General einen Jungen seiner Stellung entheben wollte, den ich seit seinem achtzehnten Lebensjahr kannte. Natürlich war er kein Junge mehr. Es war zuviel Regiment für ihn, und es war alles von einem Regiment, was ich je in diesem Leben hätte erhoffen können – bis ich es verlor." Er fügte hinzu: „Durch Befehl von oben natürlich."

„Warum verliert man denn ein Regiment?"

„Wenn man sich heranarbeitet, um auf hochliegendes Gelände zu gelangen, und man weiter nichts zu tun gehabt hätte, als jemand mit einer Flagge hinüberzuschikken, und sie dann beratschlagen und sich ergeben würden, falls man recht hatte. Die Berufssoldaten sind alle sehr gescheit, und diese Krauts waren alles Berufssoldaten – nicht die Fanatiker. Das Telefon klingelt, und jemand vom Korps ruft an, der seine Befehle von der Armee oder vielleicht der Heeresgruppe oder möglicherweise sogar von SHAEF hat, weil sie den Namen der Stadt in der Zeitung gelesen haben, der zufällig von irgendeinem Korrespondenten aus Spa erwähnt worden ist, und der Befehl lautet, sie im Sturmangriff zu nehmen. Sie ist wichtig, weil was von ihr in der Zeitung gestanden hat. Man muß sie erobern.

Also läßt man eine Kompanie tot in einer Senke liegen. Eine Kompanie verliert man vollzählig, und man vernichtet drei weitere. Die Tanks werden zerschossen, so schnell sie sich auch bewegen, und sie konnten sich schnell vor- und rückwärts bewegen.

Sie trafen sie, eins, zwei, drei, vier, fünf.

Drei Männer können gewöhnlich heraus von den fünfen (die drinnen sind), und sie rennen wie Außenstürmer, die in einem aufgelockerten Feld den Anschluß verloren haben – wenn du Minnesota bist und die anderen Beloit, Wisconsin sind.

Langweile ich dich?“

„Nein. Ich verstehe die örtlichen Anspielungen nicht. Aber wenn du willst, kannst du sie mir erklären. Bitte, erzähl mir weiter.“

„Du kommst in die Stadt, und irgendein geschniegelter Laffe läßt eine Unterstützung durch die eigene Luftwaffe auf dich los. Der Befehl dafür mag gegeben und niemals widerrufen worden sein. Wir wollen von allem im Zweifelsfall das Beste annehmen. Ich erzähl dir nur, wie die Sachen im allgemeinen sich abspielen. Es ist besser, nicht auf besondere Fälle einzugehen; ein Zivilist würde es sowieso nicht verstehen. Selbst du nicht.

Diese Unterstützung aus der Luft hilft nicht viel,

Tochter, da man vielleicht nicht in der Stadt bleiben kann, weil man zuwenig Leute dort hat, und mittlerweile gräbt man sie entweder aus dem Schutt aus oder läßt sie auch drin. Hierüber gibt es zwei Meinungen. Nun kommt der Befehl, man soll sie im Sturm nehmen. Der Befehl wird wiederholt.

Er ist von irgendeinem Politiker in Uniform erhärtet und bestätigt, der in seinem Leben noch nie getötet hat außer mit dem Mund durchs Telefon oder auf dem Papier, und der auch noch nie verwundet worden ist. Stell ihn dir vor, als was du willst. Aber stell ihn dir und seine Leute vor als das ganze große Geschäftsetablissement so weit hinter der Front, daß die beste und schnellste Art, um mit ihnen in Verbindung zu treten, durch Brieftauben wäre. Nur würden sie sie wahrscheinlich bei den phantastischen Sicherheitsmaßnahmen für ihre eigene Person durch Flak herunterschießen lassen. Falls man sie treffen könnte.

Also macht man's noch mal. Nun werde ich dir erzählen, wie's aussieht."

Der Colonel blickte hinauf auf das Spiel des Lichts an der Decke. Zum Teil wurde es vom Kanal zurückgeworfen. Es machte seltsame, aber regelmäßige Bewegungen, wechselnd, wie die Strömung eines Forellenbaches wechselt, aber bleibend, jedoch wechselnd mit dem Vorrücken der Sonne.

Dann blickte er auf seine große Schönheit, mit ihrem seltsamen, dunklen, erwachsenen Kindergesicht, das sein Herz brach, die er vor 13.35 Uhr verlassen würde (das war sicher), und er sagte: „Laß uns nicht vom Krieg reden, Tochter."

„Bitte", sagte sie. „Bitte. Dann habe ich es diese ganze Woche."

„Das ist ein mildes Urteil. Ich benutze das Wort Urteil im Sinn von Strafurteil."

„Du weißt nicht, wie lang eine Woche sein kann, wenn man neunzehn ist."

„Ich habe mehrere Male erfahren, wie lange eine Stunde sein kann", sagte der Colonel. „Ich könnte dir erzählen, wie lange zwei und eine halbe Minute sein können."

„Bitte, erzähl's mir."

„Nun, ich hatte zwei Tage Urlaub in Paris zwischen den Kämpfen in der Schnee-Eifel und dem hier, und dank meiner Freundschaft mit ein oder zwei Leuten hatte ich das Privileg, einer Art Konferenz beizuwohnen, wo nur die Bevollmächtigten und Vertrauenswürdigsten zugegen waren, und General Walter Bedell Smith erklärte uns allen, wie einfach die Unternehmung, die später den Namen Hürtgenwald trug, sein würde. Es war nicht eigentlich Hürtgenwald. Das war nur ein kleiner Abschnitt. Es war der Reichswald, und es war genau dort, wo das deutsche Oberkommando zu kämpfen geplant hatte, nachdem Aachen genommen und somit eine Bresche nach Deutschland hinein geschlagen worden war. Ich hoffe, ich langweile dich nicht."

„Du langweilst mich nie. Nichts über den Krieg langweilt mich, außer Lügen."

„Du bist ein merkwürdiges Mädchen."

„Ja", sagte sie. „Das weiß ich schon eine ganze Weile."

„Würdest du wirklich gern kämpfen?"

„Ich weiß nicht, ob ich's könnte. Aber ich könnte es versuchen, wenn du es mir beibringen würdest."

„Ich werde es dir niemals beibringen. Ich werde dir nur Anekdoten erzählen."

„Traurige Geschichten über den Tod von Königen."

„Nein. Irgendwer hat sie GIs getauft. Gott, wie ich das Wort hasse, und wie es benutzt wurde. Leser von comic books. Jeder aus irgendeinem ganz bestimmten Ort. Die meisten sehr unwillig dort. Nicht alle. Aber alle lasen sie eine Zeitung, die ‚The Stars and Stripes' hieß, und man mußte seine Einheit hineinbekommen, sonst hatte man eben als Kommandeur versagt. Ich hab meistens versagt. Ich versuchte die Berichterstatter zu mögen, und bei dieser Konferenz waren ein paar ausgezeichnete anwesend. Ich will keine Namen nennen, weil ich möglicherweise ein paar besonders gute auslassen würde, und das wäre ungerecht. Es gab gute, an die ich mich nicht erinnere, und dann gab es die Drückeberger, Aufschneider, die von sich behaupteten, daß sie verwundet waren, wenn ein Granatsplitter sie auch nur streifte. Leute, die nach Jeepunfällen das Purple Heart trugen, Eingeweihte, Feiglinge, Lügner, Diebe und Telefonjäger. Ein paar Tote fehlten bei dieser Darbietung. Ja, sie hatten auch Tote. Einen hohen Prozentsatz. Aber keiner der Toten war anwesend, wie ich schon sagte. Es waren auch Frauen dabei in wunderbaren Uniformen."

„Aber wie konntest du nur je eine von denen heiraten?"

„Irrtümlich, wie ich bereits früher erklärt habe."

„Erzähl mir weiter."

„Es waren mehr Landkarten in dem Raum, als selbst unser Herrgott in Höchstform hätte studieren können", fuhr der Colonel fort. „Da gab's eine Groß-Darstellung und eine Semi-Groß-Darstellung und eine Super-Groß-Darstellung. Alle diese Leute gaben vor, sie zu verstehen – auch die Kerls mit den Demonstrierstöcken, einer Art von halbkastrierten Billardstöcken, die sie zur Erläuterung benutzten."

„Sag keine groben Worte. Ich weiß nicht einmal, was ‚halbkastriert' bedeutet."

„Auf unzulängliche Art gekürzt oder gestutzt", erklärte der Colonel. „Oder mangelhaft als Werkzeug oder im Charakter. Es ist ein altes Wort. Man könnte es wahrscheinlich im Sanskrit finden."

„Bitte, erzähl mir weiter."

„Wozu? Warum soll ich Schimpf und Schande nur mündlich verewigen?"

„Wenn du willst, werde ich es aufschreiben. Ich kann ganz wortgetreu aufschreiben, was ich höre und denke. Ich würde natürlich Fehler machen."

„Du hast Glück, Mädchen, wenn du ganz wortgetreu aufschreiben kannst, was du hörst oder denkst. Aber schreib du mir niemals ein Wort von alldem hier auf."

Er begann von neuem. „Der Raum ist voll von Berichterstattern, die alle ihrem eigenen Geschmack gemäß gekleidet sind. Manche sind zynisch, manche sind außerordentlich eifrig bei der Sache.

Wir haben eine Gruppe von Säbelraßlern dabei, um sie zu Hauf zu treiben und um die Demonstrierstöcke zu schwingen. Wir nennen einen nichtkämpfenden Mann, der in einer Uniform verkleidet – man könnte auch sagen kostümiert – herumläuft, und der jedesmal eine Erektion hat, wenn die Waffe gegen seine Hüfte schlägt, einen Säbelraßler. Nebenbei bemerkt, Tochter, mit der Waffe, nicht der alten Pistole, mit der richtigen Pistole, nicht mit dem alten Revolver, hat man wahrscheinlich im Krieg öfter sein Ziel verfehlt als mit irgendeiner anderen Waffe der Welt. Laß dir niemals eine von irgend jemand geben, wenn du nicht gerade jemand in ‚Harry's Bar' damit den Schädel einschlagen willst."

„Ich hab nie jemand den Schädel einschlagen wollen, außer vielleicht Andrea."

„Wenn du je auf Andrea losgehst, schlag mit dem Lauf zu, nicht mit dem Kolben. Der Kolben ist furchtbar stumpf, und er trifft nicht immer, und wenn er trifft, machst du dir die Hände blutig, wenn du die Pistole wieder wegsteckst. Und außerdem, bitte, schlag Andrea nicht den Schädel ein, denn er ist mein

Freund. Ich glaube auch nicht, daß er leicht zu treffen ist."

„Nein, das glaube ich auch nicht. Bitte erzähl mir noch mehr von der Konferenz oder der Versammlung. Ich glaube, ich könnte einen Säbelraßler jetzt erkennen. Aber ich möchte doch noch genauer darüber unterrichtet sein."

„Die Säbelraßler erwarteten also, voller Stolz auf ihr Säbelgerassel, das Eintreffen des großen Generals, der die Kampfaktion erklären soll.

Die Berichterstatter murmelten oder piepsten aufgeregt durcheinander, und die Gescheiten waren mürrisch oder heiter gefaßt. Alle saßen auf Klappstühlen wie bei einem Chautauqua-Vortrag. Entschuldige alle die Provinzialismen, aber wir sind nun mal Provinzler.

Herein kommt der General. Er ist kein Säbelraßler, sondern ein Wirtschaftskapitän, ein ausgezeichneter Politiker, der Managertyp. Die Armee ist jetzt das größte Geschäftsunternehmen der Welt. Er nimmt den halbkastrierten Demonstrierstock, und er zeigt uns in vollkommen gutem Glauben und ohne böse Vorahnungen genau, wie der Angriff verlaufen wird, warum wir ihn machen und wie leicht er glücken wird. Da ist gar kein Problem dabei."

„Weiter", sagte das Mädchen. „Bitte, laß mich dein Glas füllen, und du, sieh dir bitte das Licht an der Decke an."

„Gieß ein, und ich werde mir mal das Licht ansehen und dann fortfahren.

Dieser harte Verkäufer, und ich sage dies ohne Respektlosigkeit, sondern voller Bewunderung für all seine Talente oder sein Talent, zählte auch auf, was wir von allem Notwendigen haben würden. An nichts würde Mangel sein. Die Organisation, die sich SHAEF nannte, hatte damals ihre Basis in einer Stadt, die Versailles hieß, gerade außerhalb von Paris. Wir sollten östlich von Aachen angreifen, also einige dreihundertachtzig Kilometer von dieser Basis entfernt.

Eine Armee kann riesengroß werden, aber man *kann* ein klein wenig aufschließen. Zuletzt gingen sie sogar so weit wie Reims vor, das zweihundertvierzig Kilometer von der Front entfernt ist. Das war viele Monate später.

Ich verstehe die Notwendigkeit, die große Exekutive von den ausführenden Organen getrennt zu halten. Ich verstehe die Größe der Armee und die mannigfaltigen, sich hieraus ergebenden Probleme. Ich verstehe sogar etwas von Heeresversorgung, was nicht weiter schwer ist. Aber niemals in der Geschichte hat jemand von so weit hinten Befehl geführt."

„Erzähl mir von der Stadt."

„Ich werd's dir erzählen", sagte der Colonel. „Aber ich will dir nicht weh tun."

„Du tust mir niemals weh. Wir sind eine alte Stadt, und wir hatten immer Krieger. Wir achten sie mehr als alle anderen, und ich hoffe, wir verstehen sie ein wenig. Wir wissen auch, daß sie schwierig sind. Meistens sind sie für Frauen furchtbar langweilig."

„Langweile ich dich?"

„Was glaubst du?" fragte das Mädchen.

„Ich langweile mich, Tochter."

„Das glaube ich nicht, Richard. Du hättest doch nicht dein ganzes Leben lang etwas gemacht, wenn es dich gelangweilt hätte. Bitte lüg mich nicht an, Liebling, wo wir so wenig Zeit haben."

„Das werde ich nicht."

„Siehst du denn nicht, daß du mir alles sagen mußt, um dich von deiner Bitterkeit zu befreien?"

„Ich weiß nur, daß ich's dir erzähle."

„Weißt du denn nicht, daß ich will, daß du mit einem friedlichen Tod begnadet stirbst? Ach, ich bin ganz durcheinander. Paß auf, daß ich mich nicht zu sehr verheddere."

„Das werde ich, Tochter."

„Bitte erzähl mir noch mehr und sei so verbittert, wie du willst."

31

„Hör mal, Tochter", sagte der Colonel. „Jetzt wollen wir alle Hinweise auf Ruhm und hohe Bonzen, selbst wenn sie aus Kansas sind, weglassen, obschon da die Bonzen höher wachsen als die Pomeranzenbäume in deinem Garten. Sie tragen eine Frucht, die man nicht essen kann, typisch für Kansas. Niemand außer den Einwohnern von Kansas hat je etwas damit anzufangen gewußt, außer vielleicht wir, die wir gekämpft haben. Wir haben sie jeden Tag gegessen – Pomeranzen", fügte er hinzu. „Nur haben wir sie K-Rationen genannt. Sie waren gar nicht schlecht. C-Rationen waren schlimm: ‚Zehn in Eins' war gut.

Also wir kämpften. Es ist langweilig, aber es ist belehrend. Es geht so vor sich, falls je irgendwer daran interessiert sein sollte, was ich bezweifle.

Also es geht so vor sich: 1300 Rot S-3: Weiß ging zur Zeit vor. Rot sagte, sie warteten darauf, hinter Weiß einzurücken. 1305 (das ist ein Uhr und fünf Minuten nachmittags, falls du das behalten kannst, Tochter). Blau S-3, ich hoffe, du weißt, was eine S-3 ist, sagt: Laß uns wissen, wenn du vorrückst. Rot sagte, daß sie darauf warten, hinter Weiß einzurücken.

Du siehst, wie leicht es ist", sagte der Colonel zu dem Mädchen. „Jeder sollte es vor dem Frühstück machen."

„Wir können ja nicht alle Infanteristen bei der Kampftruppe sein", sagte das Mädchen leise zu ihm. „Ich habe die allergrößte Hochachtung für sie und auch für gute, anständige Flieger. Bitte erzähl weiter. Ich gebe dabei auf dich acht."

„Gute Flieger sind sehr gut und sollten als solche respektiert werden", sagte der Colonel.

Er blickte zu dem Licht an der Decke empor, und er war in der Erinnerung an den Verlust seiner Bataillone und einzelner Leute völlig verzweifelt. Er konnte niemals hoffen, je wieder ein solches Regiment zu haben. Es war nicht sein Werk gewesen. Er hatte es geerbt. Aber eine Zeitlang war es seine ganze Freude gewesen. Jetzt war jeder zweite Mann tot, und die anderen waren fast alle verwundet. Im Bauch, im Kopf, in den Füßen oder den Händen, im Hals, im Rücken, im edlen Hinterteil, in der unseligen Brust und an den anderen Stellen. Berstende Bäume trafen die Männer, wo sie im offenen Gelände niemals verwundet worden wären. Und all die Verwundeten waren auf Lebenszeit verwundet.

„Es war ein gutes Regiment", sagte er. „Man kann sogar sagen, daß es ein wunderbares Regiment war, bis ich es vernichtet habe – auf höheren Befehl."

„Aber warum mußt du denn gehorchen, wenn du's besser weißt?"

„In unserer Armee gehorcht man wie ein Hund", erklärte ihr der Colonel. „Man hofft immer, daß man einen guten Herrn hat."

„Was für eine Art von Herrn hat man denn?"

„Bisher habe ich nur zwei gute gehabt. Nachdem ich einen gewissen Rang erreicht hatte, viele nette Leute, aber nur zwei gute Herren."

„Ist das der Grund, weswegen du jetzt kein General bist? Ich hätte zu gern, wenn du ein General wärst."

„Ich hätte es auch gern", sagte der Colonel. „Aber vielleicht nicht mit derselben Intensität wie du."

„Würdest du bitte jetzt versuchen zu schlafen – mir zu Gefallen?"

„Ja", sagte der Colonel.

„Weißt du, ich denke, wenn du schläfst, wirst du vielleicht alles loswerden können, einfach durchs Schlafen."

„Ja. Danke vielmals", sagte er.

Es ließ sich nichts dagegen machen, meine Herren. Alles, was ein Mann je tun kann, ist gehorchen.

32

„Du hast eine Weile ganz gut geschlafen", sagte das Mädchen sanft und zärtlich zu ihm. „Möchtest du, daß ich irgend etwas für dich tue?"

„Nichts", sagte der Colonel. „Danke." Dann wurde er gehässig und sagte: „Tochter, ich könnte mit aufgeschlitzten Hosen und abrasiertem Haar auf dem elektrischen Stuhl einen rauf und runter schlafen. Ich schlafe, wie und wann ich es brauche."

„Das könnte ich nie", sagte das Mädchen schläfrig. „Ich schlafe, wenn ich schläfrig bin."

„Du bist wunderbar", sagte der Colonel zu ihr. „Und du schläfst besser, als je irgendwer vor dir geschlafen hat."

„Darauf bilde ich mir nichts ein", sagte das Mädchen sehr schläfrig. „Es ist einfach etwas, was ich so tue."

„Tu es bitte."

„Nein. Erzähl mir weiter sehr leise und sanft und leg deine schlimme Hand in meine."

„Zum Teufel mit meiner schlimmen Hand", sagte der Colonel. „Seit wann ist sie denn so schlimm?"

„Sie ist schlimm", sagte das Mädchen. „Schlimmer, als du es je wissen wirst. Bitte erzähl mir vom Krieg, ohne zu brutal zu sein."

„Eine einfache Anweisung", sagte der Colonel. „Ich werde einige Zeit überspringen. Das Wetter ist bewölkt und der Ort ist 986342. Wie ist die Lage? Wir räuchern den Feind mit Artillerie und Mörsern aus. S-3 teilt mit, daß S-6 wünscht, daß Rot vor 1700 aufschließt. S-6 wünscht, daß du aufschließt und reichlich Artillerie benutzt. Weiß berichtet, daß sie in ganz guter Verfassung sind. S-6 teilt mit, daß die A-Kompanie eine Schwenkung vollführen und hinter B aufrücken wird. Die B-Kompanie wurde zuerst durch Feindaktion aufgehalten und blieb da aus freien Stücken. S-6 geht es nicht so sehr gut. Dies ist inoffiziell. Sie brauchen mehr Artillerie, aber es gibt nicht mehr Artillerie.

Du wolltest Kampf – wozu? Ich weiß nicht wozu, wirklich. Oder, ich weiß wirklich nicht wozu. Wer will wirklich kämpfen? Aber hier hast du's übers Telefon, Tochter, und später werde ich, wenn du willst, die Geräusche und Gerüche und Anekdoten über wer, wann und wo getötet wurde, nachholen."

„Ich will nur das hören, was du mir erzählen willst."

„Ich werde dir erzählen, wie es war", sagte der Colonel, „und General Walter Bedell Smith weiß jetzt noch nicht, wie es war. Aber wahrscheinlich irre ich mich wie so häufig."

„Ich bin froh, daß wir nicht mit ihm zu verkehren brauchen, und auch nicht mit dem nylonglatten Mann", sagte das Mädchen.

„Auf dieser Seite der Hölle brauchen wir nicht mit ihnen zu verkehren", versicherte ihr der Colonel. „Und ich werde einen Posten abkommandieren, um die Pforten der Hölle zu bewachen, damit keine derartigen Typen hineingelangen."

„Du hörst dich wie Dante an", sagte sie schläfrig.

„Ich bin Mr. Dante", sagte er. „Im Augenblick."

Und eine Weile war er es, und er beschrieb alle Kreise. Sie waren so ungerecht wie die Dantes, aber er beschrieb sie.

33

„Ich werde die Einzelheiten auslassen, da du berechtigterweise schläfrig bist und sein solltest“, sagte der Colonel. Er beobachtete von neuem das sonderbare Spiel des Lichts an der Decke. Dann blickte er auf das Mädchen, das schöner war als irgendein Mädchen, das er überhaupt je gesehen hatte.

Er hatte sie kommen und gehen sehen, und sie gehen schneller, wenn sie gehen, als irgendein anderes Ding, das davoneilt. Sie können schneller von heiterer Schönheit in die Leimfabrik gehen als irgendein anderes Tier, dachte er. Aber ich glaube, die hier wird dem Tempo gewachsen sein und das Rennen durchhalten. Die Dunklen halten am besten durch, dachte er, und besieh dir mal die Knochenbildung ihres Gesichts. Und von edler Abstammung ist sie auch; sie kann unbegrenzt durchhalten. Fast alle unsere reizenden Schönen sind Sodawasserbardämchen gewesen, und sie wissen nicht, wie ihr Großvater mit Nachnamen hieß, falls er nicht zufällig Schultz hieß oder Schlitz, dachte er.

Das ist eine falsche Einstellung, sagte er zu sich, da er keines dieser Gefühle dem Mädchen gegenüber äußern wollte, da sie ihr bestimmt mißfallen würden, und die jetzt ganz gehörig schläfrig war, so in der Art wie eine Katze, wenn sie in sich zusammengerollt schläft.

„Schlaf gut, meine liebste Schöne, und ich werde einfach so erzählen.“ Das Mädchen schlief; sie hielt immer noch seine schlimme Hand, die er verachtete, und er konnte deutlich spüren, wie sie atmete, wie die Jungen atmen, wenn sie in leichtem Schlaf liegen.

Der Colonel erzählte ihr alles, aber er sprach es nicht aus.

Nachdem ich also das Privileg gehabt hatte, von General Walter Bedell Smith auseinandergesetzt zu bekommen, wie einfach der Angriff sei, machten wir ihn. Da war die „Große Rote“, die an ihre eigene Propaganda glaubte. Da war die „Neunte“, eine bessere Division, als wir eine waren. Da waren wir, die wir's immer machten, wenn sie sich damit an uns wandten.

Wir hatten keine Zeit, comic books zu lesen, wir hatten eigentlich für nichts Zeit, weil wir immer bereits vor Tageslicht vorgingen. Das ist schwierig, und man muß die „Großdarstellung“ aufgeben und sich als Division fühlen.

Wir trugen ein vierblättriges Kleeblatt als Abzeichen, das nur uns, die wir's alle liebten, etwas bedeutete. Und jedesmal, wenn ich es sehe, geht's mir durch und durch. Manche Leute hielten es für Efeu. Aber das war es nicht. Es war ein vierblättriges Kleeblatt, auf Efeu frisiert.

Der Befehl lautete, daß wir mit der „Großen Roten“, der Ersten Infanteriedivision der Armee der USA, angreifen sollten, und sie und ihr Calypsos singender Presseoffizier ließ es einen niemals vergessen. Er war ein netter Kerl, und es war sein Handwerk.

Aber man kriegt Pferdescheiße satt, wenn man ihr Aroma oder ihren Geschmack nicht mag. Ich mochte sie nie. Obschon ich, als ich ein Junge war, mit Wonne durch Kuhscheiße ging und sie zwischen den Zehen fühlte. Aber Pferdescheiße langweilt mich. Sie langweilt mich äußerst schnell, und ich kann sie auf tausend Meter Entfernung wahrnehmen.

Also griffen wir an, wir drei in einer Linie, genau dort, wo die Deutschen wollten, daß wir angriffen. Wir wollen General Walter Bedell Smith fürderhin nicht mehr erwähnen. Er ist nicht der Bösewicht im Stück. Er hielt nur vielverheißende Reden und setzte auseinander, wie alles funktionieren würde. Ich nehme an, in einer Demokratie gibt es keine Bösewichte. Er hatte sich eben nur verteufelt geirrt. Punkt, fügte er im Geist hinzu.

Die Kennzeichen hatte man alle entfernt, so weit zurück bis zur Nachhut, damit kein Kraut wissen würde, daß wir es waren – die drei, die er so gut kannte –, die den Angriff machen würden. Wir sollten angreifen, wir drei in einer Linie und ohne Reserven.

Ich will nicht zu erklären versuchen, was das bedeutet, Tochter. Aber es taugt nichts. Und die Gegend, in der wir kämpfen sollten, die ich genau studiert hatte, würde Passchendaele sein plus berstenden Bäumen. Das sag ich zu oft. Aber ich denk es zu oft.

Die armen Scheiß-Achtundzwanziger, die oberhalb rechts von uns standen, waren schon eine ganze Weile in diesem Schlamassel drin, so verfügte man über ziemlich genaue Informationen und wußte, wie die Verhältnisse in jenen Wäldern sein würden. Ich glaube, man könnte sie – sehr gelinde ausgedrückt – mit „ungünstig" bezeichnen.

Dann kam der Befehl, ein Regiment einzusetzen, bevor der Angriff begann. Das besagt, daß der Feind mindestens einen Gefangenen macht, so daß das ganze Entfernen der Divisionsabzeichen sinnlos wird. Sie würden auf uns warten; sie würden auf die alten Vierblättrigen-Kleeblatt-Leute warten, die stur wie Maultiere in die Hölle gingen, und das hundertfünf Tage hintereinander. Zahlen bedeuten natürlich nichts für den Zivilisten. Auch nichts für jene Gesellen von SHAEF, die wir nie jemals in diesem Wald gesehen haben. Beiläufig, und solche Geschehnisse sind natürlich immer beiläufig von dem Niveau von SHAEF aus betrachtet, wurde das Regiment vernichtet. Es war niemandes Scheißfehler, besonders nicht der Fehler von dem Mann, der das Kommando führte. Das war ein Mann, mit dem ich gern die Hälfte meiner Zeit in der Hölle verbringen würde, und vielleicht kommt's noch dazu.

Es wäre schon komisch, falls wir anstatt in die Hölle

zu fahren, womit wir immer gerechnet haben, in irgendeins dieser Krautlokale wie Walhalla kommen würden, und man sich dann mit den Leuten nicht vertragen könnte. Aber vielleicht würde ich einen Ecktisch mit Rommel und Udet bekommen, und es wäre genauso wie irgendein Wintersporthotel. Es wird aber wahrscheinlich doch die Hölle sein, und wo ich noch nicht einmal an die Hölle glaube.

Na, wie dem auch war, dies Regiment wurde wie amerikanische Regimenter immer nach dem Ersatzsystem wieder aufgefüllt. Ich werde es nicht beschreiben, da du das jederzeit in einem Buch von jemand, der selbst Ersatz war, nachlesen kannst. Es kommt darauf hinaus, oder es endet damit, daß man dabei bleibt, bis man schwerverwundet oder getötet oder verrückt wird und mildernde Umstände bekommt. Aber wahrscheinlich ist es logisch und ebensogut wie jedes andere, wenn man die Transportschwierigkeiten in Rechnung stellt. Es hinterläßt jedoch einen Stamm von „ungetöteten Personen", die wissen, wie die Zeche aussieht, und keinem dieser Leute gefiel das Aussehen dieser Wälder recht.

Man konnte ihre Einstellung in diesem Satz zusammenfassen: „Jack, wir fahren Scheiße."

Und da ich seit ungefähr achtundzwanzig Jahren eine „ungetötete Person" war, konnte ich ihre Einstellung verstehen. Aber sie waren Soldaten, und so wurden die meisten von ihnen getötet – in jenen Wäldern, und als wir die drei Städte nahmen, die so unschuldig aussahen und richtige Festungen waren. Man hatte sie nur erbaut, um uns in die Falle zu locken, und wir hatten keinerlei Informationen über sie. Um bei der dummen Ausdrucksweise meines Handwerks zu bleiben: dies konnte oder konnte auch nicht auf mangelhafte Spionage zurückzuführen sein.

„Mir ist das entsetzlich mit dem Regiment", sagte das

Mädchen. Sie war aufgewacht und hatte direkt aus dem Schlaf gesprochen.

„Ja", sagte der Colonel. „Mir auch. Wir wollen einmal auf das Regiment trinken. Dann schlaf du bitte wieder ein, Tochter. Der Krieg ist vorbei und vergessen."

Bitte, halt mich nicht für eingebildet, Tochter, sagte er, ohne zu sprechen. Seine wahre Liebe schlief wieder. Sie schlief auf andere Art, als seine Frau, der Karrierehengst, geschlafen hatte. Er erinnerte sich nicht gern an die Art, wie sie geschlafen hatte; dennoch tat er's. Aber er wollte es vergessen. Sie schlief nicht hübsch, dachte er. Nicht wie dies Mädchen, die schlief, als ob sie wach und lebendig war, nur daß sie eben schlief. Bitte, schlaf gut, dachte er.

Wer, verflucht noch mal, bist du schon groß, um Karrierehengste zu kritisieren? Was für eine erbärmliche Karriere hast du machen wollen und hast dabei versagt?

Ich wollte gern ein General in der Armee der Vereinigten Staaten sein, und war es. Ich habe versagt, und ich rede schlecht über alle, die Erfolg haben.

Seine Zerknirschung hielt nicht lange an, und er sagte zu sich: Nimm die Arschlecker, die Fünf- und Zehn- und Zwanzigprozentigen und all die Laffen, von wer weiß wo, die niemals gekämpft haben und verantwortliche Stellungen innehaben, aus.

Sie töteten mehrere Leute von der Akademie in Gettysburg. Das war der Schlachttag aller Schlachttage, als es auf beiden Seiten einen gewissen Widerstand gab.

Sei nicht sarkastisch. Sie töteten General McNair versehentlich an dem Tag, an dem der Walhalla-Express herüberkam. Hör schon auf mit dem Sarkasmus. Es wurden Leute von der Akademie getötet, und es gibt Statistiken, die es bestätigen.

Wie kann ich mich daran erinnern, ohne sarkastisch zu sein?

Sei so sarkastisch, wie du willst. Und erzähl's dem Mädchen jetzt, ohne zu sprechen, und das wird ihr nicht weh tun, bestimmt nicht, weil sie so schön schläft. Er sagte schön, weil sein Denken häufig ungrammatikalisch war.

34

Schlaf friedlich, mein Geliebtes, und wenn du aufwachst, ist es ausgestanden, und ich werde dich necken, wenn du Einzelheiten über mein triste métier, den Krieg, zu erfahren suchst, und dann wollen wir gehen und den kleinen aus Ebenholz geschnitzten Neger oder Mohren mit den feinen Zügen und dem juwelenbesetzten Turban kaufen, und du wirst ihn dir anstecken, und dann gehen wir zu „Harry", um einen zu trinken und um zu sehen, wer oder was immer von unseren Freunden zu dieser Stunde auf den Beinen ist.

Dann lunchen wir bei „Harry" oder kommen hierher zurück, und alles wird gepackt sein. Dann sagen wir auf Wiedersehen, und dann werde ich mit Jackson ins motoscafo steigen und dem Gran Maestro ein vergnügtes Scherzwort zurufen und allen anderen Ordensmitgliedern zuwinken, und zehn zu eins, so wie ich mich jetzt fühle, oder sagen wir: für zwei gibt's dreißig, werden wir einander nicht wiedersehen.

Verflucht, sagte er zu niemandem und ganz gewiß unhörbar; vor vielen Gefechten habe ich mich schon so gefühlt und beinahe immer irgendwann im Herbst und immer, wenn ich Paris verließ. Wahrscheinlich bedeutet es gar nichts.

Wen kümmert's überhaupt schon einen Dreck, außer mich und den Gran Maestro und das Mädchen? Ich meine auf unserem Niveau.

Mich kümmert's schon einen Dreck, und ob! Aber ich

sollte nach all der Zeit wahrhaftig so weit trainiert und angepaßt sein, um keinen Dreck für nichts zu geben, die Definition einer Hure. Eine Frau, die keinen usw.

Aber daran wollen wir nicht denken, mein Junge, Lieutenant, Captain, Major, Colonel, General, Sir. Wir wollen es einfach noch einmal riskieren, und zum Teufel damit und seinem häßlichen Gesicht, das der alte Hieronymus Bosch so wahrheitsgetreu gemalt hat. Aber du kannst deine Sense in die Scheide stecken, alter Bruder Tod, falls du eine Scheide dafür hast. Oder, fügte er hinzu, und er dachte jetzt an Hürtgen, du kannst deine Sense nehmen und sie dir in den Arsch stecken.

Es war Passchendaele mit berstenden Bäumen, erzählte er niemandem außer dem zauberhaften Licht an der Decke. Dann blickte er auf das Mädchen, um zu sehen, ob sie auch so gut schlief, daß ihr selbst seine Gedanken nichts anhaben konnten.

Dann blickte er auf das Porträt, und er dachte: Ich habe sie in zwei Stellungen, liegend, ein bißchen zur Seite gedreht und mich gerade von vorn anblickend. Ich bin ein verdammter Glückspilz, und ich sollte mich niemals über irgend etwas grämen.

35

Am ersten Tag verloren wir dort die drei Bataillonskommandeure. Einer wurde im Laufe der ersten zwanzig Minuten getötet und die beiden anderen später verwundet. Dies ist für einen Journalisten nur eine Statistik. Aber gute Bataillonskommandeure sind noch nie auf Bäumen gewachsen, nicht einmal auf Weihnachtsbäumen, dem Baum, der am häufigsten in jenen Wäldern vorkommt. Ich weiß nicht, wie viele Male wir immer wieder Bataillonskommandeure verloren haben. Aber ich könnte es feststellen.

Sie wachsen auch nicht so schnell wie Kartoffeln, und fabrizieren kann man sie auch nicht. Wir bekamen eine gewisse Menge Ersatz, aber ich kann mich besinnen, daß ich dachte, es würde einfacher und zweckdienlicher sein, sie in der Gegend, wo man sie auslud, zu erschießen, als den Versuch machen zu müssen, sie von dort, wo sie getötet wurden, zurückzuschaffen und zu begraben. Man braucht Leute, um sie zurückzutransportieren, und Benzin und Leute, um sie zu begraben. Diese Leute konnten gerade so gut kämpfen und auch getötet werden.

Es gab Schnee oder sonstwas, Regen oder Nebel, die ganze Zeit über, und die Straßen waren an einzelnen Stellen bis zu vierzehn Minen tief miniert, so daß man, wenn sich die Fahrzeuge in einer neuen Stelle Schlamm, in eine tiefere Minenschicht, einwühlten, immer Fahrzeuge, und natürlich auch die Leute, die in ihnen drin waren, verlor.

Außer daß sie mit ihren Mörsern alles zu Klump hämmerten und alle ihre Feuerschneisen für Maschinengewehre und automatische Feuerwaffen verjüngt zuliefen, hatten sie die ganze Geschichte so ausgearbeitet und eingeteilt, daß man, wie sehr man sie auch zu überlisten suchte, immer direkt in sie hineinlief. Sie behagelten einen auch mit schwerer Artillerie und mit mindestens einem Eisenbahngeschütz.

Dies war eine Gegend, in der es äußerst schwierig war, am Leben zu bleiben, selbst wenn man nichts weiter tat, als dort zu sein. Und wir griffen die ganze Zeit über jeden Tag an.

Denken wir nicht mehr daran. Zum Teufel damit. Vielleicht sollte ich mich aber doch an zwei Dinge erinnern und sie auf die Art loswerden. Eines war ein arschnackter Hügel, den man passieren mußte, um nach Großhau zu kommen.

Gerade bevor man an diese Stelle kam, die unter Beobachtung und im Feuer der 8,8 lag, gab es ein kleines Stückchen Niemandsland, wo sie einen nur mit einer Haubitze treffen konnten, nur mit Sperrfeuer oder von rechts mit Mörsern. Nachdem wir das gesäubert hatten, sahen wir, daß sie auch hier gute Beobachtungsstände für ihre Mörser hatten.

Dies war eine verhältnismäßig ungefährdete Stelle. Ich lüge wirklich nicht, weder ich noch sonstwer. Man kann die, die in Hürtgen waren, nicht zum Narren halten, und log man, so wußten sie es, sobald man nur den Mund auftat. Colonel oder nicht Colonel.

An dieser Stelle kam uns ein Lastwagen entgegen, und wir verlangsamten die Fahrt, und der Fahrer hatte das übliche graue Gesicht, und er sagte: „Sir, mitten auf der Straße, etwas weiter oben, liegt ein toter GI, und jedesmal, wenn irgendein Fahrzeug durchfährt, muß es über ihn wegfahren, und ich fürchte, es macht einen schlechten Eindruck auf die Truppen."

„Wir werden ihn von der Straße fortschaffen."

Also schafften wir ihn von der Straße fort.

Und ich kann mich noch genau daran erinnern, wie er sich anfühlte, als wir ihn anhoben, und wie platt gedrückt er war, und wie sonderbar dieses Plattsein war.

Dann war da noch eine Sache, an die ich mich erinnern will. Wir hatten eine riesige Menge von weißem Phosphor auf die Stadt abgeworfen, bevor wir sie endgültig einnahmen, oder wie immer man das nennen mag. Das war das erste Mal, daß ich einen deutschen Hund einen gerösteten deutschen Kraut fressen sah. Später sah ich, wie sich auch eine Katze über ihn hermachte. Es war eine hungrige, im Grunde ganz nett aussehende Katze. Du würdest es wohl nicht für möglich halten,

Tochter, daß eine gute deutsche Katze einen guten deutschen Soldaten frißt, was? Oder daß ein guter deutscher Hund den von weißem Phosphor gerösteten Hintern eines guten deutschen Soldaten fressen würde?

Wie viele solcher Geschichten könnte man wohl erzählen? Eine Menge, und was wäre damit schon getan? Man könnte Tausende erzählen, und sie würden keinen Krieg verhindern. Die Leute würden sagen, wir führen ja nicht mit den Krauts Krieg, und außerdem hat die Katze ja weder mich noch meinen Bruder Gordon gefressen. Der war ja im Fernen Osten. Vielleicht ist Gordon von Landkrebsen gefressen worden. Vielleicht hat er sich auch einfach in Nichts aufgelöst.

In Hürtgen gefroren sie alle einfach, und es war so kalt, daß sie mit roten Gesichtern gefroren. Sehr sonderbar. Im Sommer waren alle grau und gelblich wie Wachsfiguren. Aber wenn der Winter erst mal richtig da war, hatten sie gerötete Gesichter.

Richtige Soldaten sagen keinem Menschen jemals, wie die eigenen Toten ausgesehen haben, erzählte er dem Porträt. Und für mich ist dies ganze Thema erledigt. Und wie steht es mit der Kompanie, die da in der Senkung draufgegangen ist? Wie steht es mit denen, Herr Berufssoldat?

Sie sind tot, sagte er. Und ich kann rumlungern und plappern.

Wer will mit mir ein Glas Valpolicella trinken? Um wieviel Uhr, glaubst du, sollte ich dein Gegenstück wecken, du, Mädchen? Wir müssen zu dem Juwelierladen gehen. Und ich freu mich schon darauf, Spaß zu machen und über die vergnüglichsten Dinge der Welt zu reden.

Was ist denn vergnüglich, Porträt? Du sollst es wissen. Du bist mir sehr über, obschon du nicht so viel herumgekommen bist.

In Ordnung, Leinwandmädchen, sagte der Colonel zu ihr, aber nicht laut und vernehmlich, wir wollen die ganze Geschichte fallenlassen, und in elf Minuten werde ich das lebendige Mädchen aufwecken, und wir werden kräftig einen auf die Pauke hauen und vergnügt sein und dich hierlassen, um eingepackt zu werden.

Ich wollte nicht unhöflich gegen dich sein. Ich hab nur einen derben Scherz gemacht. Ich will überhaupt niemals unhöflich sein, weil ich von jetzt an mit dir zusammen leben werde. Hoffentlich, fügte er hinzu und trank ein Glas von dem Wein.

36

Es war ein frostiger, kalter, klarer Tag, und sie standen vor dem Fenster des Juweliergeschäfts und betrachteten kritisch die beiden kleinen aus Ebenholz geschnitzten Negerköpfe und Torsen, die mit verzierenden Steinen geschmückt waren. Der Colonel fand einen so hübsch wie den andern.

„Welcher gefällt dir am besten, Tochter?"

„Ich glaube der rechts. Findest du nicht, daß er das nettere Gesicht hat?"

„Sie haben beide nette Gesichter. Aber ich glaube, wenn wir in der guten alten Zeit lebten, wär's mir lieber, *er* würde dir aufwarten."

„Schön, dann kaufen wir den. Laß uns hineingehen und sie ansehen. Ich muß mich nach dem Preis erkundigen."

„Ich werde hineingehen."

„Nein, laß mich nach dem Preis fragen. Sie werden mir weniger berechnen, als sie dir berechnen würden. Schließlich bist du ja ein reicher Amerikaner."

„Et toi, Rimbaud?"

„Du würdest einen furchtbar komischen Verlaine abgeben", sagte das Mädchen zu ihm. „Wir müssen ein paar andere berühmte Leute sein."

„Treten Sie ein, Majestät, und wir werden das gottverdammte Schmuckstück kaufen."

„Du würdest auch keinen sehr guten Ludwig XVI. abgeben."

„Ich stiege zu dir in den Henkerskarren und würde immer noch spucken können."

„Wir wollen alle Henkerskarren und alle Sorgen vergessen. Laß uns den kleinen Gegenstand kaufen, und dann wollen wir zu Cipriani gehen und berühmte Leute spielen."

Drinnen im Laden besahen sie sich die beiden Köpfe, und sie erkundigten sich nach dem Preis, und dann gab es einen sehr schnellen Wortwechsel, und der Preis war viel niedriger. Dennoch war es immer noch mehr Geld, als der Colonel hatte.

„Ich werde zu Cipriani gehen und mir Geld borgen."

„Nein", sagte das Mädchen. Dann zu dem Verkäufer: „Packen Sie ihn in eine Schachtel und schicken Sie es zu Cipriani und sagen Sie, der Colonel ließe bestellen, man möchte es bezahlen und für ihn aufheben."

„Bitte sehr", sagte der Verkäufer. „Ganz wie Sie wünschen."

Sie gingen hinaus auf die Straße und ins Sonnenlicht und den unermüdlichen Wind.

„Nebenbei gesagt", sagte der Colonel, „deine Steine liegen auf deinen Namen im Safe im ‚Gritti'."

„Deine Steine."

„Nein", sagte er zu ihr, nicht scharf, aber so, daß sie es verstehen mußte. „Es gibt Dinge, die man nicht tun kann. Das ist dir nicht unbekannt. Du kannst mich nicht heiraten, und ich verstehe das, obschon ich es nicht gutheiße."

„Schön", sagte das Mädchen. „Ich verstehe. Aber würdest du einen als Talisman annehmen?"

„Nein, das kann ich nicht. Sie sind zu wertvoll."

„Aber das Porträt ist auch wertvoll."

„Das ist etwas anderes."

„Ja", gab sie zu. „Wahrscheinlich. Ich glaube, ich verstehe langsam, was du meinst."

„Ich würde, wenn ich arm und jung wäre und sehr gut ritte, mir ein Pferd von dir schenken lassen, aber ein Auto könnte ich nicht annehmen."

„Jetzt verstehe ich es ganz genau. Wo können wir jetzt sofort hingehen, wo du mich küssen kannst?"

„In diese Sackgasse, wenn du niemand kennst, der hier wohnt."

„Es ist mir ganz gleich, wer hier wohnt. Ich will fühlen, wie du mich festhältst und küßt."

Sie bogen in die Seitenstraße ein und gingen bis ans Ende. „Ach, Richard", sagte sie. „Ach, mein Lieber."

„Ich liebe dich."

„Bitte, liebe mich."

„Das tu ich."

Der Wind fuhr in ihr Haar und wehte es gegen seinen Hals, und er küßte sie noch einmal, als es seidig um sein Gesicht schlug. Dann riß sie sich los, plötzlich und hart, und blickte ihn an und sagte: „Wahrscheinlich sollten wir lieber zu ‚Harry' gehen."

„Wahrscheinlich. Willst du historische Personen spielen?"

„Ja", sagte sie. „Wir wollen spielen, daß du du bist und ich ich."

„Also los", sagte der Colonel.

37

Bei „Harry“ waren nur ein paar vormittägliche Trinker, die der Colonel nicht kannte, und zwei Männer, die hinten in der Bar ein Geschäft besprachen.

Es gab Stunden bei „Harry“, wenn sich die Bar mit derselben brausenden Regelmäßigkeit, mit der die Flut beim Mont St. Michel eintritt, mit Leuten füllte, die man kannte. Nur, dachte der Colonel, die Stunden der Gezeiten wechseln jeden Tag mit dem Mond, und die Stunden bei „Harry“ sind wie der Meridian von Greenwich oder das Pariser Normalmeter oder die gute Meinung, die das französische Militär von sich selbst hat.

„Kennst du irgendwelche von diesen Vormittagstrinkern?“ fragte er das Mädchen.

„Nein. Ich bin kein Vormittagstrinker, deshalb habe ich sie nie getroffen.“

„Sie werden, wenn die Flut kommt, hinausgeschwemmt werden.“

„Nein, sie werden, gerade wenn sie kommt, aus eigenem Antrieb weggehen.“

„Stört es dich, daß wir außerhalb der Saison hier sind?“

„Hältst du mich für einen Snob, weil ich aus einer alten Familie bin? Wir sind die, die keine Snobs sind. Die Snobs, das sind die, die du Laffen nennst, und die Neureichen. Hast du je so viele Leute mit neuem Geld gesehen?“

„Ja“, sagte der Colonel. „Damals in Kansas City, als ich von Fort Riley hereinkam, um im Country Club Polo zu spielen.“

„War es ebenso schlimm wie hier?“

„Nein, es war ganz nett. Mir gefiel es, und der Teil von Kansas City ist besonders schön.“

„Ist er wirklich schön? Ich wünschte, wir könnten dahin fahren. Gibt es dort auch Lager? Die Sorte, in denen wir übernachten wollen?"

„Gewiß. Aber wir wollen im ‚Hotel Muehlebach' wohnen, das die größten Betten der Welt hat, und wir tun so, als ob wir Ölmillionäre sind."

„Wo werden wir unseren Cadillac lassen?"

„Also ist es jetzt ein Cadillac?"

„Ja, außer wenn du lieber den großen Buick Roadmaster mit der Dynaflow-Schaltung nehmen möchtest? Ich bin mit ihm durch ganz Europa gereist. Er war in der letzten ‚Vogue', die du mir geschickt hast, abgebildet."

„Wir benutzen wohl lieber nur einen auf einmal", sagte der Colonel. „Und den, für den wir uns entscheiden, werden wir in der Garage neben dem ‚Muehlebach' einstellen."

„Ist das ‚Muehlebach' sehr großartig?"

„Wunderbar. Du wirst entzückt davon sein. Wenn wir die Stadt verlassen, fahren wir nach Norden, nach St. Joe und trinken einen in der Bar im ‚Roubidoux', vielleicht auch zwei, und dann überqueren wir den Fluß und fahren nach Westen. Du kannst fahren, und dann wird abgelöst."

„Was meinst du damit?"

„Wir wechseln einander beim Fahren ab."

„Ich fahre jetzt."

„Wir wollen den langweiligen Teil überspringen und nach Chimney Rock fahren und weiter nach Scott's Bluff und Torrington, und du wirst sehen, dahinter fängt es erst richtig an."

„Ich habe die Straßenkarten und die Reiseführer für den Mann, der sagt, wo man essen soll, und den A. A. A.-Reiseführer für die Camps und die Hotels."

„Beschäftigst du dich viel damit?"

„Abends beschäftige ich mich immer mit den Sachen,

die du mir geschickt hast. Was für einen Führerschein werden wir haben?"

„Einen aus Missouri. Wir werden den Wagen in Kansas City kaufen. Wir fliegen nach Kansas City, erinnerst du dich nicht mehr? Oder wir können auch mit einem wirklich guten Zug fahren."

„Ich dachte, wir fliegen bis Albuquerque."

„Das war ein anderes Mal."

„Werden wir am frühen Nachmittag im besten Hotel aus dem A. A. A.-Buch anhalten, und kann ich dir dann all die Drinks mixen, die du magst, während du die Zeitungen und ‚Life' und ‚Time' und ‚Newsweek' liest, und ich die allerneueste ‚Vogue' und ‚Harper's Bazaar'?"

„Ja, aber wir kommen auch hierher zurück."

„Natürlich. Mit unserem Wagen. Auf einem italienischen Schiff, auf dem, das zur Zeit am besten ist. Wir fahren direkt von Genua aus hierher."

„Willst du nicht irgendwo über Nacht bleiben?"

„Warum? Wir wollen doch nach Hause, in unser eigenes Haus."

„Wo wird unser Haus sein?"

„Das können wir später jederzeit bestimmen. In dieser Stadt sind immer eine Anzahl Häuser zu haben. Möchtest du auch auf dem Land wohnen?"

„Ja", sagte der Colonel. „Warum nicht?"

„Dann können wir die Bäume sehen, wenn wir aufwachen. Was für Bäume werden wir auf unserer Reise sehen?"

„Meistens Fichten und Pappelarten längs der Flüsse und Espen. Warte nur ab, bis du siehst, wie die Espen im Herbst gelb werden."

„Ich warte ab. Wo werden wir in Wyoming übernachten?"

„Zuerst werden wir nach Sheridan gehen, und da können wir uns dann entscheiden."

„Ist Sheridan hübsch?“

„Wunderbar. Und dann fahren wir mit dem Wagen an die Stelle, wo der Wagon Box Fight stattgefunden hat, und ich erzähl dir dann alles darüber. Wir fahren auf dem Weg nach Billings dort hinauf, wo man den dämlichen George Armstrong Custer getötet hat, und du kannst die Gedenksteine sehen, wo alle umgekommen sind, und ich werde dir das Gefecht erklären.“

„Das wird wunderbar. Welchem Ort sieht Sheridan am ähnlichsten? Mantua oder Verona oder Vicenza?“

„Keinem von denen. Es liegt hoch oben direkt in den Bergen beinah wie Schio.“

„Ist es also wie Cortina?“

„Überhaupt nicht. Cortina liegt in einem Hochtal im Gebirge. Sheridan zieht sich den Berghang hinauf. Die Big Horns haben keine Vorberge. Sie streben steil vom Plateau auf. Man kann Cloud's Peak von da sehen.“

„Wird unser Wagen die Steigungen gut nehmen können?“

„Und ob er wird, verflucht noch mal! Aber ich hätte lieber keine hydraulisch-automatische Schaltung.“

„Ich kann darauf verzichten“, sagte das Mädchen. Dann hielt sie sich steif und starr, um nicht zu weinen. „Wie ich auf alles andere verzichten kann.“

„Was willst du trinken?“ sagte der Colonel. „Wir haben noch nicht einmal bestellt.“

„Ich glaube, ich möchte gar nichts trinken.“

„Zwei Martini extra dry“, sagte der Colonel zu dem Barmixer an der Theke, „und ein Glas kaltes Wasser.“

Er langte in seine Tasche und schraubte den Verschluß der Medizinflasche auf und schüttelte zwei der großen Tabletten in seine linke Hand. Er hielt sie in der Hand, als er den Verschluß wieder zuschraubte. Es war kein Kunststück für einen Mann mit einer schlimmen rechten Hand.

„Ich habe gesagt, daß ich nichts trinken will."

„Ich weiß, Tochter. Aber ich dachte, daß du vielleicht einen gebrauchen wirst. Wir können ihn auf der Theke stehen lassen. Oder ich kann ihn trinken. Bitte", sagte er, „ich wollte nicht schroff sein."

„Wir haben noch nicht nach dem kleinen Mohren gefragt, der sich um mich kümmern soll."

„Nein. Ich wollte ihn mir erst geben lassen, wenn Cipriani da ist und ich für ihn bezahlen kann."

„Muß alles so peinlich genau sein?"

„Ich glaube, bei mir ja", sagte der Colonel. „Verzeih mir, Tochter."

„Sag dreimal hintereinander Tochter."

„Hija, figlia, Tochter."

„Ich weiß nicht", sagte sie, „ich glaube, wir wollen weggehen. Ich hab gern, wenn andere Leute uns sehen, aber ich mag jetzt niemanden sehen."

„Die Schachtel mit dem Mohren darin steht auf der Registrierkasse."

„Ich weiß. Ich habe sie schon eine ganze Weile gesehen."

Der Barmixer kam mit den zwei Drinks; sie waren eiskalt durch die frostige Kälte der Gläser, und er brachte auch das Glas Wasser.

„Geben Sie mir das kleine Paket, das für mich gekommen ist und auf der Registrierkasse liegt", sagte der Colonel zu ihm. „Sagen Sie Cipriani, daß ich ihm einen Scheck dafür schicken werde."

Er hatte seine Entscheidung umgestoßen.

„Willst du einen Drink, Tochter?"

„Ja, wenn dir's recht ist, daß auch ich's mir umüberlege."

Sie tranken, nachdem sie ganz leicht mit den Gläsern angestoßen hatten, so leicht, daß der Kontakt kaum spürbar war.

„Du hattest recht“, sagte sie, als sie die Wärme fühlte und der Martini für den Augenblick ihren Kummer vernichtete.

„Du hattest auch recht“, sagte er und verbarg die beiden Tabletten in der hohlen Hand.

Er fand es geschmacklos, die Tabletten jetzt mit Wasser hinunterzuspülen. Darum schluckte er sie, als das Mädchen einen Augenblick den Kopf wandte, um einen Vormittagstrinker zur Tür hinausgehen zu sehen, mit dem Martini herunter.

„Wollen wir gehen, Tochter?“

„Ja, sicher.“

„Mixer“, sagte der Colonel. „Wieviel machen die Drinks? Und vergessen Sie nicht, Cipriani zu bestellen, daß ich ihm für den kleinen Unsinn hier einen Scheck schicken werde.“

38

Sie aßen im „Gritti“ zu Mittag, und das Mädchen hatte den kleinen Ebenholzkopf und Torso des Mohren ausgepackt und ihn hoch oben auf ihrer linken Schulter angesteckt. Er war ungefähr acht Zentimeter lang und war sehr schön anzusehen, wenn man derartige Dinge mochte. Und wenn nicht, ist man dämlich, dachte der Colonel.

Aber du sollst nicht einmal grobe Sachen denken, sagte er zu sich. Du mußt jetzt in jeder Beziehung freundlich sein, bis du auf Wiedersehen sagst. Was für ein Wort „auf Wiedersehen“, dachte er.

Es klingt wie ein Motto fürs Poesiealbum.

Auf Wiedersehen und bonne chance und hasta la vista. Wir sagten einfach Scheiße und beließen es dabei. Leb wohl, das ist ein hübsches Wort. Es klingt auch hübsch, dachte er. Leb wohl! Leb wohl auf lange und nimm es dorthin mit, wo du hingehst. Mit allem Zubehör, dachte er.

„Tochter“, sagte er. „Wie lange ist es her, daß ich dir gesagt habe, daß ich dich liebe?“

„Nicht, seitdem wir hier am Tisch sitzen.“

„Ich sag es dir jetzt.“

Als sie ins Hotel kamen, hatte sie ihr Haar geduldig gekämmt; sie war dazu in die Damengarderobe gegangen. Sie haßte solche Räume.

Sie hatte ihren Lippenstift benutzt, um sich die Sorte Mund zu malen, von der sie wußte, daß er ihn am meisten begehrte, und sie hatte, als sie den Mund sorgfältig nachzog, zu sich gesagt: Überhaupt nicht denken. Nicht denken. Vor allem nicht traurig sein, weil er jetzt fortgeht.

„Du siehst wunderschön aus.“

„Danke. Ich würde gern wunderschön für dich sein, wenn ich könnte und wenn ich überhaupt wunderschön sein könnte.“

„Italienisch ist eine herrliche Sprache.“

„Ja, Mr. Dante fand das auch.“

„Gran Maestro“, sagte der Colonel. „Was gibt es in dieser *Wirtschaft* zu essen?“

Der Gran Maestro hatte sie beobachtet, ohne sie zu beobachten, mit Zärtlichkeit und ohne Neid.

„Wünschen Sie Fleisch oder Fisch?“

„Heute ist Sonnabend“, sagte der Colonel. „Also kein Fischzwang. Ich werde Fisch essen.“

„Es gibt Seezunge“, sagte der Gran Maestro. „Was wünschen Sie, Contessa?“

„Was Sie für richtig halten. Sie verstehen mehr vom Essen als ich, und mir schmeckt alles.“

„Entscheide dich, Tochter.“

„Nein, ich möchte es lieber jemand überlassen, der mehr davon versteht als ich. Ich habe einen Schulmädchenappetit.“

„Es wird eine Überraschung sein", sagte der Gran Maestro mit seinem schmalen und zärtlichen Gesicht mit den grauen Augenbrauen über den leicht verhüllten Augen – dem stets glücklichen Gesicht des alten Soldaten, der noch am Leben ist und es schätzt.

„Gibt es irgendwelche Ordensneuigkeiten?" fragte der Colonel.

„Nur daß unser Führer selbst in der Klemme ist. Man hat alles, was er besitzt, beschlagnahmt, oder man hat auf jeden Fall eingegriffen."

„Ich hoffe, daß es nicht ernst ist."

„Wir wollen Vertrauen zu unserem Führer haben. Er hat schlimmere Stürme als diesen überstanden."

„Auf unseren Führer", sagte der Colonel.

Er hob das Glas, das mit dem abgefüllten, neuen und echten Valpolicella gefüllt war. „Trink auf ihn, Tochter."

„Ich kann nicht auf das Schwein trinken", sagte das Mädchen. „Außerdem gehöre ich dem Orden nicht an."

„Jetzt tun Sie es", sagte der Gran Maestro, „por merito di guerra."

„Dann werde ich auf ihn trinken", sagte sie. „Bin ich wirklich ein Mitglied des Ordens?"

„Ja", sagte der Gran Maestro. „Sie haben Ihre pergamentene Urkunde noch nicht erhalten, aber ich ernenne Sie zur Außerordentlichen Ehrenamtlichen Sekretärin. Der Colonel wird Ihnen die Geheimnisse des Ordens enthüllen. Enthüllen Sie sie bitte, Colonel."

„Ich enthülle sie", sagte der Colonel. „Es sind doch keine pockennarbigen Leute in der Nähe?"

„Nein. Er ist mit seiner Dame ausgegangen. Mit Miss Baedeker."

„Also, okay", sagte der Colonel. „Ich werde sie enthüllen. Du brauchst nur das Hauptgeheimnis zu wissen. Verbessern Sie mich, Gran Maestro, falls mir ein Irrtum unterläuft."

„Beginnen Sie mit der Enthüllung“, sagte der Gran Maestro.

„Ich beginne mit der Enthüllung“, sagte der Colonel. „Hör aufmerksam zu, Tochter. Dies ist das oberste Geheimnis. Hör zu. Liebe ist Liebe, und Spaß ist Spaß. Aber es ist immer sehr still, wenn die Goldfische sterben.“

„Es ist enthüllt worden“, sagte der Gran Maestro.

„Ich bin sehr stolz und glücklich, ein Mitglied des Ordens zu sein“, sagte das Mädchen. „Aber irgendwie ist es ein ziemlich derber Orden.“

„Das ist es in der Tat“, sagte der Colonel. „Und jetzt, Gran Maestro, was essen wir nun eigentlich, ohne Geheimnisse?“

„Zuerst etwas Krebs enchilada, wie er hier in dieser Stadt zubereitet wird, aber kalt. In der Schale serviert. Dann Seezunge für Sie und Mixed Grill für die Contessa. Was für Gemüse?“

„Was immer Sie haben“, sagte der Colonel.

Der Gran Maestro verschwand, und der Colonel blickte auf das Mädchen und dann auf den Canal Grande vor dem Fenster, und er sah die magischen Flecken und den Wechsel des Lichts sogar hier am Ende der Bar, die jetzt durch geschickte Handhabung in ein Speisezimmer verwandelt worden war, und er sagte: „Tochter, hab ich dir gesagt, daß ich dich liebe?“

„Du hast es mir schon eine ganze Weile lang nicht gesagt. Aber ich liebe dich.“

„Was geschieht Menschen, die einander lieben?“

„Wahrscheinlich haben sie das, was immer sie haben, und sie sind glücklicher dran als die anderen. Und dann bleibt einem von ihnen Leere auf immer.“

„Ich werde nichts Grobes sagen“, sagte der Colonel. „Ich hätte eine grobe Antwort geben können. Aber bitte, spür keine Leere.“

„Ich werd's versuchen“, sagte das Mädchen. „Ich hab's

die ganze Zeit über, seitdem ich aufgewacht bin, versucht. Ich versuch's die ganze Zeit über, seit wir einander kennen."

„Versuch's immer weiter, Tochter", sagte der Colonel. Dann sagte der Colonel zu dem Gran Maestro, der, nachdem er seine Bestellung gemacht hatte, wieder erschienen war: „Eine Flasche von dem vino secco vom Vesuv für die kleinen Seezungen. Zum übrigen trinken wir unseren Valpolicella."

„Kann ich nicht den Vesuvwein zu meinem Mixed Grill trinken?" fragte das Mädchen.

„Renata, Tochter", sagte der Colonel. „Natürlich. Du kannst alles tun."

„Wenn ich Wein trinke, möchte ich gern dieselben Weine trinken wie du."

„In deinem Alter ist guter Weißwein gut zu einem Mixed Grill", sagte der Colonel zu ihr.

„Ich wünschte, der Altersunterschied wäre nicht so groß."

„Mir gefällt er sehr", sagte der Colonel. „Ausgenommen", fügte er hinzu, beendete den Satz aber nicht und sagte: „Seien wir fraîche et rose comme au jour de bataille."

„Wer hat das gesagt?"

„Ich hab keinen Schimmer. Ich hab's aufgeschnappt, als ich auf dem Collège des Maréchaux einen Lehrgang absolvierte. Ein reichlich anspruchsvoller Name. Aber ich bestand die Prüfung. Was ich jedoch am besten weiß, hab ich von den Krauts gelernt, indem ich sie studiert und bekämpft habe. Sie sind die besten Soldaten, aber sie übernehmen sich immer."

„Wir wollen so sein, wie du gesagt hast, und bitte, sag mir, daß du mich liebst."

„Ich liebe dich", sagte er. „Darauf kannst du dich verlassen. Das sag ich dir wahrheitsgetreu."

„Heut ist Sonnabend", sagte sie. „Und wann ist Sonnabend in acht Tagen?"

„Sonnabend in acht Tagen ist ein bewegliches Fest, Tochter. Such dir mal einen Menschen, der dir was über Sonnabend in acht Tagen sagen kann."

„Du könntest mir's sagen, wenn du wolltest."

„Ich werde den Gran Maestro fragen; vielleicht weiß er's. Gran Maestro, wann ist Sonnabend in acht Tagen?"

„À Pâques ou à la Trinité", sagte der Gran Maestro.

„Warum gibt es keine Küchendüfte zu unserer Belustigung?"

„Weil der Wind aus der falschen Richtung bläst."

Ja, dachte der Colonel. Der Wind bläst aus der falschen Richtung, und wie glücklich wäre ich gewesen, wenn ich dies Mädchen gehabt hätte, an Stelle von der Frau, der ich Alimente zahle und die noch nicht einmal ein Kind kriegen konnte. Dafür hatte sie sich verdingt. Aber wer dürfte irgend jemandes Eierstöcke kritisieren? Ich kritisiere nur Goodrich oder Firestone oder General.

Erhalt es dir unversehrt, sagte er zu sich. Und liebe dein Mädchen.

Sie saß neben ihm und wollte geliebt werden, falls er Liebe irgendwelcher Art zu geben hatte.

Das war's wieder, wie stets, wenn er sie anblickte, und er sagte: „Wie geht es dir mit dem Haar wie Krähenschwingen und dem Gesicht, das einem das Herz brechen kann?"

„Mir geht es glänzend."

„Gran Maestro", sagte der Colonel. „Produzieren Sie ein paar Gerüche oder sonstwas aus Ihrer Küche hinter den Kulissen, selbst wenn der Wind aus der falschen Richtung bläst."

39

Der Portier hatte auf Veranlassung des Concierge telefoniert, und es war dasselbe Motorboot, in dem sie hergefahren waren.

T5 Jackson saß in dem Boot mit dem Gepäck und dem Porträt, das sachgemäß verpackt und verschnürt war. Es wehte noch stark.

Der Colonel hatte seine Rechnung bezahlt und angemessene Trinkgelder gegeben. Die Leute aus dem Hotel hatten sein Gepäck und das Bild ins Boot getragen und dafür gesorgt, daß Jackson bequem saß. Dann hatten sie sich zurückgezogen.

„Nun, Tochter“, sagte der Colonel.

„Kann ich nicht mit dir bis zur Garage kommen?“

„Es wird an der Garage genauso schlimm sein.“

„Bitte, laß mich bis zur Garage mitfahren.“

„Schön“, sagte der Colonel. „Es ist ja schließlich deine Angelegenheit. Steig ein.“

Sie sprachen kein Wort, und der Wind kam von hinten, so daß es, bei der Geschwindigkeit, die diese Katastrophe von Motor erzeugte, den Anschein hatte, als ob beinahe überhaupt kein Wind war.

An der Landungsstelle, wo Jackson einem Träger das Gepäck reichte und sich selbst mit dem Porträt belud, sagte der Colonel: „Willst du hier auf Wiedersehen sagen?“

„Muß ich?“

„Nein.“

„Darf ich mit hinauf in die Bar der Garage kommen, während sie den Wagen herunterholen?“

„Das wird schlimmer sein.“

„Das ist mir gleich.“

„Schaffen Sie das Zeugs da rauf in die Garage und lassen Sie jemanden darauf aufpassen, während Sie den

Wagen herunterbringen“, sagte der Colonel zu Jackson. „Geben Sie auf meine Gewehre acht und packen Sie den Kram so ein, daß hinten im Auto möglichst viel Platz frei bleibt.“

„Jawohl, Sir“, sagte Jackson.

„Fahr ich doch mit?“ fragte das Mädchen.

„Nein“, sagte der Colonel.

„Warum kann ich nicht mitkommen?“

„Das weißt du sehr gut. Du bist nicht eingeladen.“

„Bitte, sei nicht so böse.“

„Himmelherrgott, Tochter, wenn du wüßtest, was ich mir für Mühe gebe, um es nicht zu sein. Es ist leicht, wenn man böse ist. Wir wollen den guten Mann hier entlohnen und hinübergehen und uns auf die Bank da unter dem Baum setzen.“

Er entlohnte den Besitzer des Motorbootes und sagte ihm, daß er den Jeepmotor nicht vergessen habe. Er sagte ihm auch, daß er nicht damit rechnen solle, daß aber eine gute Chance bestünde, daß er ihn bekommen könne.

„Es wird ein gebrauchter Motor sein. Aber er wird besser sein als der Spirituskocher, den Sie jetzt da drin haben.“

Sie gingen die abgenutzten Steinstufen hinauf und überquerten den Kies und setzten sich auf eine Bank unter den Bäumen.

Die Bäume waren schwarz und bewegten sich im Wind, und es waren keine Blätter an ihnen. Die Blätter waren in jenem Jahr früh abgefallen und längst aufgefegt worden.

Ein Mann kam heran, um ihnen Postkarten zum Kauf anzubieten, und der Colonel sagte zu ihm: „Verzieh dich, mein Sohn, wir können dich jetzt nicht gebrauchen.“

Das Mädchen weinte schließlich, obschon sie den Entschluß gefaßt hatte, niemals zu weinen. „Sieh mal, Tochter", sagte der Colonel. „Was kann man schon sagen? Man hat in das Gefährt, in dem wir jetzt fahren, keine Stoßdämpfer eingebaut."

„Ich hab aufgehört", sagte sie. „Ich bin nicht hysterisch."

„Das würde ich auch nicht von dir sagen. Ich würde sagen, daß du das wunderbarste und allerschönste Mädchen bist, das je gelebt hat. Irgendwo, irgendwann, jemals."

„Selbst wenn es wahr wäre, welchen Unterschied würde es machen?"

„Darauf weiß ich keine Antwort", sagte der Colonel. „Aber wahr ist es."

„Also was jetzt?"

„Also jetzt stehen wir auf und küssen einander und sagen Lebwohl."

„Was ist das?"

„Das weiß ich nicht", sagte der Colonel. „Wahrscheinlich gehört es zu den Dingen, mit denen jeder selbst fertig werden muß."

„Ich werde versuchen, damit fertig zu werden."

„Nimm's dir so wenig zu Herzen wie möglich, Tochter."

„Ja", sagte das Mädchen. „In dem Gefährt ohne Stoßdämpfer."

„Du warst von Anfang an für den Henkerskarren bestimmt."

„Kannst du denn nichts auf freundliche Art tun?"

„Ich fürchte, nein. Aber ich hab mich bemüht."

„Bitte, bemüh dich weiter. Das ist unsere ganze Hoffnung."

„Ich werde mich weiter bemühen."

Sie hielten einander eng umschlungen und küßten einander fest und aufrichtig, und der Colonel brachte das Mädchen über den Kiesstreifen, die Steinstufen hinunter.

„Du solltest ein gutes nehmen, nicht das alte Boot mit dem umgebauten Motor."

„Ich möchte lieber in dem Boot mit dem umgebauten Motor fahren, wenn es dir nichts ausmacht."

„Ausmacht?" sagte der Colonel. „Mir doch nicht. Ich gebe nur Befehle und gehorche Befehlen. Mir macht es nichts aus. Leb wohl, meine Liebe, Holde, Wunderschöne!"

„Leb wohl!" sagte sie.

40

Er war in der eingelassenen eichenen Tonne, die man im Veneto als Schirm benutzt. Ein Schirm ist jede Vorrichtung, die benutzt wird, um den Jäger vor allem, was er schießen will, zu verbergen; in diesem Fall waren es Enten.

Die Fahrt hinaus mit den Jungen war angenehm gewesen, nachdem er sie erst mal an der Garage getroffen hatte, der Abend auch, mit ausgezeichnetem Essen, das auf der alten, offenen Feuerstelle in der Küche zubereitet war. Drei Jäger hatten auf dem Weg zum Jagdort auf dem Rücksitz des Autos gesessen. Diejenigen, die nicht logen, hatten sich ein gewisses Maß an Übertreibungen erlaubt, und die Lügner waren niemals in vollerer Blüte gewesen. Ein Lügner in voller Blüte, hatte der Colonel gedacht, ist so schön wie ein Kirschbaum oder ein Apfelbaum, wenn er in Blüte steht. Wer sollte jemals einen Lügner entmutigen? dachte er, außer, wenn er einem Koordinaten gibt?

Der Colonel hatte sein ganzes Leben lang Lügner gesammelt, wie manche Menschen Briefmarken sammeln.

Er ordnete sie aber nur momentan ein, und eigentlich schätzte er sie auch wirklich. Im gegebenen Moment jedoch genoß er ihre Lügen in vollen Zügen, natürlich nur, falls nicht irgend etwas damit verknüpft war, was mit seinem Dienst zusammenhing.

Gestern abend hatte man, nachdem der Grappa die Runde gemacht hatte, allerhand gute Lügen verzapft, und der Colonel hatte es genossen.

Im Zimmer war Rauch gewesen von dem offenen Holzkohlenfeuer, nein, dachte er, es waren Holzkloben. Wie dem auch war, ein Lügner lügt am besten, wenn ein bißchen Rauch da ist oder nach Sonnenuntergang.

Er selbst hatte beinahe zweimal gelogen; er hatte sich aber im Zaum gehalten und nur übertrieben. Ich hoffe wenigstens, dachte er.

Jetzt die zugefrorene Lagune hier konnte alles verderben. Aber es wurde nicht verdorben.

Ein paar Spießenten kamen plötzlich von irgendwoher, schossen schräg nieder in einem Sturzflug, wie kein Flugzeug ihn je gemacht hat, und der Colonel hörte ihren schnellen Flügelschlag und hob sein Gewehr und schoß den Erpel ab. Er lag auf dem Eis; er schlug so stark auf, wie eine Ente auf Eis aufschlagen kann, und bevor er noch unten war, hatte der Colonel bereits das Weibchen getötet, das mit langgestrecktem Hals eilig emporstieg.

Es fiel neben dem Erpel nieder.

Der reinste Mord, dachte der Colonel. Und was ist heutzutage nicht Mord? Aber, Junge, schießen kannst du noch.

Junge, verflucht noch mal! dachte er. Du ramponierter alter Hundsfott, du. Aber sieh mal, wie sie jetzt einfliegen.

Es waren Pfeifenten, und sie kamen in einem Rauschen, das geronn und dann in nichts zerfloß. Dann schwoll es von neuem an, und die verräterische Ente auf dem Eis fing an, mit ihnen zu schnattern.

Laß sie noch einmal wenden, sagte der Colonel zu sich. Behalt den Kopf unten und beweg noch nicht mal die Augen. Sie werden einfallen.

Und wie sie einfielen, während die Verräterin auf sie einredete.

Ihre Flügel waren plötzlich zum Niedergehen festgestellt, wie wenn man die Landeklappen ausfährt. Dann sahen sie, daß es Eis war, und sie hoben sich und stiegen aufwärts.

Der Jäger, der jetzt kein Colonel war, sondern nichts als ein Schütze, erhob sich in der hölzernen Tonne und traf zwei. Sie schlugen beinahe so stark auf dem Eis auf wie die großen Enten.

Zwei sind genug von einer Familie, sagte der Colonel. Oder war es ein Volk?

Der Colonel hörte einen Schuß hinter sich; er wußte, daß dort kein anderer Schirm war, und er wandte den Kopf, um über die gefrorene Lagune hinweg bis zu dem fernen mit Riedgras gesäumten Ufer zu blicken.

Das hat sie vergrämt, dachte er.

Ein Schwarm Wildenten, der tief eingeflogen war, jagte hinauf in den Himmel; sie schienen auf ihren Sterzen zu stehen, als sie stiegen.

Er sah eine fallen; dann hörte er einen zweiten Schuß.

Es war der mürrische Bootsführer, der auf die Enten schoß, die sonst bei dem Colonel vorbeigekommen wären.

Wie kann er das nur tun? dachte der Colonel.

Der Mann hatte eine Flinte, um irgendwelche krankgeschossenen zu erschießen, die vielleicht dorthin entkommen waren, wo der Hund sie nicht kriegen konnte. Daß er auf Enten schoß, die auf den Schirm des Colonel zuflogen, war das Schlimmste, was ein Mann einem andern auf der Jagd antun konnte.

Der Bootsmann war zu weit entfernt, um sein Rufen zu hören. Darum feuerte der Colonel zweimal in seine Richtung.

Es ist zu weit, als daß die Schrotkugeln ihn treffen könnten, dachte er, aber er wird wenigstens wissen, daß ich weiß, was er tut. Was soll das Ganze nur bedeuten, verflucht noch mal? Noch dazu auf einer so wunderbar organisierten Jagd wie dieser? Dies ist die am besten geleitete und organisierte Entenjagd, auf der ich je geschossen habe, und ich hab das Schießen hier so sehr genossen, wie ich's je im Leben getan habe. Was ist denn mit dem Scheißkerl nur los?

Er wußte, wie schlecht ihm jeder Ärger bekam. Deshalb nahm er zwei von den Tabletten und spülte sie, da kein Wasser da war, mit einem Schluck Gordon-Gin aus seiner Taschenflasche hinunter.

Er wußte, daß auch Gin schlecht für ihn war, und er dachte, alles ist schlecht für mich außer Ruhe und etwas leichte Bewegung. Okay, Ruhe und etwas leichte Bewegung, Junge. Hältst du das für etwas leichte Bewegung?

Du Schöne, sagte er zu sich. Ich wünschte, du wärst jetzt hier, und wir wären in einem Schirm für zwei, und wir könnten nur gerade spüren, wie unsere Schulterblätter einander berührten. Ich würde mich nach dir umblikken und dich sehen, und ich würde auf die allerhöchsten Enten schießen, um dir zu imponieren, und versuchen, eine in den Schirm fallen zu lassen, ohne daß sie dich dabei träfe. Ich werde mal versuchen, eine auf die Art herunterzuholen, sagte er, als er die Flügel in der Luft pfeifen hörte. Er stand auf, wandte sich um und sah einen einzelnen Erpel, langhalsig und wunderschön, mit schnell schlagenden Flügeln, der aufs Meer zuhielt. Er sah ihn scharf und klar und hoch am Himmel, mit den

Bergen im Hintergrund. Er hatte ihn aufs Korn genommen, folgte ihm mit dem Gewehr über seinem Kopf so weit zurück, wie er konnte, und zog ab.

Der Erpel fiel auf das Eis, genau außerhalb des Schirmbereichs, und zerbrach das Eis, als er aufschlug. Es war das Eis, das aufgebrochen gewesen war, um die Lockenten auszusetzen, und es war wieder leicht zugefroren. Die Lockente blickte ihn an, als er da lag, und paddelte mit den Füßen.

Du hast ihn nie zuvor im Leben gesehen, sagte der Colonel zu dem Entenweibchen. Ich glaube noch nicht einmal, daß du gesehen hast, als er kam. Obschon das möglich wäre. Aber gesagt hast du nichts.

Der Erpel war mit dem Kopf zuerst aufgeschlagen, und der Kopf war unter dem Eis. Aber der Colonel konnte das wunderschöne Wintergefieder an Brust und Flügeln sehen.

Ich würde ihr gern eine Weste schenken, die aus dem ganzen Gefieder gemacht ist, so in der Art wie die, mit denen die alten Mexikaner ihre Götter zu schmücken pflegten, dachte er. Aber wahrscheinlich müssen diese Enten auf den Markt geschickt werden, und es würde sowieso niemand wissen, wie man sie häutet und die Bälge gerbt. Sie könnte jedoch wunderschön werden aus Wilderpelbälgen für den Rücken und Krickenten fürs Vorderteil mit zwei Längsstreifen von Eiderenten, von denen jeder über eine ihrer Brüste liefe. Wär eine tolle Weste. Ich bin ziemlich sicher, daß sie ihr gefallen würde.

Ich wünschte, es würden welche einfliegen, dachte der Colonel. Ein paar törichte Enten könnten einfliegen. Ich muß in Bereitschaft bleiben, falls sie kommen. Aber es kam keine, und er dachte nach.

Von den anderen Schirmen her hörte man keine Schüsse und nur gelegentlich Schüsse vom Meer her.

Bei dem guten Licht konnten die Vögel das Eis sehen, und sie flogen nicht mehr ein, sondern flogen an Stelle dessen hinaus auf die offene See und bildeten dort eine Art Floß. Also gab es für ihn nichts zu schießen, und er dachte, ohne es beabsichtigt zu haben, darüber nach und suchte festzustellen, wie es dazu kommen konnte. Er wußte, er hatte es nicht verdient, und er nahm es entgegen wie ein Geschenk und lebte davon, aber immer wieder suchte er es zu verstehen.

Einmal waren es zwei Matrosen gewesen, als er mit dem Mädchen nachts spazierengegangen war. Sie hatten ihr gepfiffen, und der Colonel dachte, daß das relativ harmlos war und er es besser nicht beachtet hätte.

Aber irgendwas stimmte da nicht. Er spürte es, bevor er es wußte. Dann wußte er es genau, weil er unter einer Laterne stehengeblieben war, so daß sie sehen konnten, was er auf den Schultern trug, und sie auf die andere Seite der Straße hätten gehen können.

Was er auf jeder Schulter trug, war ein kleiner Adler mit gespreizten Flügeln. Er war mit Silberfäden auf den Mantel, den er trug, gestickt. Er war nicht auffallend, und er war dort schon eine lange Zeit. Aber sichtbar war er.

Die beiden Matrosen pfiffen von neuem. „Bleib dort drüben an der Wand, wenn du's mit ansehen willst", hatte der Colonel zu dem Mädchen gesagt. „Oder sieh weg."

„Sie sind sehr groß und jung."

„Groß werden sie nicht lange sein", versicherte ihr der Colonel.

Der Colonel ging auf die Pfeifenden zu.

„Wo ist eure Militärpolizei?" fragte er.

„Woher sollte ich das wissen?" sagte der Größere. „Ich will mir ja nur mal die Puppe da ordentlich ansehen."

„Haben Kerls wie ihr Namen und Seriennummern?"

„Woher soll ich das wissen", sagte der Kleinere.

Der andere sagte: „Ich würd's einem lausigen Colonel der Infanterie sicher nicht sagen, wenn ich eine hätte."

Alter Soldatenjunge, dachte der Colonel, bevor er ihm eine reinschlug. Oller Rechthaber. Weiß aber genau Bescheid.

Aber er versetzte ihm einen Linken aus heiterem Himmel und traf ihn dreimal hintereinander, als er losging.

Der andere, der zuerst gepfiffen hatte, hatte für einen leicht angetrunkenen Mann schnell und gut abgedeckt, und der Colonel setzte ihm den Ellbogen in die Schnauze und dann versetzte er ihm unter der Laterne eine anständige Rechte. Nachdem er sie gelandet hatte, warf er dem anderen Matrosen einen Blick zu und sah, daß mit dem alles okay war. Jetzt schoß er einen linken Haken ab. Dann versetzte er ihm mit der Rechten einen ordentlichen Körperschlag, als er hochkam. Er versetzte ihm noch einen Linkshaken und wandte sich ab und ging auf das Mädchen zu, weil er nicht hören wollte, wie der Kopf auf das Pflaster aufschlug.

Er besah sich den, der es zuerst abbekommen hatte, und stellte fest, daß er friedlich, mit dem Kinn runter schlief. Das Blut lief ihm aus dem Mund. Aber es hatte noch die richtige Farbe, stellte der Colonel fest. „Na, da geht meine Karriere flöten", sagte er zu dem Mädchen. „Was immer das war. Aber die Kerls da tragen wahrhaftig komische Hosen."

„Wie geht's dir?" fragte das Mädchen.

„Ausgezeichnet. Hast du zugesehen?"

„Ja."

„Morgen früh werden die Hände schlimm sein", sagte er geistesabwesend. „Aber ich glaube, wir können uns unbesorgt auf den Weg machen. Aber wir wollen langsam gehen."

„Bitte, geh ganz langsam."

„So hab ich's nicht gemeint. Ich meinte nur, wir wollen uns mit dem Davongehen nicht beeilen."

„Wir wollen so langsam gehen, wie zwei Leute nur gehen können."

Sie gingen so.

„Willst du ein Experiment machen?"

„Natürlich."

„Wir wollen so gehen, daß selbst unsere Beine von hinten gefährlich aussehen."

„Ich will's versuchen. Aber ich glaub nicht, daß ich das kann."

„Gut, dann wollen wir einfach gehen."

„Aber haben sie dich denn nicht getroffen?"

„Einer hat mich ganz ordentlich hinterm Ohr getroffen – der zweite Junge, als er dazukam."

„Ist eine Schlägerei immer so?"

„Wenn man Glück hat."

„Und wenn man kein Glück hat?"

„Dann versagen dir auch die Knie, und du sackst entweder nach vorn oder nach hinten zusammen."

„Magst du mich noch nach deiner Schlägerei?" fragte das Mädchen.

„Ich liebe dich viel mehr als vorher, wenn das möglich wäre."

„Wäre das nicht möglich? Es wäre schön. Ich liebe dich mehr, seit ich das gesehen habe. Geh ich langsam genug?"

„Du gehst wie ein Reh im Wald, und manchmal gehst du so schön wie ein Wolf oder ein großer alter Kojote, wenn er sich nicht eilt."

„Ich weiß nicht, ob ich ein großer alter Kojote sein möchte."

„Wart ab, bis du einen gesehen hast", sagte der Colonel. „Dann wirst du's dir wünschen. Du gehst wie alle großen Raubtiere, wenn sie langsam gehen. Und du bist kein Raubtier."

„Das kann ich versprechen."

„Geh ein bißchen voran, so daß ich's sehen kann."

Sie ging voran, und der Oberst sagte: „Du gehst wie ein Champion, bevor er der Champion ist. Wenn du ein Pferd wärst, würde ich dich kaufen, und wenn ich mir das Geld dafür mit zwanzig Prozent im Monat pumpen müßte."

„Du brauchst mich nicht zu kaufen."

„Das weiß ich. Das stand nicht zur Diskussion. Wir sprachen über deinen Gang."

„Sag mir", sagte sie, „was geschieht denn mit den Männern da? Das gehört zu den Dingen bei einer Schlägerei, von denen ich nichts weiß. Hätte ich nicht bleiben und mich um sie kümmern sollen?"

„Keinesfalls", sagte der Colonel zu ihr. „Merk dir das. Niemals. Ich hoffe, sie teilen sich eine ordentliche Gehirnerschütterung. Von mir aus können sie verrecken. Sie haben den Unfall verschuldet. Sie können mich nicht privat belangen, kommt gar nicht in Frage. Wir sind alle versichert. Wenn ich dir eine Sache hierzu sagen darf, Renata . . ."

„Bitte, sag's mir."

„Wenn man boxt oder kämpft, muß man siegen. Das ist das einzige, worauf es ankommt. Der ganze Rest ist Kohl, wie mein alter Freund, Dr. Rommel, sagte."

„Mochtest du Rommel wirklich gern?"

„Sehr."

„Aber er war doch dein Feind."

„Manchmal liebe ich meine Feinde mehr als meine Freunde. Und die Marine, weißt du, die siegt immer. Das hab ich in einem Gebäude gelernt, das Pentagon heißt, als mir noch gestattet war, es durch den Vordereingang zu betreten. Wenn du willst, können wir diese

Straße hier entlang zurückschlendern oder auch schnell gehen und die beiden befragen."

„Weißt du, Richard, ganz ehrlich, ich hab für heute abend genug vom Boxen."

„Um die Wahrheit zu sagen, ich auch", sagte der Colonel. Aber er sagte es auf italienisch, und es begann mit Anche io. „Wir wollen zu ‚Harry' gehen und einen kippen, und dann bringe ich dich nach Hause."

„Hast du deiner schlimmen Hand sehr weh getan?"

„Nein", erklärte er. „Ich hab ihm nur einen Kopfschlag damit versetzt. Sonst hab ich ihn damit nur in den Körper gepuncht."

„Darf ich sie anfassen?"

„Wenn du sie sehr vorsichtig anfaßt."

„Aber sie ist ja furchtbar geschwollen."

„Es ist aber nichts gebrochen, und die Art von Schwellung geht wieder weg."

„Liebst du mich?"

„Ja. Ich liebe dich mit zwei mäßig geschwollenen Händen und von ganzem Herzen."

41

Also das war das gewesen, und vielleicht war es jener Tag oder vielleicht war's auch ein anderer, der das Wunder bewirkte. Das wußte man nie, dachte er. Das große Wunder war da, und er hatte es nicht bewußt darauf abgesehen. Aber, dachte er, du hast dich auch nicht dagegen gewehrt, du Scheißkerl.

Es war jetzt kälter denn je, und das aufgebrochene Eis gefror von neuem, und die Lockente blickte jetzt nicht einmal mehr in die Höhe. In dem Bestreben nach Sicherheit hatte sie ihre Verräterei aufgegeben.

Du Dirne, dachte der Colonel. Aber das ist ungerecht.

Es ist dein Gewerbe. Aber woher kommt's, daß eine Ente besser lockt als ein Erpel? Das solltest du wissen, dachte er. Und selbst das ist nicht wahr. Was, verflucht noch mal, ist denn wahr? Tatsächlich locken Erpel am besten.

Denk jetzt nicht an sie. Denk nicht an Renata, das wird dir nicht guttun, mein Junge. Es kann dir sogar schaden. Und du hast Abschied genommen. Was für ein Abschied das gewesen ist! Komplett mit Henkerskarren. Und wahrhaftig, sie wäre mit dir in den verdammten Henkerskarren geklettert. Solange es nur ein richtiger Henkerskarren war. Sehr rauhes Handwerk, dachte er, Lieben und Abschiednehmen. Man kann sich dabei richtig weh tun.

Wer gab dir das Recht, ein solches Mädchen zu lieben?

Niemand, antwortete er. Aber Andrea hat mich ihr vorgestellt.

Aber wie konnte sie einen so armseligen Hundsfott wie dich lieben?

Ich weiß es nicht, dachte er ehrlich. Ich weiß es wahrhaftig nicht.

Er wußte nicht – unter anderem –, daß das Mädchen ihn liebte, weil er keinen einzigen Morgen seines Lebens traurig gewesen war; Angriff oder kein Angriff. Er hatte Angst und Sorge gekannt. Aber morgens war er nie traurig gewesen.

Von der Sorte werden kaum welche gemacht, und das Mädchen wußte, obwohl sie so jung war, wenn sie einen sah.

Jetzt ist sie zu Hause und schläft, dachte der Colonel. Dort sollte sie auch sein und nicht in einem gottverlassenen Entenschirm, wo die Lockenten einem einfrieren.

Trotzdem wünschte ich, verflucht noch mal, sie wäre hier, wenn dies ein Schirm für zwei wäre, und sie sollte nach Westen Ausschau halten für den Fall, daß doch eine Kette einfallen würde. Es würde schön sein, wenn sie warm genug wäre. Vielleicht könnte ich irgendwem eine von jenen echten Daunenjacken abhandeln, die keiner je verkauft, der je eine gehabt hat. Die Sorte, die sie einmal irrtümlicherweise an die Luftwaffe ausgegeben haben.

Ich könnte feststellen, wie sie gesteppt sind, und eine aus Entendaunen von hier unten machen lassen, dachte er. Ich werde einen guten Schneider ausfindig machen, der sie zuschneidet; man müßte sie doppelreihig machen, keine Tasche rechts, und einen waschledernen Flicken einsetzen, so daß der Gewehrkolben gut anliegen würde.

Das werde ich tun, sagte er zu sich. Das werde ich tun, oder ich werde sehen, daß ich einem Kerl eine abknöpfe und sie dann für sie kleiner machen lasse. Ich würde ihr gern eine gute Purdey 12 besorgen, die nicht zu leicht ist, oder ein Paar Boss. Sie sollte ein Paar Jagdgewehre haben, die so gut sind wie sie selbst. Wahrscheinlich ein Paar Purdeys, dachte er.

Gerade in dem Augenblick hörte er das leichte Schwirren schnell schlagender Schwingen in der Luft und blickte hinauf. Aber sie waren zu hoch. Er richtete nur die Augen in die Höhe. Aber sie waren so hoch, daß sie das Faß sehen konnten und ihn darin und die eingefrorenen Lockenten und das niedergeschlagene Weibchen, das sie auch sah und nach Kräften quakte, die loyale Verräterin. Die Enten, es waren Spießenten, setzten ihren Flug dem Meer zu fort.

Ich schenk ihr nie etwas, wie sie sagte. Da war der kleine Mohr. Aber der gilt nicht. Sie hat ihn sich ausgesucht, und ich hab ihn gekauft. Das ist keine Art, jemandem ein Geschenk zu machen.

Was ich ihr gern schenken würde, wäre Sicherheit, die es nicht mehr gibt; all meine Liebe, die wertlos ist; all meine irdischen Habseligkeiten, die aber praktisch kaum zählen, bis auf zwei Gewehre, meine Uniformen, die Medaillen und Orden mit den Urkunden und ein paar Bücher. Auch die Pension eines Colonel a. D.

Ich vermache dir all meinen weltlichen Besitz, dachte er.

Und sie hat mir ihre Liebe geschenkt, ein paar harte Steine, die ich zurückgegeben habe, und das Bild. Nun, ich kann ihr das Bild immer zurückgeben. Ich könnte ihr meinen Ring von V. M. I. schenken, dachte er, aber wo hab ich den verloren?

Aus einem D. S. C. mit Klunkern daran würde sie sich nichts machen, ebensowenig aus zwei Silbersternen oder dem anderen Plunder, oder den Orden ihres eigenen Landes noch aus den französischen, noch aus den belgischen. Noch den Miniaturorden aus Emaille. Wäre ja morbide.

Ich schenk ihr wohl am besten nur meine Liebe. Aber, zum Teufel noch mal, wie schickt man ihr die? Und wie hält man sie frisch? Man kann sie nicht in Trockeneis packen.

Vielleicht kann man's doch. Ich muß mich erkundigen. Aber wie kriege ich den ausrangierten Jeepmotor zu dem alten Mann?

Mußt du dir ausknobeln, dachte er. Dinge ausknobeln ist dein Handwerk gewesen. Dinge ausknobeln, wenn sie einen beschossen, fügte er hinzu.

Ich wünschte, der Scheißkerl, der mir meine Entenjagd hier versaut, hätte ein Gewehr, und ich hätte ein Gewehr. Wir würden sehr bald feststellen, wer sich Dinge ausknobeln kann und wer nicht. Selbst in einem lausigen Faß im Morast, wo man nicht manövrieren kann. Er müßte kommen und mich angreifen.

Hör schon auf, sagte er zu sich, und denk an dein Mädchen. Du willst doch nie mehr irgendwen töten, nie mehr.

Wen willst du denn damit ködern? sagte er zu sich. Willst du dich als ein guter Christ bewerben? Du könntest es einmal ehrlich versuchen. Sie würde dich lieber so haben. Würde sie es? Ich weiß es nicht, sagte er ehrlich. Bei Gott, ich weiß es wirklich nicht.

Vielleicht werde ich zum Schluß noch fromm werden. Ja, sagte er, vielleicht wirst du's. Wer will mit mir hierüber eine Wette abschließen?

„Willst du mit mir eine Wette abschließen?" fragte er die Lockente. Aber sie blickte hinauf in den Himmel hinter ihm und hatte von neuem mit ihrem Geschnatter begonnen.

Sie flogen zu hoch und kreisten überhaupt nicht. Sie blickten nur hinab und flogen weiter der offenen See zu.

Sie müssen wirklich da draußen irgendwo eine Art Floß bilden, dachte der Colonel. Wahrscheinlich sucht sich jetzt irgendein Jäger von einem Boot aus anzuschleichen. Sie werden ziemlich dicht unter Land sein bei diesem Wind, und irgendwer schleicht sich bestimmt an sie ran. Na, wenn er schießt, brechen vielleicht einige los und nehmen diesen Weg zurück. Aber wo es so zugefroren ist, sollte ich wahrscheinlich Schluß machen, anstatt wie ein Narr hierzubleiben.

Ich habe genug getötet, und ich habe so gut oder besser geschossen, als ich schießen kann. Besser, verflucht noch mal. Niemand schießt hier besser als du, außer Alvarito, und der ist ein Junge, und er schießt schneller. Aber du tötest sicher weniger Enten als mancher schlechte oder mittelmäßige Schütze.

Ja, hiervon versteh ich was. Darauf versteh ich mich und auch aufs warum; es kommt mir nicht mehr auf die

Menge an, und das Reglement haben wir auch fortgeworfen, besinnst du dich noch?

Er erinnerte sich, wie er durch das Wunder des Zufalls mit seinem besten Freund während einer Gefechtsaktion in den Ardennen zusammen gewesen war und sie sich auf der Verfolgung befanden.

Es war Frühherbst, und es war auf einer Hochebene mit sandigen Wegen und Spuren, und die Bäume hier waren kleine Fichten und Tannen. Die Abdrücke der feindlichen Panzer und Kettenfahrzeuge waren deutlich im feuchten Sand zu sehen.

Den Tag zuvor hatte es geregnet, aber jetzt klärte es auf, und die Sicht war gut, und man sah bequem über all das hohe, wellige Land, und er und sein Freund suchten es sorgfältig mit ihren Gläsern ab, als ob sie auf Jagd waren.

Der Colonel, der damals General und stellvertretender Divisionskommandeur war, kannte die besondere Spur von jedem Fahrzeug bei dieser Verfolgung. Er wußte auch, wenn die feindlichen Fahrzeuge keine Munition mehr hatten und ungefähr, was für ein Munitionsvorrat ihnen noch verblieb. Er hatte sich auch ausgeknobelt, wo gekämpft werden mußte, bevor man an die Siegfriedstellung kam. Er war sicher, daß sie an keiner der beiden Stellen kämpfen würden, sondern mit äußerster Geschwindigkeit bis zu ihrem Ziel vorjagen würden.

„Wir sind ziemlich weit vorn für Leute von unserem gehobenen Rang, George“, sagte er zu seinem besten Freund.

„Die Spitze voraus, Richard.“

„Das ist okay“, hatte der General gesagt. „Jetzt setzen wir uns über das Reglement hinweg und jagen sie nach Strich und Faden.“

„Ich bin mehr als einverstanden“, sagte sein bester

Freund. „Aber angenommen, sie haben dort etwas zurückgelassen?"

Er zeigte auf den logischen Platz für eine Verteidigung.

„Sie haben nichts da zurückgelassen", hatte der Colonel gesagt. „Sie haben nicht mal genug für eine Hasenkötel-Materialschlacht übrig."

„Jeder hat recht, bis er unrecht hat", hatte sein bester Freund gesagt und dann „General" hinzugefügt.

„Ich habe recht", sagte der Colonel. Und er hatte recht gehabt, obschon er, um eine genaue Information zu erhalten, sich nicht völlig an den Geist der Genfer Konvention gehalten hatte, von der angeblich die Kriegführung beherrscht wird.

„Jagen wir sie mal richtig", hatte sein bester Freund gesagt.

„Nichts hält uns auf, und ich garantiere, daß sie an keiner der beiden Stellen stoppen werden. Das hab ich nicht von irgend 'nem Kraut. Das sagt mir mein Verstand."

Er blickte nochmals über das Land hin und hörte den Wind in den Bäumen und roch das Heidekraut unter ihren Stiefeln und blickte nochmals auf die Spuren in dem nassen Sand, und das war das Ende von dieser Geschichte.

Ob ihr das wohl gefiele? dachte er. Nein. Es macht zuviel von mir her. Ich hätte jedoch gern, daß ihr's jemand anderer erzählte und ordentlich was von mir hermachen würde. George kann es ihr nicht erzählen. Er ist der einzige, der's ihr erzählen könnte, und er kann's nicht. Totensicher nicht.

Ich hab immer über fünfundneunzig Prozent recht gehabt, und das ist ein verflucht guter Durchschnitt selbst bei so etwas einfachem wie Krieg. Aber jene fünf Prozent, wo ich unrecht hatte, die hatten's in sich, und ob!

Hierüber werde ich dir nichts erzählen, Tochter. Das ist einfach ein Geräusch in meinem Herzen, das man hinter den Kulissen hört. Mein lausiges Hasenherz. Dies Scheißherz ist wahrhaftig dem Tempo nicht gewachsen.

Vielleicht schafft's es doch noch, dachte er und nahm zwei von den Tabletten und einen Schluck Gin und blickte über das graue Eis hinweg.

Ich werde diese sauertöpfische Type jetzt heranrufen und zusammenpacken und mich, verflucht noch mal, zu dem Bauernhaus begeben; wahrscheinlich sollte ich es Jagdhaus nennen. Die Jagd ist vorbei.

42

Der Colonel hatte sich dem Bootsmann bemerkbar gemacht, indem er in der versenkten Tonne aufgestanden war, zwei Schüsse in den leeren Himmel abgegeben und ihn dann zu dem Schirm herangewinkt hatte.

Das Boot kam langsam herein; es brach den ganzen Weg über durch Eis, und der Mann hob die hölzernen Lockenten auf, fing das quakende Weibchen und steckte es in den Sack und hob die Enten auf, während der Hund auf dem Eis rumschlitterte. Der Ärger des Bootsmanns schien verraucht und von einer satten Genugtuung verdrängt.

„Sie haben sehr wenige geschossen", sagte er zu dem Colonel.

„Dank Ihnen."

Das war alles, was sie sagten, und der Bootsmann legte die Enten sorgfältig mit der Brust nach oben auf den Bug des Bootes, und der Colonel reichte ihm seine Gewehre und die Kombination von Patronenkiste und Jagdstuhl ins Boot.

Der Colonel stieg ins Boot, und der Bootsmann kontrollierte den Schirm und hakte die schürzentaschenartige Vorrichtung los, die innen im Schirm gehangen hatte, um Patronen aufzunehmen. Dann stieg er auch ins Boot, und sie begannen ihren langsamen, mühseligen Heimweg durch das Eis bis ins offene Wasser des braunen Kanals. Der Colonel arbeitete so schwer mit dem langen Stakruder, wie er auf dem Weg hinaus gearbeitet hatte. Aber jetzt im hellen Sonnenlicht mit den Schneebergen im Norden und der Linie von Riedgras, die den Kanal vor ihnen markierte, arbeiteten sie in völligem Einklang.

Dann kamen sie in den Kanal, glitten, das letzte Eis zerbrechend, hinein, und dann wurden sie plötzlich leicht weitergetragen, und der Colonel reichte dem Bootsmann das lange Ruder und setzte sich. Er schwitzte.

Der Hund, der zitternd zu den Füßen des Colonels gelegen hatte, kletterte über das Dollbord des Bootes und schwamm ans Ufer. Er schüttelte das Wasser aus seinem weißen, beschmutzten Fell, und fort war er im braunen Schilf und Strauchwerk, und der Colonel beobachtete sein Vorwärtskommen an der Bewegung des Strauchwerks. Seine Wurst hatte er nie bekommen.

Der Colonel spürte, wie er schwitzte, und obschon er wußte, daß er durch seinen Feldrock vorm Wind geschützt war, nahm er zwei Tabletten und einen Schluck Gin aus seiner Taschenflasche.

Die Taschenflasche war flach und aus Silber mit einem ledernen Bezug. Unter dem ledernen Bezug, der abgenutzt und fleckig war, stand auf einer Seite eingraviert: „Für Richard von Renata. Von Herzen." Niemand hatte je diese Inschrift gesehen außer dem Mädchen, dem Colonel und dem Mann, der sie eingraviert hatte. Es war nicht in demselben Geschäft, in dem es gekauft war, graviert worden. Das war ganz am Anfang gewesen, dachte der Colonel. Wen kümmert das jetzt schon?

Auf dem abschraubbaren Verschluß der Flasche war „Von R. für R. C." eingraviert.

Der Colonel bot die Flasche dem Bootsmann an, der ihn und dann die Flasche mißtrauisch anblickte und fragte: „Was ist darin?"

„Englischer Grappa."

„Ich kann's mal versuchen."

Er nahm einen langen Schluck, in der Art, wie Bauern aus einer Flasche trinken.

„Danke."

„War die Jagd gut?"

„Ich habe vier Enten getötet. Der Hund hat drei von anderen Leuten angeschossene gefunden."

„Warum haben Sie geschossen?"

„Es tut mir leid, daß ich geschossen habe. Ich schoß aus Ärger."

Das hab ich selbst auch manchmal getan, dachte der Colonel und fragte ihn nicht, worüber er sich geärgert hatte.

„Es tut mir leid, daß nicht mehr eingeflogen sind."

„Scheiße", sagte der Colonel. „Das ist der Lauf der Dinge."

Der Colonel beobachtete die Bewegungen des Hundes in dem hohen Gras und Schilf. Plötzlich sah er, daß er still stand; er hielt sich ganz bewegungslos. Dann machte er einen Satz. Es war ein Sprung in die Höhe und ein Sturz nach vorn und hinab.

„Er hat eine Angeschossene", sagte er zu dem Bootsmann.

„Bobby", rief der Bootsmann. „Apport. Apport."

Das Schilf bewegte sich, und der Hund kam mit einem Erpel im Maul zum Vorschein. Der grauweiße Hals und der grüne Kopf schlenkerten auf und ab, wie Hals und

Kopf einer Schlange sich bewegen mochten. Es war eine Bewegung ohne jede Hoffnung.

Der Bootsmann lenkte das Boot scharf dem Ufer zu.

„Ich werde ihn abnehmen“, sagte der Colonel. „Bobby!“

Er nahm den Erpel aus dem Hundemaul, das nur leicht zugepackt hatte, und als er ihn hielt, fühlte er, daß ihm nichts geschehen war. Er war gesund und schön mit seinem klopfenden Herzen und den trostlosen Augen des Gefangenen.

Er besah ihn sich sorgfältig und streichelte ihn beruhigend, wie man ein Pferd beruhigen würde.

„Er ist nur leicht am Flügel getroffen“, sagte er. „Wir wollen ihn als Lockerpel behalten, oder Sie können ihn auch im Frühjahr wieder freilassen. Hier, nehmen Sie ihn und stecken sie ihn zu dem Weibchen in den Sack.“

Der Bootsmann nahm ihn sorgfältig dem Colonel ab und steckte ihn in den Drillichsack, der in der Pflicht lag. Der Colonel hörte, wie das Weibchen ihn begrüßte. Vielleicht protestierte es auch, dachte er. Durch einen Drillichsack hindurch konnte er die Entensprache nicht verstehen.

„Hier, trinken Sie einen Schluck“, sagte er zu dem Bootsmann. „Heut ist es verflucht kalt.“

Der Bootsmann nahm die Flasche und trank noch einen tiefen Zug.

„Danke“, sagte er. „Ihr Grappa ist sehr, sehr gut.“

43

Vor dem langen, steinernen Haus am Kanal, an der Anlegestelle, lagen die Enten in Reihen ausgerichtet am Boden.

Man hatte sie in Reihen hingelegt, die alle verschieden lang waren. Es gab ein paar Züge, keine Kompanien, und, dachte der Colonel, ich habe kaum eine Korporalschaft.

Der Jagd-Oberaufseher stand am Ufer in seinen hohen Stiefeln, seiner kurzen Jacke und seinem in den Nacken geschobenen alten Filzhut und musterte, als sie landeten, kritisch die Anzahl der Enten auf dem Bug des Boots.

„An unserem Posten war es zugefroren", sagte der Colonel.

„Das habe ich befürchtet", sagte der Oberaufseher. „Es tut mir leid. Er galt als der beste Posten."

„Wer war Jagdkönig?"

„Der Barone hat zweiundvierzig getötet. Dort war eine kleine Strömung, die es eine Zeitlang aufhielt. Sie haben wahrscheinlich das Schießen nicht gehört, weil es gegen den Wind war."

„Wo sind die anderen?"

„Sie sind alle fort, bis auf den Barone, der auf Sie wartet. Der Fahrer ist im Haus und schläft."

„Das sieht ihm ähnlich", sagte der Colonel.

„Breiten Sie sie ordentlich aus", sagte der Oberaufseher zu dem Bootsmann, der auch ein Jagdaufseher war. „Ich will sie im Jagdbuch eintragen."

„Ein grünköpfiger Erpel, der nur leicht am Flügel verletzt wurde, ist im Sack."

„Gut. Ich werde mich um ihn kümmern."

„Ich will jetzt hineingehen und mit dem Barone sprechen. Ich sehe Sie nachher noch."

„Sie müssen sich aufwärmen", sagte der Oberaufseher. „Es war ein bitterkalter Tag, Colonel."

Der Colonel ging der Haustür zu.

„Ich sehe Sie nachher noch", sagte er zu dem Bootsmann.

„Jawohl, my Colonel", sagte der Bootsmann.

Alvarito, der Barone, stand vor dem offenen Feuer in der Mitte des Zimmers. Er lächelte sein schüchternes Lächeln und sagte mit seiner tiefklingenden Stimme: „Es tut mir leid, daß die Jagd nicht besser war."

„Wir waren völlig eingefroren. Was aber war, hab ich sehr genossen."

„Ist Ihnen sehr kalt?"

„Nicht so sehr."

„Wir können etwas zu essen bekommen."

„Danke. Ich habe keinen Hunger. Haben Sie gegessen?"

„Ja. Die anderen sind weitergefahren, und ich hab ihnen meinen Wagen gegeben. Können Sie mich bis Latisana oder noch ein Stückchen weiter mitnehmen? Dort kann ich einen Wagen bekommen."

„Natürlich."

„Es war schandbar, daß es zufror. Die Aussichten waren so günstig."

„Es müssen unzählige Enten draußen gewesen sein."

„Ja. Aber jetzt, wo ihr Futter eingefroren ist, werden sie nicht hierbleiben. Heute abend werden sie sich auf den Weg machen."

„Ziehen alle südwärts?"

„Alle, bis auf unsere einheimischen Enten, die hier brüten. Sie bleiben, solange auch nur ein bißchen offenes Wasser da ist."

„Es tut mir leid, daß ich nicht mehr erlegt habe."

„Es tut mir leid, daß Sie für so wenige Enten so weit gefahren sind."

„Ich liebe die Jagd", sagte der Colonel. „Und ich liebe Venedig."

Der Barone Alvarito sah zur Seite und spreizte seine Hände gegen das Feuer aus. „Ja", sagte er. „Wir alle lieben Venedig. Vielleicht Sie am allermeisten."

Der Colonel machte hierüber keinerlei Redensarten, sondern sagte nur: „Ich liebe Venedig. Das wissen Sie."

„Ja, ich weiß", sagte der Barone. Er blickte ins Leere. Dann sagte er: „Wir müssen Ihren Fahrer wecken."

„Hat er was gegessen?"

„Gegessen und geschlafen und gegessen und geschlafen. Er hat auch ein bißchen in ein paar illustrierten Büchern, die er mithatte, gelesen."

„Comic books", sagte der Colonel.

„Ich sollte lernen, so was zu lesen", sagte der Barone. Er lächelte sein schüchternes, schwermütiges Lächeln. „Könnten Sie mir welche in Triest besorgen?"

„Jedes Quantum", sagte der Colonel. „Vom Superman aufwärts bis zum Unwahrscheinlichen. Lesen Sie welche für mich mit. Hören Sie mal, Alvarito, was war denn mit dem Jagdaufseher los, der mein Boot gestakt hat? Er schien mich von Anfang an zu hassen und eigentlich die ganze Zeit über."

„Es war Ihr alter Feldrock. Alliierte Uniformen wirken so auf ihn. Wissen Sie, er ist ein bißchen zuviel befreit worden."

„Erzählen Sie weiter."

„Als die Marokkaner hier durchkamen, haben sie sowohl seine Frau wie seine Tochter vergewaltigt."

„Ich glaube, ich trinke lieber einen", sagte der Colonel.

„Dort auf dem Tisch, da ist Grappa."

44

Sie hatten den Barone vor einer Besitzung abgesetzt mit großen Gittern, einer mit Kies bedeckten Auffahrt und einem Haus, das, da es von jedem militärischen Zielpunkt über sechs Meilen entfernt war, das Glück hatte, nicht zerbombt zu sein.

Der Colonel hatte sich verabschiedet, und Alvarito hatte ihn aufgefordert, irgendein oder auch jedes Wochenende zur Jagd herunterzukommen.

„Wollen Sie wirklich nicht mit hineinkommen?"

„Nein. Ich muß nach Triest zurück. Wollen Sie bitte Renata von mir grüßen?"

„Gewiß. Ist das ihr Porträt, das Sie eingepackt hinten im Wagen haben?"

„Ja."

„Ich werde ihr sagen, daß Sie ausgezeichnet geschossen haben und daß das Porträt in gutem Zustand war."

„Und meine Grüße."

„Und Ihre Grüße."

„Ciao, Alvarito und noch sehr vielen Dank."

„Ciao, Colonel. Falls man zu einem Colonel ciao sagen kann."

„Vergessen Sie, daß ich Colonel bin."

„Das ist sehr schwierig. Auf Wiedersehen, Colonel."

„Im Fall irgendwelcher unvorhergesehener Ereignisse würden Sie sie bitten, das Porträt im ‚Gritti' abholen zu lassen?"

„Jawohl, Colonel."

„Das ist wohl alles."

„Auf Wiedersehen, Colonel."

45

Jetzt waren sie draußen auf der Landstraße, und die frühe Dunkelheit brach an.

„Biegen Sie links ein", sagte der Colonel.

„Das ist nicht die Straße nach Triest, Sir", sagte Jackson.

„Zum Teufel mit der Straße nach Triest! Ich befahl Ihnen, nach links einzubiegen. Glauben Sie, es gibt nur eine Straße auf der Welt, die nach Triest führt?"

„Nein, Sir. Ich wollte den Colonel nur darauf aufmerksam machen . . ."

„Verflucht noch mal, machen Sie mich auf nichts aufmerksam, verstanden? Und bis ich Ihnen andere Anweisungen gebe, sprechen Sie nicht mit mir, bis ich Sie was frage."

„Jawohl, Sir."

„Tut mir leid, Jackson. Ich wollte sagen, ich weiß, wo ich hin will, und ich möchte nachdenken."

„Jawohl, Sir."

Sie waren auf der alten Straße, die er so gut kannte, und der Colonel dachte, also ich habe vier Enten, die ich versprochen hatte, an die geschickt, denen ich sie im „Gritti" versprochen habe. Ich habe aber nicht genügend geschossen, als daß da genug Federn gewesen wären, damit die Frau von dem Jungen was von den Federn gehabt hätte. Aber es sind alles große, fette Enten, und sie werden ihnen gut schmecken. Ich hab vergessen, Bobby seine Wurst zu geben.

Es war jetzt keine Zeit mehr, um Renata ein paar Zeilen zu schreiben. Aber was könnte ich schriftlich sagen, was wir nicht schon gesagt hätten?

Er faßte in seine Tasche und fand einen Schreibblock und einen Bleistift. Er drehte das Kartenleselicht an und kritzelte eine kurze Anweisung in Blockbuchstaben mit seiner schlimmen Hand.

„Stecken Sie das in die Tasche, Jackson, und handeln Sie danach im Notfall. Wenn die erwähnten Umstände eintreten sollten, ist es ein Befehl."

„Jawohl, Sir", sagte Jackson und nahm das zusammengefaltete Befehlsformular und steckte es in die obere linke Tasche seines Feldrocks.

Jetzt nimm's dir so wenig zu Herzen wie möglich, sagte der Colonel zu sich. Alles Weitere betrifft dich rein persönlich, und das ist einfach Luxus.

Du bist der Armee der Vereinigten Staaten nicht mehr von wirklichem Nutzen. Das ist klipp und klar festgestellt worden.

Du hast deinem Mädchen Lebewohl gesagt und sie dir.

Das ist einfach genug.

Du hast gut geschossen, und Alvarito weiß Bescheid. Das ist das.

Also, worüber machst du dir noch Sorgen, Junge, verflucht noch mal? Ich hoffe, du gehörst nicht zu der Sorte, die sich über das, was ihnen zustößt, Sorgen macht, wenn nichts daran zu ändern ist. Hoffentlich nicht.

Gerade da packte es ihn so, wie er's erwartet hatte, seit sie die Lockenten eingesammelt hatten.

Drei, damit ist Schluß, dachte er, und ich hab vier gehabt. Ich war immer ein Glückspilz.

Es packte ihn noch einmal schlimm.

„Jackson", sagte er. „Wissen Sie, was General Thomas J. Jackson mal bei einer Gelegenheit gesagt hat? Bei der Gelegenheit seines unseligen Todes. Ich hab es mal auswendig gelernt. Ich kann natürlich nicht für den genauen Wortlaut bürgen. Aber so hat man es berichtet. ‚Befehl an A. P. Hill: Höchste Gefechtsbereitschaft.' Dann allerhand fiebriges Zeug. Dann sagte er: ‚Nein, nein, wir wollen über den Fluß setzen und im Schatten der Wälder ruhen.'"

„Das ist sehr interessant, Sir", sagte Jackson. „Das muß Stonewall Jackson gewesen sein, Sir."

Der Colonel begann zu sprechen, aber er brach ab, als es ihn zum drittenmal packte und ihn so würgte, daß er wußte, daß er nicht weiterleben konnte.

„Jackson", sagte der Colonel. „Halten Sie hier am Straßenrand und machen Sie alles bis auf die Standlichter aus. Kennen Sie den Weg nach Triest von hier aus?"

„Jawohl, Sir. Ich habe meine Karte."

„Gut. Ich werde mich jetzt auf den Rücksitz von diesem verdammten, überlebensgroßen Luxusautomobil begeben."

Das war das letzte, was der Colonel sagte. Aber er gelangte noch gut auf den Rücksitz, und er schloß die Tür. Er schloß sie ordentlich und sorgfältig.

Nach einer Weile fuhr Jackson den Wagen – mit den Scheinwerfern des Wagens voll an – die von Gräben und Weiden eingefaßte Landstraße hinunter und sah sich nach einer Stelle zum Wenden um. Schließlich fand er eine und drehte behutsam. Als er auf der rechten Seite der Straße war, die nach Süden auf die Straßenkreuzung zuführte, die ihn auf die Chaussee nach Triest, die ihm vertraut war, brachte, machte er sein Kartenleselicht an und nahm das Befehlsformular heraus und las:

Im Falle meines Todes sollen das eingepackte Bild und die beiden Jagdgewehre in diesem Wagen ins „Hotel Gritti" zurückbefördert werden, wo sie von ihrem rechtmäßigen Eigentümer abgeholt werden.

Gezeichnet Richard Cantwell, Colonel U. S.-Infanterie

Sie werden sie bestimmt auf Dienstwegen zurückbefördern, dachte Jackson und setzte den Wagen in Gang.

Anmerkungen

23 *Medaglia d'Argento al Valore Militare* – Italienische Tapferkeitsmedaille.
V. C. – Victoria Cross; britische Militärauszeichnung.
D. S. C.– Distinguished Service Cross; amerikanische Militärauszeichnung.

25 *ossario* – (ital.) Hier: Soldatenfriedhof.

26 *Purple Heart* – Amerikanisches Verwundetenabzeichen.

29 *K-Ration* – Die „eiserne Ration".

30 *Vive la France ...* – (franz.) Frankreich und die Bratkartoffeln, sie sollen leben, Freiheit, Bestechlichkeit und Dummheit.
clarté – (franz.) Klarheit.

31 *B. G.* – Brigadier General; Brigadegeneral.

33 *vaporetto* – (ital.) Motorboot.

40 *pescecani* – (ital.) die Kriegsgewinnler.

43 *Ciao* – (ital.) Etwa: Servus! Hallo!

44 *imbarcadero* – (ital.) Dampferanlegestelle.
Con piacere – (ital.) Bitte sehr.

45 *T. D.* – Tank Destroyer; Panzerabwehrgeschütz.

46 *trattoria* – (ital.) Wirtshaus.

52 *Morire non è basta* – (ital.) Sterben genügt nicht.
Evviva d'Annunzio! – (ital.) Es lebe D'Annunzio!

57 *Carpano punto e mezzo* – Italienischer Apéritif; bitterer Wermut.

58 *ordine* – (span.) Orden, Vereinigung.
El Ordine Militar ... – (span.) Die streitbare, edle und hochherzige Vereinigung der Brusadelli-Ritter.

62 *Anch'io* – (ital.) Ich auch.

63 *Condottieri* – Italienische Söldnerführer im 15. und 16. Jahrhundert.

65 *Secco, molto secco e doppio* – (ital.) Trocken, sehr trocken und doppelt.

67 *cavaliere ufficiale* – (ital.) Büroritter.

73 *snapshots* – (engl.) Schnappschüsse.

75 *Questura* – (ital.) Polizeipräsidium.

76 *botte* – (ital.) Tonne.
77 *charcuterie* – (franz.) Fleischerei; hier Delikatessenladen.
alla cacciatora – (ital.) nach Jägerart.
79 *vie militaire* – (franz.) Soldatenleben.
80 *caro* – (ital.) Lieber.
84 *ancora due Martini* – (ital.) noch zwei Martini.
89 *vieux con* – (franz.) Etwa: alter Dussel.
92 *Es un oficio bastante malo* – (span.) Es ist ein ziemlich schlechtes Handwerk.
94 *Ma très chère et bien aimée* – (franz.) Meine Liebste und sehr Geliebte.
95 *pédéraste* – (franz.) Knabenschänder.
100 *PX* – Ursprünglich nur die Abkürzung für Post Exchange = Postamt; jetzt Einkaufsladen für amerikanische Militärangehörige.
104 *Ay hija mía* – (span.) Ach, meine Tochter.
109 *gueule* – (franz.) Schnauze.
façade – (franz.) Gesicht.
Où sont les neiges d'antan? … – (franz.) Wo ist der Schnee vom vergangenen Jahr? Wo ist der Schnee von ehemals? Ins Pissoir mit all dem Kram.
111 *sale métier* – (franz.) schmutziges Handwerk.
116 *Al sangue* – (ital.) Blutig.
crudo – (ital.) roh.
bleu – (franz.) Hier: blaurot.
Scaloppine mit Marsala – (ital.) Filetschnitzel mit Marsalaweinsoße.
Artischocke vinaigrette – (franz.) Artischocke in feiner Essigsoße.
117 *fiasco* – (ital.) Große mit Bast umflochtene Flasche.
fiamme nere – (ital.) schwarze Wimpel.
121 *Epworth League* – Amerikanische Vereinigung junger Anhänger der Methodistenkirche.
127 *grand vin* – (franz.) edler Wein.
130 *SHAEF* – Supreme Headquarters Allied Expeditionary Forces; Hauptquartier der Alliierten Expeditionskräfte.
132 *C. P.* – Command Post; Kommandoposten.
G – Die einzelnen Abteilungen des Stabes werden mit „G" und einer Ziffer bezeichnet; z. B. G.1 für die Personal- und Verwaltungsabteilung, G.2 für den Nachrichtendienst, G.3 für Ausbildung und Einsatz, G.4 für den Nachschub.

133 *Cuerpo d'Armata* – (ital.) Armeekorps.
135 *Rolex Oyster Perpetual* – Amerikanische Uhrenmarke; eine Armbanduhr, die sich selbsttätig aufzieht.
146 *U.S.O.D.* – United States Olive Drab; olivfarbene Decken der amerikanischen Armee.
die moglie und die bambini – (ital.) die Frau und die Kinder.
152 *T.S.-Division* – Tough Shit-Division; in der amerikanischen Armee gebräuchliche Abkürzung für eine Division, die immer Pech hat.
156 *C.I.D.* – Amerikanische Abkürzung für Counter Intelligence Department; Spionageabwehrabteilung.
173 *Fa brutto tempo* – (ital.) Es ist häßliches Wetter.
bruttissimo – (ital.) sehr häßlich.
175 *solitaire ambulante* – (franz.) Etwa: Wandereinsamkeit.
179 *îlot de résistance* – (franz.) Widerstandsinselchen.
181 *scampi brochetto* – (ital.) an kleinen Spießen geröstete Fische.
190 *rognons* – (franz.) Nieren.
fabricar – (span.) verfertigen, machen.
210 *elder statesman* – (engl.) ein verdienter Staatsmann.
212 *RAF* – Royal Air Force; die Britische Königliche Luftwaffe.
217 *GI* – Bezeichnung für den amerikanischen Landser. Entstanden aus der Abkürzung für Government Issue (von der Regierung ausgegebene Ausrüstung), die auf allem Heeresgut zu finden war.
220 *Chautauqua-Vortrag* – Volkshochschulvortrag; genannt nach dem Ort Chautauqua im Staate New York, wo die Organisationspläne der Volkshochschule festgelegt wurden.
231 *triste métier* – (franz.) trauriges Handwerk.
motoscafo – (ital.) Motorboot.
236 *Et toi, Rimbaud?* – (franz.) Und du, Rimbaud?
240 *A.A.A.-Reiseführer* – Abkürzung für American Automobile Association-Führer; amerikanischer Hotelführer für Autofahrer.
243 *Hija, figlia* – (span., ital.) Tochter.
244 *bonne chance* – (franz.) viel Glück.
basta la vista – (span.) auf Wiedersehen.
246 *por merito di guerra* – (span.) für Verdienste im Krieg.
247 *Krebs enchilada* – Krebs mit gepfeffertem Mais.

247 *Mixed Grill* – (engl.) auf dem Grill geröstete verschiedenartige Fleischstückchen.

248 *vino secco* – (ital.) trockener (herber) Wein.

fraîche et rose comme au jour de bataille – (franz.) frisch und rosig wie am Tage der Schlacht.

249 *À Pâques ou à la Trinité* – (franz.) Zu Ostern oder am Dreifaltigkeitstag.

265 *V.M.I.* – Virginia Military Institute.